O BARMAN DO RITZ DE PARIS

PHILIPPE COLLIN

O BARMAN DO RITZ DE PARIS

Tradução de
Ivone Benedetti

1ª edição

EDITORA RECORD
RIO DE JANEIRO • SÃO PAULO
2025

CIP-BRASIL. CATALOGAÇÃO NA PUBLICAÇÃO
SINDICATO NACIONAL DOS EDITORES DE LIVROS, RJ

C673b   Collin, Philippe, 1975-
          O barman do Ritz de Paris / Philippe Collin ; tradução Ivone Benedetti. - 1. ed. - Rio de Janeiro : Record, 2025.

          Tradução de: Le barman du Ritz
          ISBN 978-85-01-92329-5

          1. Ritz Hotel (Paris, França) - Ficção. 2. França - História - Ocupação alemã, 1940-1945 - Ficção. 3. Ficção francesa. I. Benedetti, Ivone. II. Título.

24-94755
CDD: 843
CDU: 82-311.6(44)

Meri Gleice Rodrigues de Souza - Bibliotecária - CRB-7/6439

Título original:
Le barman du Ritz

Copyright © Editions Albin Michel, 2024
International Rights Management: Susanna Lea Associates

Texto revisado segundo o Acordo Ortográfico da Língua Portuguesa de 1990.

Todos os direitos reservados. Proibida a reprodução, no todo ou em parte, através de quaisquer meios. Os direitos morais do autor foram assegurados.

Direitos exclusivos de publicação em língua portuguesa somente para o Brasil adquiridos pela
EDITORA RECORD LTDA.
Rua Argentina, 171 – Rio de Janeiro, RJ – 20921-380 – Tel.: (21) 2585-2000, que se reserva a propriedade literária desta tradução.

Impresso no Brasil

ISBN 978-85-01-92329-5

Seja um leitor preferencial Record.
Cadastre-se no site www.record.com.br e receba informações sobre nossos lançamentos e nossas promoções.

Atendimento e venda direta ao leitor:
sac@record.com.br

EDITORA AFILIADA

A Blanche Auzello, a única rainha do Ritz.

"Quando sonho com o além no céu, a ação sempre transcorre no Ritz de Paris."

Ernest Hemingway

Paris foi ocupada pelas tropas alemãs de 14 de junho de 1940 a 25 de agosto de 1944: 1.533 noites. Mil quinhentas e trinta e três noites durante as quais o hotel Ritz se transformou num mundo estranho, único e complexo, no coração de uma Europa dilacerada pela guerra. Existem mil e uma maneiras de contar essa história. O barman do Ritz de Paris *é um romance baseado em fatos e personagens reais. É uma leitura daqueles anos sombrios da história da França. Para esclarecer alguns de seus aspectos, o autor se valeu dos meios da ficção, que são as armas do romancista e possibilitam trilhar um caminho pelo qual o historiador não pode enveredar. Nesta tentativa de reconstituição da vida parisiense sob a Ocupação, o objetivo não é tanto ser "veraz" o tempo todo quanto oferecer uma imagem correta e levar à compreensão dos sentimentos ambíguos e conflituosos que podem ter habitado Frank Meier. O que você teria feito no lugar dele? É o que o romance se esforça por propor. Por outro lado, a vida de Frank Meier contém inúmeras zonas de sombra, em que o autor investiu para apresentar uma versão extremamente pessoal, na interseção entre a verdade romanesca e a mentira romântica, algo prezado por René Girard. O Frank Meier deste romance é, portanto, ao mesmo tempo, de todo real e completamente ima-*

ginário. Do mesmo modo, a personagem Luciano é inventada, assim como Fersen é inspirado em pessoas que conviveram com Frank Meier naqueles anos. Os trechos de seu diário também foram imaginados pelo autor, a fim de aclarar esse destino incomum.

PRÓLOGO

Vigília de armas

13 DE JUNHO DE 1940

Amanhã, as tropas alemãs entrarão em Paris. A França se dissolveu como um torrão de açúcar num copo de absinto.

Faz só um mês que a batalha da França começou. Os *panzers** de Guderian engoliram as Ardenas. Há combates em Rouen. Há combates em Senlis. O rio Marne foi atravessado. Desde ontem, o céu está preto de fumaças ameaçadoras, a capital já se rendeu. Acaba de ser declarada "cidade aberta". Os parisienses, por sua vez, tomaram o caminho do êxodo. De trem, carro, carroça ou a pé, levaram o que puderam e abandonaram todo o restante. Apenas quinhentas mil almas continuam trancadas em casa, e, circulando, quase que só os rumores.

O governo da República fugiu anteontem para se refugiar em Tours. Já não há administração, táxis, polícia, correio, serviços públicos. O pânico se espalha como fogo em floresta. Queimaram-se documentos em pátios de ministérios. E, há dois dias, bandos de saqueadores estão se esbaldando. As ruas estão desertas, o comércio fechou as portas. Paris está imersa no silêncio, na solidão e na morte.

Na praça Vendôme, porém, o grande hotel Ritz continua aberto. Quem diria que Winston Churchill estava lá há menos de duas semanas? Os

---

* *Panzer*, abreviação de *Panzerkampfwagen*, literalmente "veículo blindado de combate", designa os tanques alemães usados durante a Segunda Guerra Mundial. [*N. da T.*]

frequentadores sumiram. Gabrielle Chanel está refugiada em Biarritz. O duque de Windsor e sua esposa Wallis aterrissaram na Espanha. Em sua suíte do primeiro andar, a herdeira americana dos Woolworth, Barbara Hutton, hesita, faz e desfaz as malas.

Na Galerie des Merveilles, passagem estreita que liga as duas alas do hotel, as vitrines das marcas prestigiosas parecem já pertencer a um mundo extinto. O Bar Cambon fechou as portas anteontem. Só o Petit Bar ainda está funcionando. Abriu às dezoito horas, como todas as noites. Balcão lustroso, revestimento de mogno, luminárias de couro, veludo verde-claro nas poltronas Luís XV: a decoração não mudou desde que foi criado. As garrafas de bebidas estão alinhadas como livros numa biblioteca. É a cidadela de Frank Meier, o barman do Ritz. Austríaco de nascimento, celebrado por sua arte do coquetel e adulado pelos bebedores mais elegantes da Europa e da América, o homem é uma lenda no pequeno mundo do luxo. O bigode fino, os gestos precisos e os olhos risonhos são no mínimo tão conhecidos quanto suas bebidas. Na véspera da invasão alemã, ele está em seu posto, paletó branco e gravata preta. Com cinquenta anos bem vividos, nem gordo nem magro, vinte anos de casa, é o chefe ali. Meier deu origem àquele bar em 1921 e vai ficar agarrado a ele custe o que custar, pouco importam os alemães, pouco importa a derrota. Quer parecer impassível, mas nessa noite o barman do Ritz está ocioso. Desamparado. Por trás de seu semblante afável, afloram as marcas do cansaço e da angústia. Até agora, tinha o costume de dissimular meticulosamente uma ascendência com que ninguém se preocupava.

As pessoas aqui só enxergam um barman de mãos habilidosas e deus das garrafas. Como se eu tivesse estado sempre aqui, como se tivesse nascido atrás do meu balcão.

Exilado voluntário de uma vida que rejeitou, Frank Meier esconde um segredo: é judeu.

Nessa noite, seu único freguês, Otto de Habsburgo, herdeiro deposto do Império Austro-Húngaro, afoga a angústia no gim. Sua cabeça foi posta a prêmio pelos nazistas, ele precisa fugir. Depressa. Nessa noite. Sentado junto à ponta do balcão, rumina pela última vez as semanas que acabam de transcorrer, depois esvazia de um trago seu copo de Gordon's. O príncipe real da Boêmia se levanta e estreita nos braços frágeis aquele barman que poderia ser seu pai. Frank se retesa. Esse abraço tem jeito de epílogo. Otto de Habsburgo diz adeus à Europa: daí a alguns dias, estará em Washington. O barman do Ritz fica olhando, enquanto desaparece seu último freguês do mundo de antes.

PRIMEIRA PARTE

Guerra de posição

JUNHO—JULHO DE 1940

1

14 de junho de 1940

Estou encurralado no ninho dos boches.
 Dezoito e trinta, e os alemães ainda se fazem esperar.
 Hoje de manhã, desfilaram pela avenida Foch.
 Agora estão aí, entre as paredes, nos recintos do Ritz.
 Todos os hotéis parisienses foram requisitados pelo Exército alemão para instalar escritórios, e o Ritz vai receber uma centena de oficiais superiores — a nata da Wehrmacht — e tornar-se a "residência do governador militar da França": se esse título não lembrasse a cruel humilhação que o exército francês acaba de sofrer, seria quase prestigioso.
 A praça Vendôme é beneficiada por um status especial. Até segunda ordem, o Ritz pode continuar recebendo a clientela habitual. E o bar, claro, fica aberto. Para cuidar dele, ao lado de Frank Meier, só restam o seu velho irmão de guerra, Georges Scheuer, e um jovem aprendiz italiano, Luciano.
 O barman não pregou os olhos a noite inteira, atento ao descabido silêncio reinante em sua casa, em seu prédio da rua Henri-Rochefort, desde que a maioria dos vizinhos fugiu de Paris.
 Uns covardes.
 Insone, pensou em Jean-Jacques, seu filho. Frank nunca soube amar de verdade aquele filho único, nascido em 1921, do casamento infeliz com Maria. Um abismo os separa. Não tem notícias de seu rebento

há décadas, desde que o jovem foi contratado pelo Cassino de Nice, cinco anos atrás...

Onde estará? Será que foi convocado?
Será que eu deveria me pôr a salvo? Ir ficar com ele em Nice?
Nem pensar em entregar meu bar aos Fritz...

Esta noite, ereto em seu paletó, Frank Meier se prepara para a chegada dos novos fregueses. Acaba de ver seu próprio rosto no reflexo da coqueteleira Christofle: olheiras mais fundas que nunca, olhar gélido de apreensão. Quanto ao estômago, nem se fale: ele soprou na mão, seu hálito está fétido. A chegada dos alemães e, com eles, as reminiscências das trincheiras devoram suas entranhas.

O barman olha o relógio pela enésima vez. Vinte para as sete.

Está tudo pronto: cítricos, folhas de menta, frutas vermelhas e açúcar mascavo para o Royal. O Perrier-Jouët está em lugar fresco e em boa quantidade. Os vencedores terão com que festejar.

Mas, até agora, nada. Ainda nada.

De onde está posicionado, atrás do balcão sólido, de madeira escura, Frank não pode ver a chegada dos fregueses, pois o corredor que leva ao bar está fora de seu ângulo de visão. Isso é mais que inconveniente nos tempos que correm. Impossível se precaver. Por isso, pôs o aprendiz de vigia no limiar da porta.

Onde estão esses malditos boches?

O silêncio pesado antes do assalto. Georges ocupa as mãos brincando com as framboesas.

— Pare com isso, vai estragar.
— Estou nervoso, Frank.

Está todo mundo nervoso, velho!

— Então passe a camurça no bar, está com marcas de dedos.

Guerra de mentira, mesmo.
Ah, está chegando alguém. São eles?...

Não, apenas um freguês francês que, só de ver, poderia provocar nele uma careta de desprezo, não fosse ele tão senhor de si. O impossível Sr. Bedaux.

Por um instante, Frank pensa em lhe pedir, com polidez, mas com firmeza, que dê meia-volta. Mas Bedaux faz parte dos novos senhores, e ele vai precisar se acostumar. Por isso, fica olhando a aproximação do primeiro freguês do mundo de depois.

Espantosa personagem, esse Charles Bedaux. Tem testa alta, traços finos e a mesma idade de Frank, cinquenta anos vigorosos. Ele também desembarcou jovem na América, de bolsos vazios. Os destinos de ambos se cruzaram com frequência. Em Nova York, Meier aprendeu a servir; Bedaux, a brindar. Os dois não demoraram a tornar-se experts nos respectivos campos: Frank como barman, Bedaux nos negócios. Em menos de dez anos, Bedaux se casou com duas herdeiras americanas e transformou-se em defensor das teorias da "organização científica do trabalho" — escreveu um livro sobre o assunto, e gosta de falar dele, assim como de suas fábricas em vários lugares, de sua recente nacionalidade americana, de sua unidade de medida, a "unidade Bedaux". Mas não tanto quanto de sua admiração pela Alemanha nazista.

Frank repara em seu sorriso de vencedor. Imperturbável, o barman toma a iniciativa:

— O de sempre, senhor? Uma taça de Pol Roger?

— Hoje não, Frank. Prepare para mim o seu Royal Highball, dose dupla. Precisamos festejar o renascimento da França, finalmente livre dos espíritos decadentes e efeminados! Como eu sempre disse: se o caos rege a natureza, é a ordem que salva o homem, e nada mais. Não é mesmo, Frank?

Se o coquetel é uma arte do rigor e da medida, gerir um bar, ao contrário, é a arte da desordem; deixar a vida extravasar, brincar com os limites, aceitar às vezes que eles sejam ultrapassados, foi isso que fez o sucesso de Frank Meier; mais até, quem sabe, do que suas famosas bebidas. E aí está também toda a sua ambiguidade. Um espírito disciplinado, magnetizado pelo inconformismo. Mas Charles Bedaux nunca entendeu isso. Com ele, nada extravasa, a não ser o cuidado para com seus próprios interesses. Arte, gente, política, tudo se resume a aposta, investimento, lucro. No fundo só há um assunto sobre o qual Frank e Bedaux concordam: a França precisa de Philippe Pétain. O magnata da indústria, porque isso será proveitoso para seus negócios; o barman, por ter servido como suboficial sob as ordens do Marechal durante a Grande Guerra.

Frank nunca vai contar a esse traidor do Charles Bedaux, mas, na frente de batalha, sob o comando do grande homem de bigode branco, o segundo sargento Meier se tornou um patriota.

O homem de negócios leva o copo aos lábios, depois o pousa no balcão. Parece querer se lançar a uma nova tirada, mas o som de vozes e risadas vêm perturbar a quietude do bar e o impedem de fazê-lo.

São eles...

Chegou a hora. Frank ajusta o colarinho, põe a mão no ombro de Georges. Ele é quem vai recebê-los. As risadas se aproximam pelo corredor. Risada de caserna. Por um instante, Frank está de volta a Verdun. Endireita os ombros, mas sente o suor gotejando nas costas. A camisa está molhada sob o paletó, ele sente frio até os ossos.

A primeira linha inimiga avança.

— Boa noite, senhores. Bem-vindos ao bar do Ritz.

Diário de Frank Meier

Sou proletário. E proletário judeu, ainda por cima. Quando era garoto, sempre tive vontade de fugir.

Minha vida é uma fuga.

Nasci no Tirol austríaco, em 3 de abril de 1884, filho de operários poloneses no exílio. Para meu pai, a disciplina era a mãe de todas as virtudes. A educação que ele me deu não passava de uma longa aula de subordinação.

Às suas ordens, chefe! Uma prisão mental. Sim, chefe! Um sentimento de morrer um pouco a cada dia. Logo entendi que havia uma forma de burrice na maneira dele de viver, de nunca questionar nada. Sempre desconfiei das pessoas cheias de certezas.

Meu pai nasceu em Lodz, no meio dos pogroms. Viu os seus perseguidos e às vezes enforcados por hordas loiras. Acabou queimando tudo antes de emigrar para as montanhas do Tirol. Escolheu para mim um nome austríaco, para desespero de minha mãe, filha de um modesto rabino de Budapeste. Não quis que eu fosse circuncidado. Também nem pensar em me registrar na sinagoga: decretou que mais ninguém seria judeu em sua descendência. A família foi morar em Viena, no Favoriten, bairro onde toda a *Mitteleuropa** se misturava sem sinal distintivo. Lembro-me de meu velho berrando com minha mãe quando ela queria festejar o Pessach ou quando soltava três palavras em ídiche.

Antes de irmos para Viena, morávamos em Kufstein, cidadezinha do Tirol austríaco, onde meus pais comiam o pão que o diabo amassou. Na época, meu pai era empregado de um sapateiro bem instalado, com boa freguesia. Mal pago, nem por isso deixava de aspirar a abrir seu próprio negócio e economizava as gorjetas dadas pelas lambisgoias. A gente se aboletava numa água-furtada, acima da sapataria. Sem aluguel para descontar. Uma bênção. Eu via meu pai da manhã à noite usando um grande avental de couro de vaqueta, cheio de escovas, espátulas e um martelo. Empunhando as ferramentas, ao mesmo tempo vigoroso e meticuloso, ele me impressionava. Garoto, em Kufstein, eu fiz dele o meu herói. Talvez eu tenha passado a vida imitando seu gestual cuidadoso atrás de meu balcão.

Eu adorava minha mãezinha, sua ternura, seus sorrisos, a suavidade de sua pele e seu cheiro de violeta. Cresci agarrado à saia dela, ao abrigo do mundo. Acredito guardar daqueles anos uma lembrança leve e alegre. Foi logo depois que as coisas ficaram ruins. Grande número de aldeões migrou para os centros industriais. A área urbana e as cercanias de Kufstein se despovoaram em alguns meses, e a sapataria Gruber periclitou. Meu pai perdeu o emprego em janeiro de 1888. Era preciso agir, e depressa. Ele então teve a ideia de tentar a sorte em Viena e finalmente abrir negócio próprio na capital do grande império danubiano. Alguns fregueses tinham-lhe dito que os donos de fábrica vienenses estavam procurando mão de obra feminina, por ser mais barata. A revolução industrial havia mecanizado os teares, e só havia alavancas para manejar, tarefa fácil para operárias. Minha mãe logo ganharia um salário, e ele também. Economizariam, depois alugariam um ponto comercial. Comércio, caminho da glória para a gente miúda.

Foi assim que meus pais se misturaram àqueles grandes bandos de camponeses tiroleses que iam trabalhar na cidade por alguns tostões. Desistia-se

---

* Termo alemão que significa Europa Central. [*N. da T.*]

do mundo antigo na esperança de vida melhor. Um êxodo, de novo. Minha mãe logo cavou um emprego numa fábrica de máquinas operatrizes de ponta. O salário era miserável, e as magras economias deles derreteram como neve ao sol. Ele não teve outra escolha, senão aceitar um trabalho de operário qualificado numa manufatura de botas para oficiais do exército austro-húngaro.

A miséria se recusava a nos abandonar, e meu velho afundou. Vencido pelo cansaço, melancólico, irascível, fechou-se em si mesmo. Um desmoronamento interior. Recriminava minha mãe por não ganhar o suficiente, começou a beber, ficou violento. Com profundo desgosto, desistiu de abrir uma loja e passou a remoer isso de sol a sol, invadido por uma raiva surda, incapaz de assumir aquele fracasso, enquanto suas certezas mesquinhas não paravam de agir contra ele. Quanto a mim, virei-me como pude. Até que um dia tive a estranha sensação de que minha juventude o exasperava. Ele invejava meu futuro ainda intacto.

Aos doze anos, eu trabalhava dez horas por dia numa oficina de cardadura de lã em Viena. Era fascinado pelos garotos que passavam por mim de manhã, quando eu ia para a fábrica. Eram distintos, elegantes e insolentes, com suas camisas brancas engomadas e suas fatias de pão com uvas-passas. Eu queria ter a vida deles. Extirpar-me da vida dos pobres. Conhecer o calor de uma casa burguesa. Desejo irreprimível. Enganei meus pais. Em dois anos, sem lhes dizer nada, surrupiei uma parte de meu salário e juntei uma boa soma, sonhando com a terra da fartura: Estados Unidos. Todo mundo falava dela. Tentar a sorte. Topar com a fortuna. Meu velho ficou furioso comigo, minha mãe chorou muito, mesmo assim parti numa manhã de outono, ao alvorecer. Primeiro pulei para um velho trem de carga. Num vagão de animais, viajei três dias de Viena a Munique, de Munique a Bruxelas e, finalmente, cheguei à Antuérpia, em Flandres, onde precisei amargar uma longa quarentena por causa de uma febre infame, com a angústia de ficar retido no porto. Restabelecido, consegui comprar uma passagem de terceira classe na entrecoberta de um transatlântico da Red Star Line, esplêndido navio a vapor, um mastodonte, *promessa de uma exorbitância futura. Meu desejo era mais claro que o dia, eu estava indo ao encontro da vida.*

2

14 de junho de 1940

— *Noch einmal, bitte!*
— *Jawohl, mein Hauptmann.**

Devem ser uns vinte, botas envernizadas e cabelo rente. Botões dourados e uniformes impecáveis. Frank fica atrás do balcão. Começa uma guerra de posição. Bedaux tentou dar início à discussão, mas os militares mal o olharam, e ele precisou recuar. Os oficiais alemães ainda não sabem quem é Charles Bedaux e caçoam dele. Ostentam a beleza dos vencedores e aqui estão em casa.

Numa algazarra permanente, amontoados junto ao balcão, pedem exclusivamente cerveja. Parece até uma cervejaria de Munique.

De repente, faz-se uma onda diante do balcão, os oficiais abrem alas para dar passagem a um homem de porte altivo e passo decidido.

— Boa noite, senhor Meier — diz com sotaque tão impecável quanto seus galões. — Estou muito feliz em revê-lo.

De onde esse Fritz grandão e cheio de barbantes me conhece?

— Boa noite, coronel...

O oficial sorri, bonachão.

— Não está me reconhecendo, não é?

---

* "Mais um, por favor!" / "Sim, capitão." [*N. da T.*]

— Bom...

Quem é esse tonto, meu Deus?...

— Hans Speidel. Eu era adido militar na embaixada da Alemanha em Paris, faz uns anos. Vinha aqui às vezes no fim do dia...

— Herr Speidel! Desculpe, fiquei confuso.

— Ah! Deve ser a farda.

— O que eu posso lhe oferecer? Não, espere, eu sei! Um Golden Clipper.

O coronel Speidel concede um sorriso largo.

— Frank Meier, o barman que conhece a bebida fetiche de cada diplomata em Paris! Sua reputação sem dúvida não é imerecida. Nunca saboreei um Clipper mais delicioso que o daqui.

— Georges, pegue para mim o Bacardí e o xarope de pêssego?

Agora tudo lhe volta à memória. Sujeito agradável, esse Speidel, afável e culto. Perdeu cabelo, está usando óculos, mas é ele mesmo.

— Nada mudou no seu bar, Herr Meier — constata o coronel, olhando em torno. — A gente continua se sentindo em casa.

Quem poderia imaginar que ele pintaria aqui quatro anos depois, enfiado numa farda verde acinzentada?

Para espanto de Frank, Speidel tira da túnica cheia de medalhas um livro com capa cor de cortiça, que o barman logo reconhece. *The Artistry of Mixing Drinks*. O livro dele. A visão daquela pequena brochura leva-o de volta a uma época tão distante, mas que havia desaparecido instantaneamente sob o golpe da derrota. Capa dourada, promessa de risadas e festas, trajes elegantes, discussões animadas, de repente lhe parece uma relíquia, uma antiguidade. Estados Unidos, Scott, anos loucos enterrados...

— Encontrei um em Stuttgart. Paguei uma fortuna a um velho barão decrépito. Nunca me aventurei a imitar suas receitas, para desespero de minha esposa... Faz um mês que ele está chacoalhando na minha lancheira. Poderia me escrever uma dedicatória?

Os olhares convergem para Frank e Speidel.

Primeira noite no meio dos boches, e aqui estou eu assinando autógrafos...

— Proponho uma rodada geral de Royal Highball, à saúde do Führer.

Perto do piano, o relógio de ônix branco anuncia vinte horas.

— Herr Meier — cochicha Speidel, depois que os vivas se calam —, não vou demorar para escapulir, o general von Bock está me esperando para a ceia.

— Fique à vontade, coronel.

— Apresente minhas homenagens à bela Sra. Auzello.

Será um teste, ou esse Speidel de fato ignora a situação?

Frank hesita antes de responder sobriamente:

— A Sra. Auzello está em Nice, acompanhando o marido na convocação.

Speidel se retesa, sorrindo para as dragonas.

— Obrigado por tudo, Frank. Vai me ver de novo em breve, quero saber tudo sobre a vida parisiense. Cuide bem dos meus homens!

— Deixe comigo, coronel.

O militar dá meia-volta.

Frank o olha, enquanto ele, sem dizer nenhuma palavra, passa entre a multidão de oficiais.

Quem é você, Hans Speidel? Quem é você e o que quer?

Ele, que acreditava saber julgar um homem já no primeiro copo, não está seguro de mais nada.

Diário de Frank Meier

Saí da Europa em 28 de novembro de 1898, cheio de entusiasmo e medo. Eu dava no pé. Direção: Nova York, cidade dos libertos. O navio estava abarrotado. Os passageiros cantavam e dançavam, comunicando-se na alegria de uma nova partida.

A tripulação soltou as amarras, a sirene soou, e de repente fui tomado por imensa tristeza, ao pensar na minha mãezinha. O exílio social é pago com uma tristeza eterna. Eu ia instalado com uma colônia de judeus ucranianos. Dormíamos na coberta, logo acima das mercadorias; quase podíamos tocar o mar, estendendo a mão.

À medida que a travessia avançava, no balanço do navio, senti que voltava em mim a embriaguez da liberdade. Realizar-se, assumir a própria identidade eram coisas que ainda pareciam inatingíveis, mas eu também sabia que minha vida de adulto começava junto com aquele novo século, e que ele se anunciava lucrativo, emancipado, alegre. Ninguém podia imaginar, naquele momento, duas guerras e milhões de mortos. No entanto, eu deveria ter sentido essa violência escondida na sombra das luzes da ribalta. Em alto-mar, às vezes eu subia ao convés com meus camaradas de Odessa para tentar conseguir algo de comer. Se tivéssemos sorte, os passageiros ricos dos conveses nos jogavam comida, que levávamos com voracidade a nossos porões. Os bacanas nos olhavam com nojo; para eles, éramos animais famintos.

Ao desembarcar em Nova York, deixei minha história para trás.

De um empreguinho a outro, fui conhecendo o submundo e os botecos do Lower East Side, antes de empurrar as portas do Hoffman House, na Broadway, rua 25. Era então um dos lugares mais afamados da cidade, tocado por um mestre do saloon e do coquetel: Charley S. Mahoney. Aquele sujeito alto e magro mudou o rumo do meu destino. Contratou-me como aprendiz de mensageiro para as festas de Natal de 1902. Tinha recebido o empurrão, e comecei a subir os degraus daquela alta burguesia que durante tanto tempo me pareceu proibida.

Em Nova York soprava um vento de liberdade, e o Hoffman House dava festas suntuosas; lá artistas se misturavam a industriais, corretores e ex-caçadores de ouro. Para dizer a verdade, nem por isso me joguei de cabeça naquela alta sociedade: registrava seus códigos e usos, nunca exagerava e evitava me embebedar todas as noites como a maioria de meus colegas, desejosos demais de participar daquela festa que nunca acabava.

Mahoney não demorou a me notar e a me pôr debaixo das asas. O velho barman ensinou-me todos os segredos do ofício: atenção aos detalhes, a arte de servir, a palavra espirituosa para cada um e a disponibilidade para todos. A administração das provisões, o gosto pelas bebidas fortes e o principal: a arte de misturá-las. Durante meses, observei o modo como os ingredientes se transformavam mutuamente quando em contato, produzindo coquetéis únicos. Depois me pus a atentar para os efeitos deles nos fregueses — que bebida excita, qual acalma, qual neutraliza. Bem depressa percebi que cada um tem sua identidade de bebedor, que a embriaguez não é a mesma para todos e que pode bastar um copo da bebida certa na hora certa para acalmar um freguês um pouco exaltado demais.

Algumas criações minhas caíram tanto no agrado de Charley Mahoney que acabaram na carta do Hoffman. O Pompadour — nome que minha mãe adorava pronunciar —, rum, vinho pineau de Charentes e suco de limão, três ingredientes apenas, mas um sabor inaudito. Aos poucos, fui me tornando o maestro das noitadas endiabradas. Ainda me lembro da grande festa de Ano-Novo de 1904, uma das mais bonitas já realizadas em Nova York. O Perrier-Jouët jorrou a noite toda e, alguns minutos antes da meia-noite, Mahoney mandou disparar, do teto do hotel, uma fabulosa explosão de fogos de artifício, sob os olhares inebriados e maravilhados dos casacos de pele e dos herdeiros. Um bando de ricaços e mulheres resplandecentes. Durante toda a noite, em meu paletó imaculado, tive a vertiginosa sensação de estar vivo e caminhar para a glória. Em plena madrugada, cheguei até a beijar Sofia, imigrante italiana jovem e bonita. Outra alma exilada. Loira como os trigais da Toscana. Um sorriso de cair de costas, uma beldade, nunca consegui esquecê-la.

Mas, em 1907, a direção do estabelecimento decidiu demolir o hotel para reconstruir um Hoffman House mais bonito, mais impressionante e moderno. Durante as obras, tiveram de fechar o bar de Mahoney, e fui demitido. Precisava começar tudo de novo.

"Você deveria voltar para a Europa, rapaz", sugeriu o grande Bill Cody certa noite. "Você ia arrasar!"

Buffalo Bill estava voltando de uma turnê triunfal pela França, com o seu Wild West Show. O velho caubói me falou da beleza de Paris e do apetite frenético dos europeus por tudo o que viesse do além-Atlântico.

Tomei uma decisão: tinha conhecido o melhor de Nova York, me tornado um barman de mão cheia, era só aprontar as malas e atravessar o oceano em sentido contrário. Não que estivesse dando para trás, não, estava fugindo da queda, coisa que eu faria durante toda minha existência. E Bill Cody estava certo. Em Paris, tudo havia assumido outra dimensão. A Europa acabava de descobrir os coquetéis e não demorou a tomar gosto por eles. A lista de ingredientes parecia infinita, a busca por refinamento era um jogo. Eu já conhecia todos os segredos das bebidas; quanto aos segredos da alta sociedade europeia, não eram tão difíceis de decifrar para quem tinha crescido no Império Austro-Húngaro, ainda que no andar de baixo. Seguindo os conselhos de Henry Tépé, discípulo de Charley Mahoney que tinha migrado para a França, abri meu primeiro bar em junho de 1907, o Brunswick, bem perto da praça de l'Opéra, na rua des Capucines, em pleno bairro dos negócios e dos americanos residentes em Paris. Lá havia cerca de cinco mil pessoas do Novo Mundo.

Em alguns meses, a reputação de meu bar disparou, e o jovem diretor adjunto do hotel Claridge, certo Claude Auzello, todas as noites me mandava sua clientela americana, algo de que o Ritz ainda não podia dispor. Meus negócios floresciam quando explodiu a primeira guerra contra os boches. Contagiado pelo patriotismo de Claude Auzello, convicto de que nada era mais precioso do que a glória conquistada no campo de batalha, alistei-me na Legião Estrangeira em agosto de 1914. Um soldadinho de infantaria austríaco a serviço da França, sua terra de adoção. A Grande Guerra como uma louca aventura, exaltação, ação viril, achava eu. Em vez disso, passei por trincheiras, chuvas de obuses, cheiro de morte, boches e seus capacetes com ponta. Frio na barriga, cagaço, caras arrebentadas, o rompimento das defesas em Vimy com o general Pétain, a batalha de Verdun e o revezamento dos homens, depois a sobrevivência na lama e o clarim pelos desaparecidos, o toque de sinos pelos mortos antes do caótico retorno à vida.

Depois do armistício tão aguardado, o que eu ia fazer?

De novo o medo da derrocada. Da volta à estaca zero. A vida estagnada. Depois, em dezembro de 1919, conheci Maria durante um banquete organizado pela União Nacional dos Combatentes. Maria Hutting, belga autoritária, nem feia nem bonita, uma mulher-refúgio. Ficou grávida, nós nos casamos, e nosso filho, Jean-Jacques, nasceu em 1921. Eu precisava encontrar trabalho logo, e naquele mesmo ano a providência bateu à minha porta: tornei-me francês em março, antes de ser contratado pelo Ritz em abril, com a incumbência de abrir um bar de coquetéis para uma clientela cosmopolita abastada. Para o soldadinho, da pátria agradecida.

Ex-combatente, embarcado no carro-chefe do luxo em Paris, minha ascensão prosseguia. Eu estava nas portas do Ritz. Entrei lá pela primeira vez em 6 de abril de 1921, com trinta e sete anos. Ia me tornar o barman do Santo dos Santos.

3

15 de junho de 1940

— Cá estamos nós de novo, cara a cara com os boches — solta Georges.
— Mas, desta vez, arriscamos menos a pele.

Já passou de meia-noite, e Frank está com uma enxaqueca terrível.

Que noite estranha!

Os oficiais alemães continuaram a beber como uns paus-d'água, depois da saída do coronel — aguardentes, sobretudo, emborcadas de um gole e sem medida.

Tudo sem pagar, claro. É o preço da derrota.

A impressão dele é de que várias vidas transcorreram em algumas horas.

— Vá dormir, Frank — diz Georges, empunhando o esfregão.

Seu olhar é resignado.

— A gente vai precisar aprender a viver com eles.

Frank acende um cigarro e oferece outro ao velho camarada.

Ambos se deixam cair sobre o sofá Chesterfield. Frank fica de olhar perdido no círculo de fumaça que se eleva para o teto e sua cornija de madeira esculpida, ambos sujos de fumo.

Os dois homens ficam um instante em silêncio, como que tentando expulsar suas ideias tenebrosas com a fumaça do cigarro. Georges esmaga sua ponta no cinzeiro de latão e se levanta do sofá.

— Sabe de uma coisa? — diz. — Quando eu vi todos aqueles safados entrando no bar naquela hora, pensei nos nossos companheiros. Em todos aqueles que morreram em Péronne, com as tripas de fora. Tudo aquilo para quê? Para ver os Fritz voltando esta noite? Tenho vontade de chorar, Frank.

Faz vinte anos que Frank e Georges, como alguns outros milhões, vivem de braços dados com pesadelos de trincheiras em emboscada. Suas feridas nunca cicatrizaram de fato. Nessa noite, os boches as regaram com vinagre. Estão ardendo.

Frank desceu ao subsolo para buscar a mochila de couro no seu armário.

Cumprimenta o porteiro e envereda pela rua Cambon, que está deserta. O toque de recolher foi marcado para as vinte horas, mas os alemães já lhe entregaram um Ausweis* especial. Frank atravessa a cidade sozinho com seus fantasmas.

São quase duas horas da madrugada quando ele entra pela porta de seu prédio, na rua Henri-Rochefort. Caindo na cama, esforça-se por convocar lembranças mais felizes. Nova York, Arletty, Hemingway: tudo o que poderia reconduzi-lo a uma vida mais agradável. Meia parte de saudade, um terço de tristeza, uma gota de abandono e dois tragos de esperança; esse é o coquetel da noite.

---

* Passe, salvo-conduto. [*N. da T.*]

Diário de Frank Meier

Foi Fitzgerald que me sugeriu a ideia. Era véspera de Natal de 1934.

— Escreva um livro, Frank. Seria um sucesso!

— Livro, eu?! Livro sobre o quê?

— Sobre você, meu velho, conte seus segredos!

Acotovelado no balcão, com seu Dry Martini, Fitzgerald insistiu. Escrever um livro é como deixar uma marca, é se tornar imortal.

Scott estava convencido de que minha reputação era suficiente para publicar uma coletânea de receitas e truques meus de barman. Os editores chegariam correndo com um contrato para eu assinar.

— Torne-se o cronista de sua própria viagem à burguesia — acrescentou —, saia para valer de sua classe social, seja um fugitivo de verdade, alce voo!

Suas palavras ainda ressoavam em mim dois anos depois, na festa organizada no Ritz para comemorar a publicação do meu livro. The Artistry of Mixing Drinks, *um vade-mécum em língua inglesa para uso dos homens de elite. Mil exemplares, nem um a mais. Despertar o desejo, criando a raridade. Em quinze anos, eu tinha me tornado uma personalidade incontornável na alta-roda do luxo. Meu bar havia se transformado numa joia da alta burguesia. Eu era o homem mais temido da fina flor da sociedade parisiense. Praticava a hospitalidade seletiva, duro em minhas escolhas, somente a nata, e, naquele outono de 1936, nenhum outro bar do mundo tinha uma freguesia* tão distinta quanto a minha. Ele era o feudo dos suseranos da noite, dos dândis parisienses, dos escritores nova-iorquinos, dos herdeiros ricos de humor frívolo e dos diplomatas esclarecidos. Era obra minha: duque de Windsor, Joséphine Baker, Georges Mandel, Gabrielle Chanel, Noël Coward, Sacha Guitry, Jean Cocteau, Winston Churchill, Serge Lifar, Cole Porter, Arletty, Hemingway e até Kermit Roosevelt, filho do presidente, cada um recebeu seu exemplar numerado e com dedicatória. Aquela noite de lançamento foi um ápice de elegância e refinamento. O casamento da aristocracia com a boêmia. Uma verdadeira consagração. À tarde, a casa Christofle tinha mandado me entregar um estojo completo com coqueteleiras, filtros, coadores e colheres bailarinas de prata, a ourivesaria dos poderosos a serviço do modesto barman tirolês.

Atrás de meu balcão, eu inventava, estava satisfeito da vida, rodopiava. Georges, meu fiel escudeiro, vestido nos trinques, serviço de alta qualidade. Ele estava brincalhão e afetuoso. No fundo, era também a noite dele, era a noite de todos os barmen. O fotógrafo Roger Schall apareceu com sua Rolleiflex; Hemingway escreveu para mim um soneto em versos alexandrinos e Arletty me chamava de "Frank, meu querido". Ela estava vestindo um tailleur acinturado, amarelo e branco, eu me lembro como se fosse ontem, com luvas longas de cor cinzenta, um chapeuzinho preto em equilíbrio frágil e insolente no alto da testa, um colar de ouro rosa cinzelado, a estrela tinha se embonecado só pelo meu livro e por mim. Naquela época, eu já dirigia um Bentley, ceava de vez em quando no restaurante La Tour d'Argent, mandava fazer ternos de paxá, e então Paris inteira tinha se emperiquitado em honra a Frank Meier.

Depois, ela chegou, às vinte e trinta. Com seus olhos cintilantes e seu spleen, vestida como uma rainha cigana, Blanche Auzello imediatamente enfeitiçou os presentes, sobretudo Hemingway e Fitzgerald. A esposa americana do patrão brilhava em seu vestido justo de veludo, cor berinjela e preto, empoleirada em escarpins de verniz, meia rendada, cordão com pingente de libélula e água-marinha no pescoço.

Eu balbuciei "Boa noite, minha senhora..."

Blanche Auzello respondeu com uma distinção colorida por aquele sotaque nova-iorquino que continuo adorando. Fisgado, saí do balcão por alguns instantes. Arletty havia pedido um Manhattan, e a diva se impacientava:

— *Diga uma coisa, querido, o meu coquetel está vindo de* ferry?

Sorri. Sempre tive imensa afeição por Arletty. Recíproca, parece. Cumplicidade de classe, talvez.

Tal qual com Claude Auzello. Sempre nos estimamos, porque ambos sabemos o que custou o caminho percorrido. Como homenagem, o diretor do Ritz me deu de presente naquela noite um velho porta-copos do Brunswick, que ele tinha conservado entre suas coisas, e isso me arrancou uma lágrima. Claude deu-me um tapinha no ombro com sua mão tranquilizadora. Sem uma palavra. Gosto da dignidade desse homem. Aquela noite foi feérica. O álcool jorrava, de graça, tudo por minha conta. Nunca se deve regatear com a glória. Em várias ocasiões, entre um coquetel e outro em preparação, relembrei aquele garoto austríaco encolhido entre bezerras num vagão glacial, fugindo em direção a Munique. Relembrei Charley Mahoney, Sofia, os companheiros mortos em Verdun, aquele inferno do qual continuo sem saber por que saí incólume. Lembro-me também muito bem que Maria não foi naquela noite. Não era o mundo dela; pior, minha mulher o desprezava. Dizia: "Os teus cosmopolitas sugam o sangue de nosso velho país."

Eu deveria ter percebido que ela não demoraria a me deixar. Era melhor. Maria aderiu à Ação Francesa no dia seguinte e, seis meses depois, estávamos divorciados. Pouco importa, aquela noite foi o ápice de minha glória. Scott tinha razão, aquele livro será a marca deixada por Frank Meier no mundo de depois. A prova de sua existência.

4

23 de junho de 1940

No Ritz, os alemães estão em casa. "Em Fritz, há Ritz", ressalta Georges em todas as oportunidades.

Em menos de uma semana, Paris entrou na era alemã.

Pétain assinou o armistício ontem, e Frank ficaria quase satisfeito com isso.

Tomara que deem liberdade de ação ao velho marechal.

Os relógios precisaram ser adiantados em uma hora para se acertarem com Berlim. Nessa noite, portanto, o sol se põe às vinte e três horas e trinta, mais de duas horas após o toque de recolher. E, enquanto as estrelas vão se iluminando, uma a uma, a suástica já flutua em todos os monumentos.

Paris, Frankreich.

Nessa manhã, Hans Elmiger, o diretor-geral interino do Ritz, na ausência de Claude Auzello, comunicou o novo regulamento. Esse suíço um tanto apagado, sobrinho do proprietário, é o homem certo para a situação: de uma neutralidade perfeita. O edifício foi dividido em duas alas distintas: o lado da praça Vendôme é reservado aos oficiais superiores da Wehrmacht e aos dignitários do Reich; a ala que dá para a rua Cambon continua aberta ao público e poderá alojar civis, com acesso livre ao restaurante e ao bar. Há pouco, Elmiger até mandou instalar um belo cofre de madeira no grande hall de entrada, para que os "hóspedes militares", como os chama, possam guardar suas Lüger.

— Senhor Meier! Aproximação de quatro oficiais alemães, um deles o tenente-coronel Soehring.

É a voz com ligeiro sotaque piemontês de Luciano, seu jovem aprendiz, posto de vigia. Ainda não tem dezessete anos e já assimilou tudo. Frank sente por ele uma afeição que o surpreende. No início, o barman desempenhava o papel de um tutor distante, por amizade à mãe do rapaz, que ele tinha conhecido numa de suas vidas passadas, em Nova York. Acaso a razão da aproximação seria aquele segredo que os preocupa, mas que também os torna mais hábeis para lidar com o perigo? No registro civil, Luciano se chama Levi. Ainda por cima, circuncidado, o que o torna mais vulnerável a denúncias. Frank decretou que o garoto vinha de Lugano, no Tessino, e não de Livorno, onde seria possível encontrar seus vestígios com demasiada facilidade. Filho de comerciantes abastados, que o mandaram à França para fugir das leis raciais de Mussolini, o jovem desembarcou em Paris dois anos atrás para aprender o ofício. Sua ingenuidade o levou a dizer tudo a Frank, que ele idolatra, e a se pôr sob a proteção do barman.

O garoto aprendeu de cor o nome de todos os alemães, e, quando apontam os graduados da Wehrmacht, ele os saúda pelo nome, sem nunca se enganar.

Luciano é o sorriso do Ritz — mais precioso que todas as bebidas do bar. De paletó branco, gravata preta com nó Windsor, magro e esguio, seu ar ligeiramente safado vence qualquer parada. E eis que, há alguns dias — Frank se diverte —, vem se penteando como ele: risca no meio, cabelos bem assentados com brilhantina de cada lado. Quando os outros empregados afundam na amargura, Luciano se diverte com armadilhas. Antecipa, gosta do risco, é um jogador. Será de admirar sua paixão por corridas de cavalo? Passou toda a adolescência perto de um hipódromo, em Turim, como empregado subalterno de um cavalariço. Frank tinha prometido levá-lo a Auteuil num domingo à tarde, mas faltou tempo, e agora é tarde demais: os alemães proibiram as corridas. Uma verdadeira aperreação, aliás: Frank tinha o costume de ganhar algumas comissões sobre as apostas feitas no bar, para garantir seu nível de vida nababesco.

Vai ser preciso encontrar outro plano. Mas qual?

Acabará por encontrar — sempre se virou. Por enquanto, Frank se recusa a vender seu Bentley Blower aos boches; esse carro é seu orgulho de homem bem-sucedido.

São dezoito horas, o carrilhão do relógio de ônix branco soa o clarim. A caminho de uma nova noite no *front* daquela guerra de mentira. Georges reajusta o paletó antes de ir abrir o bar e põe na cara uma expressão afável.

— Sorriso e cortesia, o espírito de Paris!

Está bom, caro Georges, mantenha essa linha.

Mas por quanto tempo?

5

1º de julho de 1940

O maldito mês de junho terminou!

Ninguém sabe o que julho reserva, mas começa com uma segunda-feira, primeiro dia de folga para Frank Meier desde a entrada dos alemães em Paris. O sol deu as caras, a vida continua, o Ritz parece salvo.

O negócio ocorreu na outra noite, junto ao balcão. Aproveitando que o coronel Speidel tinha ido tomar um Golden Clipper antes de jantar, Elmiger e seu assistente, o esquivo Sr. Süss, o alertaram: sem verba extra, o ministro Goebbels, que está para chegar, vai ser obrigado a brindar com água gaseificada.

Speidel só precisou dar um telefonema ao hotel Meurice, onde está instalado o quartel-general militar, e o assunto foi resolvido: o general Streccius ordenou ao Banco da França a abertura de uma linha de crédito de um milhão de francos para o Ritz. Quando lhes chegou a confirmação oficial, Elmiger trocou a limonada por um White Horse — duplo, sem gelo.

A seguir, a calculadora se pôs de novo em funcionamento.

Hoje Frank acordou tarde, leu o *Paris-soir* da véspera tomando café preto, limpou a cozinha e dobrou a roupa. Como almoço, contentou-se com uma fatia de pão preto e um *pâté des Ardennes* com um copo de vinho de Borgonha, e logo depois estava no bulevar Capucines. Com seu terno de *tweed* cinzento, espinha de peixe, complementado por uma gravata xadrez vermelha e verde, ele procura vestígios da cidade de antes, a cidade de apenas um mês atrás.

Pela primeira vez, Frank se pega a pensar que os alemães talvez não partam nunca mais.

Na rua Antin, ele encontra sua alfaiataria. Em abril, Frank tinha encomendado duas camisas de popelina sob medida. Elas têm ao mesmo tempo o cheiro do novo já e do velho. Um olhar de cumplicidade é suficiente para que os dois homens comuniquem sua amargura um ao outro. Como que para se desculpar por ter ficado fechado durante algumas semanas, o alfaiate o presenteia com um minúsculo vasinho de estanho que se deve encher de água antes de colocar no bolso externo do paletó. Maravilhosa bugiganga que mantém viva a flor na lapela. Amanhã à noite, Frank vai introduzir nele um cravo branco, só para embasbacar os prussianos agaloados.

Impressionar os boches: até agora, é a melhor arma que encontrei.

Saindo, busca um táxi com o olhar — velhos reflexos —, depois resolve voltar a pé para o 17º *arrondissement,* onde mora. A amenidade do verão aos poucos expulsa suas ideias sombrias. Mas, logo após o parque Monceau, uma tabuleta atrai seu olhar:

LOJA PROIBIDA PARA JUDEUS

Ele sente um calafrio. Ele, Frank Meier, que a alta-roda acredita conhecer, o melhor amigo dos beberrões elegantes, respeitado entre os socialites dos cinco continentes, está arriscando a vida sem nem mesmo extrair daí glória alguma — ninguém sabe disso. Mas, quanto a Luciano, são outros quinhentos. Até o momento, Frank fazia esforço para não pensar muito no assunto, pois os oficiais da Wehrmacht caçoam um pouco dessas histórias de origens. *Menos obcecados que os nazistas.* E, com o falso passaporte suíço que Frank arranjou para ele — prudência nunca é demais —, ele deveria estar mais ou menos protegido. Mas Luciano é jovem, Luciano é um jogador, e o menor passo em falso poderia ser fatal.

Subindo a escada da rua Henri-Rochefort, Frank compreende que nunca mais viverá totalmente tranquilo e que agora vai precisar ter prudência por dois. O barman do Ritz e seu aprendiz, dois judeus presos numa arapuca.

6

11 de julho de 1940

Frank acorda sobressaltado. São três da madrugada.

Com calafrios, lençóis ensopados de suor, encharcado no suco frio dos tormentos reprimidos.

Os alemães estão aí há quase um mês, e o que eu fiz? Lambi as botas de Speidel na esperança não sei de quê, virei exatamente o que queria evitar. Boa noite, senhores! Um Rum Fizz, tenente?

Sorrir para os alemães é uma coisa que corrói por dentro.

Ontem, porém, Philippe Pétain recebeu plenos poderes.

Fim da República corrupta. O Marechal está finalmente no comando!

Na véspera, o velho militar do quepe falou no rádio. Sua voz tremelica um pouco, mas ele fala claro.

Já nas primeiras palavras do discurso, Frank reconheceu o *seu* marechal: "A França, sozinha diante de seu destino, encontrará uma nova razão para temperar sua coragem, conservando toda a fé em seu futuro."

Frank conheceu Pétain quando ele ainda era general. Foi em abril de 1915, no *front* Norte. O austríaco tinha escolhido a França, sua pátria do coração; ela estava sendo atacada, ele se alistou — *ou a gente tem senso de honra, ou não tem*. E, na primavera de 1915, ele estava sob as ordens de Pétain, aquele comandante que não se parecia com os outros.

Eles tinham atacado os boches na parte alta de Arras, cume de Vimy. Artilharia, bombardeio intenso, ataque-relâmpago, na hora certa e no lugar certo: em 9 de maio, a divisão marroquina rompeu as linhas alemãs — *fazia meses que o exército francês esperava uma penetração nas defesas inimigas!* Mas os reforços haviam demorado, avançar sozinhos seria suicídio. Pétain deteve a ofensiva, e a guerra se eternizou.

"Nosso programa é devolver à França as forças que ela perdeu."

A voz do Marechal no rádio provoca em Frank um desfile de lembranças.

Março de 1916, Verdun, Georges e os outros, depois Craonne, a carnificina.

"Doemo-nos à França! Ela sempre levou seu povo à grandeza."

Frank se agita na cama e pensa naquele novo hóspede permanente que o Ritz se prepara para receber. Hermann Göring deveria ocupar os apartamentos do primeiro andar, na suíte imperial.

Göring ficará na praça Vendôme depois de algumas reforminhas de verão — em especial a instalação de uma imensa banheira. Frank fez suas sondagens e não precisou ir muito longe. Um oficial da Luftwaffe, entontecido pelo conhaque, contou-lhe num final de noite que "o homem de ferro" precisa tomar longuíssimos banhos "por razões de saúde". Não quis dizer mais, porém o barman entendeu. Blanche Auzello também tomava longos banhos para acalmar sua dependência da morfina. *O que terá acontecido com ela?* Frank pode mentir para si mesmo durante o dia, mas à noite tudo se revela. Blanche nunca o deixa. Uma fantasia. Intocável. *Onde estará ela em meio a essa bagunça?*

A igreja sueca, que fica a alguns metros de sua casa, já soa cinco horas.

7

Blanche. A audaciosa entre as audaciosas. A primeira vez que Meier pôs os olhos nela foi no Ritz, na Galerie des Merveilles, num dia de 1925. Para ele, foi como uma aparição. Seu contrário, seu duplo. Tão bonita e altiva quanto ele se sentia comum. Tão resplandecente quanto ele gostava de ser discreto. E, no fundo, tão vulnerável quanto ele. O patrão já lhe havia mostrado uma fotografia de sua mulher, mas nenhuma imagem poderia fazer justiça à delicadeza de seu porte: ombros jogados para trás, cabeça erguida e pernas compridas como uma noite de verão. Cabelos de azeviche, tez de neve, lábios sedutores e uma leveza no rosto que era contrabalançada por um olhar tenebroso. Uma princesa no exílio.

Frank Meier e Claude Auzello conhecem-se desde 1909. Apesar de nunca terem se tornado íntimos, os dois nutrem alta estima mútua. Os dois contam entre os precursores daquela região da praça de l'Opéra que se tornou o ninho favorito dos americanos em Paris. Os dois ganharam dinheiro. Os dois sobreviveram à Grande Guerra. Ao voltar do *front*, Claude Auzello tornou-se diretor-adjunto e depois diretor-geral do Claridge, hotel luxuoso, aonde chegou, em 1922, uma jovem atriz americana, vinda de Manhattan, que sonhava fazer carreira no cinema por ter participado de alguns filmes mudos. A moça da Costa Leste e o belo rapaz do Sul não demoraram a se casar, união que poria fim aos sonhos de glória da jovem Blanche.

Alguns meses depois, Claude Auzello era contratado pelo Ritz como diretor-adjunto. Sua excelente reputação o favorecera, e ele sonhava com aquilo fazia muito tempo — quem, na hotelaria, não sonhava com o Ritz? Aliás, ele mirava mais alto ainda. Pouco tempo após sua chegada, ele pediu para falar com Frank na maior discrição. Tinha ouvido dizer que a viúva Ritz desconfiava dos judeus.

Era março de 1924, Paris gelava. Os dois homens se encontraram no Café de la Paix, em torno de um caldo de carne. Auzello explicou a Frank que Blanche tinha nascido Rubenstein, filha de um casal judeu alemão emigrado para os Estados Unidos no final dos anos 1880. Auzello temia que isso prejudicasse sua carreira no Ritz, cujas rédeas eram comandadas com mãos firmes por Marie-Louise desde a morte de César. Frank nunca havia visto Blanche até então, mas tinha contatos capazes de prestar ajuda a seu novo chefe. Pensou principalmente num velho freguês do bar, funcionário da embaixada americana, que tinha uma bela conta pendurada; não foi muito complicado disfarçar a ascendência asquenaze da jovem nova-iorquina. Uma declaração de perda na polícia, novos documentos de identidade maquiados e certificados pelo cúmplice com um novo nome de solteira, que ninguém em Paris poderia verificar. Em algumas semanas, Blanche Rubenstein virou Blanche Ross, nascida em Cleveland. Uma perfeita cristãzinha do Midwest. Frank se contentou com uma comissão de dez por cento — a mesma que ele começava a praticar sobre as apostas no turfe, em troca de seus palpites —, e Claude Auzello pôde considerar com serenidade sua ascensão para a direção do Ritz, que ele obteve dois anos depois.

Os primeiros contatos entre Frank e Blanche Auzello resumiram-se a simples cortesia de corredor. Frank sabia de tudo sobre a identidade da jovem, e Blanche não podia ignorar o papel dele na obtenção de seus documentos. Depois, certa noite de 1931, pouco antes do Natal, ela entrou em seu bar. Mil novecentos e trinta e um, ano da criação do Petit Bar, à frente do mais velho Café Parisien: lugar reservado às mulheres, para que também elas pudessem beber num espaço público. Iniciativa inédita na alta sociedade europeia. Claude Auzello era favorável; Marie-Louise Ritz, contrária. Decidiu-se por um mês de teste, sob alta vigilância. Duas semanas depois, o sucesso estava acima das expectativas: as damas adoravam os coquetéis de Frank e aquela liberdade nova que não punha em risco o seu dinheiro. O hotel recuperava sua receita prejudicada pela crise que acabava de atingir a Europa e afagava sua reputação de estabelecimento precursor no Velho Continente. A viúva Ritz precisou se decidir a perenizar o Petit Bar, desde que atendida a estrita condição de impedir que ele se tornasse misto. Negócio fechado. Corrida ao ouro.

A administração do Petit Bar foi delegada a Georges Scheuer, e Frank se apresentava lá de vez em quando — eram os únicos homens autorizados no meio das ricas elegantes.

Sem um pingo de hesitação, Blanche Auzello veio se sentar num banco alto junto ao balcão, com modos de freguesa habitual. Usava um vestido florido de seda tailandesa com um gorro de feltro azul, como um recadinho ao inverno que se aproxima. E depressa, com um ar travesso, "enquanto minha amiga, que está atrasada, não chega", pediu um Bijou. Frank ficou espantado: como ela podia conhecer aquele coquetel fora de moda? Ninguém mais, no Ritz, lhe pedia Bijou, ao passo que ele havia servido centenas no bar do Hoffman. Esse clássico do início do século, inventado pelo papa dos barmen, Harry Johnson, tinha sido enterrado com a lei seca. O Bijou reunia as cores de três pedras preciosas: gim para o diamante, vermute para o rubi, licor chartreuse para a esmeralda.

Essa mistura sutil combinava maravilhosamente com Blanche Auzello. Ela emborcou três em duas horas. A amiga esperada nunca apareceu.

Entre dois pedidos, Frank e Blanche conversaram sobre suas lembranças de Nova York. Ela lhe contou seus fins de tarde no bar clandestino do Plaza com a amiga Pearl White, estrela do cinema mudo. O passatempo preferido delas era deixar-se seduzir por jovens corretores da Wall Street, que as convidavam a passar o fim de semana em suas mansões suntuosas de Long Island.

Por trás de sua melancolia, Blanche manifestava tamanha força vital que Frank de repente teria pagado alto preço para ter vinte anos a menos e voltar com ela a Nova York. Blanche teria sentido o mesmo? Pediu um terceiro copo. Como que para selar um pacto. Um pouco embriagada, gozou das beatas enrugadas do Midwest. Depois, disse num sussurro quase inaudível: "Nunca vou lhe ser suficientemente grata pelo que fez, Frank, o meu bravo Claude provavelmente nunca seria diretor...", antes de confessar que era incapaz de localizar Cleveland num mapa. Os dois riram. Portanto, tinham um segredo em comum, o do passaporte falsificado. Blanche acrescentou, cochichando, que, de qualquer modo, era estranho precisar esconder dos outros uma parte de si mesma.

Evidentemente, não sabia que ele era judeu também. Frank quase lhe confessou sua origem, depois mudou de ideia. Nove anos depois, ainda se felicita por isso. E se lembra da vontade enorme que teve de beijá-la naquela noite.

8

24 de julho de 1940

— Senhor, o diretor o espera na sala dele. O mais depressa possível — anuncia Luciano com voz sepulcral.

Frank não faz perguntas. O rosto do rapaz é suficiente: a hora é grave. Ele arruma o colarinho diante do espelho, pensa por um instante no filho.

Pronto, a Velha deve ter dado ordens, vão me mandar embora.

Diante da porta da sala do diretor, dá três batidinhas com aprumo e entra sem esperar.

Logo percebe que se enganou. Encolhido em sua poltrona de couro, Elmiger nem se dá o trabalho de se levantar. Nervoso, beberica um scotch lotado de gelo, enquanto sua silhueta se perde nas brumas das volutas loiras de sua cigarrilha. O traje de diretor é decididamente grande demais para ele, e a luz fraca do abajur *bouillotte* com frisos dourados não ajuda nada o quadro. Na penumbra, Frank acaba por identificar a presença de Süss, de pé ao lado de Elmiger. Rígido, sério, olhos azuis e mecha loira impecável, o "Visconde" Süss concede um aceno ínfimo de cabeça. Uma leve deformação do lábio superior lhe confere expressão sarcástica. Com um gesto lento e indiferente, o adjunto convida Frank a se sentar na poltrona posta à frente da escrivaninha. Süss acaba dizendo:

— A Sra. Ritz estará de volta entre nós na segunda-feira pela manhã.

Frank entende o recado. Elmiger suspira.

— E não é só isso.

Ah não?!

— Claude e Blanche Auzello também estarão entre nós a partir de terça-feira — acrescenta Elmiger em tom cansado. — É evidente que Claude Auzello não pode reassumir seu posto de diretor, pois não fala alemão.

— Consequentemente, é o Sr. Elmiger que continua no posto — conclui Süss.

Uma bomba de dupla detonação. A Velha e os Auzello, uma briga antiga. A viúva do fundador tinha antipatizado imediatamente com a mulher de seu diretor. Como poderia ser diferente? Marie-Louise é uma mulher de outra época. Nascida sob Napoleão III, filha de hoteleiros alsacianos, criada com dureza, ela se impôs aos acionistas após a morte de César, em 1918, até ser nomeada presidente do conselho de administração — façanha sem precedentes. O próprio Frank admite: Marie-Louise também soube abraçar a audácia.

Marie-Louise e Blanche. Duas exiladas, duas mulheres fortes: poderiam unir-se. Odiaram-se até a ruptura, violenta, definitiva. Foi na primavera de 1936. No entusiasmo da Frente Popular, quando, pela primeira vez, três mulheres foram nomeadas subsecretárias de Estado, Blanche Auzello acabou por convencer o marido a abolir a proibição de bares mistos no Ritz. Marie-Louise era contrária, claro, mas Frank sentiu prazer em obedecer às instruções de seu diretor. Foi assim que, no mês de junho, pela primeira vez na jovem história dos hotéis, homens e mulheres sentaram-se para brindar no mesmo balcão.

Eram quase vinte e três horas, naquele 15 de junho de 1936, quando Marie-Louise Ritz entrou no bar acompanhada por seus dois grifons belgas, usando luvas de renda preta e uma pelerine de arminho nos ombros. Um silêncio de morte caiu sobre os festeiros. No entanto, estes, verdadeiros frequentadores do hotel, costumavam falar alto, sobretudo Arletty e Guitry. Ela lançou um olhar cheio de desprezo aos cerca de cinquenta convidados que tinham ido brindar àquela grande estreia. A viúva Ritz contra as celebridades parisienses: era um velho duelo que se repetia ali, no bar, o duelo da tradição contra a vanguarda, a eterna polêmica que constituíra a glória do hotel desde sua abertura, quando duas Franças, em pleno caso Dreyfus, haviam se encontrado na praça Vendôme. De um lado, a burguesia conservadora e antissemita tratada com deferência por Marie-Louise Ritz. Do outro, artistas e intelectuais dreyfusistas reunidos em torno de Sarah Bernhardt, amante do cozinheiro Auguste Escoffier, sócio de César. Uma rivalidade de mulheres, já então. E eis que, quarenta anos depois, Marie-Louise se via frente a frente com outra mulher, bem mais popular que ela.

Blanche Auzello estava sentada num banco alto, com um cotovelo apoiado delicadamente no corrimão de cobre do bar. De vestido longo de crepom creme, ela olhava para Marie-Louise, que lhe endereçava palavras odientas, sem se desfazer de um sorriso vago. O constrangimento tinha tomado conta do lugar. O mundo da noite não ia se deixar insultar sem replicar. Frank já sabia que a resposta não partiria de Blanche, mas de sua vizinha — a amiga misteriosa, inseparável, que, com ela, tinha atuado para que as mulheres tivessem o direito de beber com os homens: a rutilante Lily Kharmayeff. Aquela, que era chamada "La Kharmayeff", de uma beleza andrógina, era ex-bailarina de um balé russo e tornara-se aventureira da noite; sempre vestida de terno preto, andava de cabeça erguida e tinha fala insolente. Quando Marie-Louise terminou de despejar seu ódio, Lily pôs a tilintar umas moedinhas no fundo do bolso. Avançou para o centro da cena.

— A senhora percorre a via da tradição como uma peregrinação, madame Beck — soltou Lily, lembrando-se oportunamente do sobrenome que Marie-Louise tinha antes do casamento, quando era uma mocinha vinda de um meio modesto. — Mas Blanche sempre preferiu a delinquência.

A multidão entusiasmada de boêmios brindou tão ruidosamente que ninguém ouviu os latidos raivosos dos dois cães da viúva. Então Blanche Auzello se levantou e, com um gesto, acalmou o público. Com seu Bijou na mão, rindo, ela deu o golpe de misericórdia:

— Viva o século XX!

O bar repetiu a frase em coro. Lívida, a Viúva vencida finalmente foi embora, sem que ninguém tentasse uma palavra de reconforto. Frank ainda se lembra de Guitry dando um discreto pontapé num dos grifons.

Já no dia seguinte se reunia um conselho disciplinar: Lily Kharmayeff foi proibida de permanecer no Ritz, e Blanche Auzello, obrigada a apresentar suas desculpas por escrito. Marie-Louise Ritz, por sua vez, foi convidada a fazer um tratamento de repouso na Suíça, na casa do barão Pfyffer, que todo o hotel calculava ser seu amante havia vinte anos. E, para que a humilhação não fosse completa, foi colocado como adjunto de Claude Auzello o sobrinho devotado do barão, Hans-Franz Elmiger.

Parecia ter-se encontrado um equilíbrio.

Que complicação — pensa Frank, mergulhado em suas lembranças. — *O casal Auzello e a Viúva de novo reunidos no Ritz, no meio dos alemães, dá para imaginar?*

Elmiger, Süss e Frank ficam algum tempo silenciosos. A notícia paira entre eles na sala esfumaçada.

Frank pagaria para saber o que aqueles dois helvéticos pensam um do outro. Mas Elmiger e Süss são apenas peões de um jogo que os supera. Elmiger esmaga sua cigarrilha no cinzeiro, Süss se serve de bebida, e Frank se cala.

No caminho de volta, Meier tenta pôr as ideias em ordem. Ele já se via na rua, e seu tempo foi prorrogado. Mas ele sabe que a Velha o mandará embora na primeira oportunidade. Ou então é ele quem vai cair fora. Atravessar a linha e ir ao encontro do filho em Nice, por que não? Afinal, chegou a hora de desempenhar seu papel de pai. Jean-Jacques é um encontro a que ele faltou. Frank sacrificou tudo pelo Ritz e sua clientela prestigiosa, mas agora, no meio dos boches, para quê? Largar tudo e reconstruir tudo, isso ele já fez. Era mais jovem, porém.

Era eu o aprendiz, na época. Ao passo que hoje...

Ele apressa o passo debaixo da chuva nascente. Ao desembocar na rua Henri-Rochefort, tenta se imaginar em Paris sem o Ritz.

Insuportável.

Use os Fritz o máximo que puder. Seja mais cínico, como Georges. Lembre-se do que se dizia na Legião: se você for corajoso, poderá ser morto; se for covarde, poderá ser capturado; se estiver com raiva, poderá se exaltar; se for suscetível, poderá ser humilhado; se tiver compaixão, ficará atormentado. Então, encontre o caminho entre as fileiras, mexa-se, rasteje, avance; você é capaz, Frank!

Mais do que proteger Luciano e Blanche, o que ele precisa proteger é seu bar. Uma questão de dignidade, uma visão de mundo que ele não vai entregar nem aos boches, nem à Velha. Não vai desertar.

Diário de Frank Meier

A Belle Époque *acabou em 14 de agosto de 1914. Foi o dia em que assinei meu alistamento na Legião Estrangeira. Claude Auzello tinha sido mobilizado em 4 de agosto. Dez dias depois, eu me tornava infante a serviço da França contra o império de Guilherme II, aliado à Áustria-Hungria, meu país natal. Fui incorporado no 2º regimento estrangeiro, em princípio sem alemães nem austríacos; na verdade, havia alguns, voluntários, como eu. Fui treinado no manejo de um fuzil Lebel no campo de Mailly, departamento de Aube, região do champanhe…*

E depois, bem depressa, passamos pela prova de fogo. Um dilúvio de aço, uma ciranda de morte. Eu tinha trinta anos, a festa havia acabado. Uma voragem. Fiquei conhecendo Georges nos prados desolados do rio Mosa. Quantas vezes achamos que morreríamos naquela loucura sangrenta? Dez vezes, cem vezes, mil vezes? Ouvi companheiros de trincheira gemer a noite toda como animais selvagens, sozinhos diante da grande ceifeira na terra de ninguém entre as duas fileiras, com as vísceras nas mãos. Vi o pavor no olhar de marmanjos que clamavam pela mãe. A gente se embebedava de éter antes dos assaltos, álcool bizarro, e ficava assombrado com os gritos atrozes dos caras feridos, operados sem o clorofórmio que tínhamos roubado. Quantas vezes me caguei no fundo da trincheira, com as calças encharcadas de diarreia? Minha gamela muitas vezes tinha o gosto de minha própria merda misturada com a dos outros. Vimos corpos mutilados, queimados, ficamos com as ventas infestadas das carnes torradas e do cheiro de sangue ressecado. Vimos o sofrimento dos homens e depois nos calamos. Desde então, vivemos como podemos. Essa é que é a verdade. Saí de lá sem um arranhão. Nada. No entanto, eu não era um indolente. Foi um milagre, como se a vida tivesse decidido me poupar, para eu poder prosseguir meu caminho. Só o avanço nas linhas inimigas com Pétain, no cume de Vimy, continua em meu coração. Uma verdadeira surra nos boches. Um orgulho. O sentimento de ter sido um bravo.

SEGUNDA PARTE

Guerra de movimento

AGOSTO—NOVEMBRO DE 1940

1

16 de agosto de 1940

Marie-Louise Ritz voltou de Lucerna. Dizem que *em forma* — o que permite pressagiar o pior. Essa noite, durante a insônia, o barman fez as contas: faz quatro anos que não a vê.

No bar do Ritz, os oficiais montaram quartel. O coronel Speidel não dá notícias há dez dias, Georges faz mesuras, Frank se habitua. Os dois barmen fingem e evitam assuntos que criem problemas. Às vezes, Frank tem a impressão de representar um papel: os gestos estão lá, e a cabeça, em outro lugar. Acontece-lhe revelar coquetéis a alguns graduados que ele estima — frequentemente os mais discretos. A outros, ele tem o prazer maligno de servir um bordeaux 1933: ano da ascensão do Führer ao poder e da pior safra da década. Ele subiu o seu preço, os estoques logo estarão esgotados.

Do outro lado da Galerie des Merveilles, estão todos reunidos no salão Vendôme, onde o embaixador nazista em Paris, Otto Abetz, oferece um jantar de gala em homenagem à nova amizade franco-alemã. Luciano foi requisitado para a ocasião. Frank deu uma olhada: um verdadeiro jantar de núpcias, em grande pompa! Noz de vieira frita com creme de açafrão como entrada, ovos de codorna pochês com caviar — Frank roubou dois na cozinha, *deliciosos*—, enroladinhos de costeleta de cordeiro à Eduardo VII, purê de alcachofra e nabos jovens caramelizados, acompanhados por um Château Ausone 1900. Para terminar, um biscoito crocante feito com *calvados* e *granité* com aguardente de cidra de Champagne, acompanhados por uma taça de Roederer Cristal.

Reputação é coisa que se deve conservar a qualquer custo; Marie-Louise Ritz soube marcar seu retorno.

Frank reconhece alguns rostos entre os alemães. Speidel não passou pelo bar, mas está lá, em animada discussão com o tenente-coronel Soehring. Pelo lado francês, Pierre Laval veio em família, com a filha Josée e o genro René de Chambrun. Frank gosta de Laval. *Fala com franqueza, é direto e pacifista.* À mesa deles, o almirante Darlan à paisana, o mosqueteiro Jean Borotra e o advogado Fernand de Brinon. O clã do Marechal está em ordem de batalha. Parecem serenos, quase fanfarrões.

Luciano aparece com uma garrafa de bordeaux na mão, para servir aqueles novos donos da França. Laval lhe dirige uma palavra gentil, os homens brindam — no fundo, o país não pede outra coisa: paz e *basta così*.

Voltando para trás de seu balcão, Frank percorre os jornais. "Todos estamos vivendo horas extraordinárias; não sabemos o que somos", escreve o editorialista do *Le Matin*, para quem a situação não é tão sinistra quanto seria de temer. Frank não pode dizer que ele está errado.

Ponhamo-nos corajosamente a trabalhar. Haverá de fato outra solução?

— Que diabo, Frank. Eu gostaria de saber o que a Sra. Auzello anda fazendo!

A voz seca e nervosa de Süss tira-o repentinamente de seus pensamentos. Faz alguns dias que o casal voltou. Claude desceu para apertar a mão de todo mundo, cortês e paternal, apesar de ter sido posto de escanteio. Blanche, porém, continuou invisível. Então começaram a circular mexericos. Ontem, no saguão de entrada, Frank ouviu um jovem mensageiro contar ao porteiro que ela teria deixado o ex-diretor para voltar a Nova York. Süss adoraria ouvir essa história, mas um verdadeiro barman não se rebaixa a transmitir boatos. Ele pensa principalmente em: *morfina*.

— A Sra. Auzello talvez sofra de enxaqueca — sugere o barman. — Não é a primeira vez que ela fica no quarto vários dias...

O diretor adjunto faz bico. Não acredita muito. E, acima de tudo, tem medo. O Visconde cruza e descruza nervosamente as mãos. A Viúva e ele têm uma obsessão: é preciso evitar qualquer excesso de Blanche. Mas como a controlar se nem podem vê-la?

— Eu sei que ontem à noite subiu uma garrafa de Perrier-Jouët ao apartamento dos Auzello — afirma o Visconde, com expressão crispada. — Da próxima vez que pedirem bebida, quero que o senhor cuide do assunto em pessoa. Entendido?

— Perfeitamente — diz Frank. — Conte comigo.

Süss emborca seu uísque e sai, apressado.

Frank fecha o bar, contrariado. A Velha e seus dois suíços podem tirar o cavalinho da chuva: nem por sonho ele vai subir ao apartamento dos Auzello. Não, ele não vai se mexer. Não será ele o primeiro a ir procurar Blanche. Se ela quiser vê-lo, vai descer. E, se estiver procurando morfina, saberá onde encontrar. Como naquele dia de junho do ano anterior.

Diário de Frank Meier

Depois daquela façanha com a Kharmayeff contra a Velha, em junho de 1936, Blanche se manteve comportada durante vários meses. Na primavera seguinte, foi voltando aos poucos ao bar até conquistar espaço no Clube dos Elegantes, que se reunia às quintas-feiras à noite. Ah, como ela enfeitiçava os homens, Hemingway e Fitzgerald mais que todos. O próprio Guitry a adotara, ele, o grande misógino.

Atrás de meu balcão, eu servia, animava, inventava.

Assim como Arletty, Blanche me chamava de "meu querido", com seu ligeiro sotaque nova-iorquino, flerte inocente, achava eu. Ela aparecia ora de braços dados com os fregueses mais vulgares, ora sozinha, para tomar um coquetel depois do outro, com os olhos cada vez menos brilhantes. Eu deveria ter percebido que ela estava dominada por tremenda melancolia. Lily Kharmayeff, que oito meses antes tinha ido lutar contra Franco ao lado dos republicanos espanhóis, fazia-lhe uma falta terrível. Lily vivia uma aventura, ao passo que Blanche, presa no conforto do Ritz, precisava aprender a matar o tempo. Já não encontrava sentido na vida, não fazia nada e bebia demais. Ocupava seus longos dias lendo romances. Os de Proust pareciam entendê-la tão bem. Sabia de cor o fim de Um amor de Swann *e, tristonha, pensava nos anos que podem ser perdidos amando uma pessoa que não nos agrada e, no fundo, não é nosso tipo.*

Eu não vi que ela estava afundando.

Depois veio o 8 de junho de 1939. A noite tinha sido calma, como sempre no começo da semana. Apenas ela havia ficado, sozinha ao piano. Tocava uma Gymnopédie, *de Satie, numa versão febril, como um acrobata em sua corda. Eu lhe propus uma infusão com jasmim. Ela preferiu seu famoso Bijou e me suplicou que brindasse com ela. Como recusar? Com a mente confusa, preparei o Bijou e aprontei para mim um* boulevardier *com uma dose generosa de bourbon, lembrança de minha juventude em Manhattan. Quando Blanche se sentou ao balcão, a abertura de seu vestido azul-celeste deixou à mostra a renda branca de um sutiã que envolvia um seio redondo. Eu nunca a tinha visto tão bonita.*

— O século XX começa a me entediar — disse, levando o copo aos lábios.

De repente, debruçou-se no balcão, segurou suavemente o colarinho de minha camisa e me atraiu para si, com os olhos fechados. Seus lábios roçaram os meus, demoraram-se um instante.

Sua mão pousou na minha. Blanche já estava em pé. Precisava voltar para casa, era tarde, e esperava conseguir dormir. Talvez eu pudesse ajudá-la.

Eu deveria ter percebido logo de início o preço daquele beijo. Pandora acabava de depositar sua caixa diante de mim, era só eu não tocar nela. Mas a tentação era forte demais. Respondi que não conseguiria nada para ela naquela noite, mas acharia uma dose para o dia seguinte. Por que diabos cedi com tanta facilidade? O temor ancestral de não atender às expectativas de uma mulher que se quer possuir? No entanto, em Nova York e em Paris eu tinha visto dezenas de sujeitos prontos a tudo por abraços que nunca aconteceriam. Um homem sensato sabe dessas coisas, e um barman experiente, melhor que ninguém. No entanto, com cinquenta e cinco anos, eu caí na armadilha. Era irresistível. Eu estava caído. Aquela mulher me enfeitiçava. Sua beleza com aroma de desamparo agia sobre mim como um ímã. Meu receio era que ela desaparecesse de repente, se eu lhe recusasse o que quer que fosse. Além disso, tínhamos pelo menos uma coisa em comum: sob o efeito do ódio geral, éramos judeus enrustidos. Blanche não sabia que eu era um judeuzinho do Leste, mas eu nutria o forte sentimento de ter um vínculo secreto com ela. Pura quimera, sem dúvida.

Foi assim que me tornei o único fornecedor de paraísos artificiais para aquela que, noite e dia, passou a ocupar meus pensamentos. Mas a morfina me custava caro. Antes do fim de julho, eu havia estabelecido uma caixa dois no bar.

O barman se transformara em ladrão.

Ironia do destino, foi a guerra que me salvou. Em 3 de setembro de 1939, Claude Auzello foi recrutado e destacado como oficial instrutor para uma caserna no interior da região de Nice. Blanche não teve escolha, senão acompanhá-lo. De coração partido, precisei abastecê-la pela última vez com o suficiente para aguentar algumas semanas. Nisso empreguei meus últimos recursos. Depois, foi a chegada dos alemães, em junho, o desarranjo de todas as contas. Tirei o corpo fora, lucros e perdas. Ficava o gosto amargo do desvio — por Blanche, para possuí-la por qualquer meio, eu tinha me tornado o que sempre abominei: mentiroso, trapaceiro, um homem sem princípios.

Um pouquinho antes de sua saída do Ritz, eu tinha cruzado com ela pela última vez na Galerie des Merveilles. Tinha lido em seu olhar como ela me detestava por eu ter sido testemunha de sua decadência. Eu gostaria tanto que fosse diferente. Gostaria de ter sido o homem das palavras de conforto, mas Blanche nunca quis minha piedade. Mesmo seu beijo tem agora o bafio da mentira. Eis por que, enquanto todo o hotel se pergunta o que Blanche Auzello pode estar urdindo reclusa em sua suíte, eu me faço outra pergunta bem diferente, que me deixa louco: tenho ou não vontade de revê-la?

2

25 de agosto de 1940

— Está zombando de mim, Meier!

— Não, senhora...

Agarrada à escrivaninha, Marie-Louise Ritz está fora de si. Convocado com urgência, Hans Elmiger acaba de chegar ao encalço de Frank. Süss já está lá.

— Eu ordeno que tragam artistas de volta ao bar e mandem para o *trottoir* essas prostitutas que vocês deixam entrar no Ritz!

Frank tem uma certeza: a Velha o detesta.

Ele guardava dela a imagem de uma coruja envelhecida e a via de retorno como um réptil peçonhento. Emagreceu um pouco.

É de se crer que essa guerra revigora.

— Vocês não imaginam como foi difícil a viagem de Lucerna para cá. Estou com dor nos quadris. Dois dias inteiros para chegar aqui! E, ontem, no mínimo duas horas para atravessar essa maldita linha de demarcação: os alemães escarafuncharam nosso carro de cabo a rabo. Este país está humilhado, sinto vergonha por ele.

Pela primeira vez, Frank concorda com ela.

— Não vai responder? — vomita a Viúva. — Você sempre foi um incapaz, Meier! Ainda por cima covarde. Todo mundo sabe disso! Senhor Süss, pode repetir para o senhor Elmiger o que me contou agora há pouco?

O Visconde obedece, contrafeito:

— Ontem à noite, ouvi vozes do lado do bar, dei uma passadinha lá, por curiosidade... e vi um capitão da Wehrmacht desalinhado, sentado ao piano, com uma mulher no colo.

Quem diria que por trás desse jeito de dândi educado se escondia um dedo-duro?

Süss não ousa afirmar que aquela jovem estivesse com a mão dentro das calças do oficial — *uma punhetinha de Paris, presente de boas-vindas da França ocupada*. Mas o Visconde descreve a renque de oficiais alemães desgrenhados e bêbados, em companhia de prostitutas, com as quais desapareciam, a depender dos desejos deles ou delas. Sem dúvida, Süss encontrou uma delas no banheiro, com um sexo alemão na boca. Hans Elmiger ouve seu adjunto com os olhos arregalados. Os de Marie-Louise brilham de raiva e, ao mesmo tempo, do prazer que parece sentir em injuriar seu barman.

Suas faces se coraram de excitação.

— É imundo, Meier. Você está se transformando no alcoviteiro de um prostíbulo na minha própria casa. Isso tem de parar imediatamente.

Frank aquiesce com um sinal de cabeça, mas não acredita naquilo nem por um segundo. Os alemães nunca vão querer se privar de suas cocotes de luxo: sapatos altos de verniz, meias de seda, perfume chique e uma chupadinha por preço módico. Eles têm boas maneiras, mas são maneiras de vencedores. *A França, eles querem violentar!*

— Escute — diz a Velha com mais brandura. — Quero que você fique, Meier. Para ser sincera, suas habilidades são muito apreciadas por nossos hóspedes alemães, assim como pelas celebridades parisienses. Eu seria bem idiota se dispensasse a sua "arte do coquetel", como dizem.

Silêncio. Marie-Louise fixa nele seus olhinhos inexpressivos. Frank nunca tinha entrado na sala de César Ritz. Estrita, austera, tem semelhança com sua dona. Até o retrato do fundador, pendurado na parede, parece desbotado, e tudo está imerso num cheiro de cera de abelha.

— Vou lhe propor um negócio, Frank. O ministro Goebbels, por intermédio do coronel Speidel, mandou dizer ao Sr. Elmiger e a mim que quer reinaugurar, o mais depressa possível, a vida social no Ritz. Achou Paris sinistra e quer que isso mude. Duas palavras de ordem: atividade e alegria. Gostaria que uma clientela de artistas parisienses escolhidos a dedo voltasse à praça Vendôme. Você poderia nos ajudar a trazer de volta alguns antigos frequentadores... Sacha Guitry, Serge Lifar, Jean Cocteau... Se não me engano, você mantém relações privilegiadas com eles, não?

— Eles me fazem essa cortesia.

— Digamos que seria uma maneira de me provar sua lealdade.

Frank fareja uma cilada. O desafio beira o impossível: o Ritz nunca vai voltar a ser o que era enquanto o bar estiver cheio de oficiais alemães fardados. Ele também não ignora que, de artistas e de seu desejo perene de estar em evidência, pode-se esperar tudo.

— Conte comigo — solta Frank. — Vou tentar falar com Guitry o mais depressa possível.

— Perfeito! Estou certa de que nós dois vamos nos entender, senhor Meier... Claro que com a condição de se dispor a atender ao meu segundo pedido.

Ela sorri com uma expressão que não prenuncia nada de bom.

Süss se rejubila, Elmiger espera com um tiquinho de ansiedade.

— Restabeleça a regra de bares não mistos.

Ela faz cara de quem reflete.

— Não! Melhor: proíba o acesso às damas. Sim, é isso, quero que você estipule isso num regulamento interno. Está claro?

— Sim, senhora.

— E, até lá, seu bar está fechado.

Um esgar se desenha no rosto da Viúva, enquanto Frank se levanta para se despedir, diante dos olhares opacos de Süss e Elmiger.

— Estou vendo que, finalmente, se tornou sensato, senhor Meier. Estamos no caminho da reconciliação! Tomara que o marechal Göring se instale entre nós — prossegue, voltando-se para Elmiger. — A presença dele vai devolver um pouco de ordem às fileiras. A propósito, está tudo pronto, não, Hans? As obras de instalação da banheira estarão terminadas a tempo?

— Sexta-feira, senhora. E os móveis do castelo de Versalhes serão entregues amanhã.

— Perfeito. Também é preciso se certificar de que o conjunto do enxoval, lençóis e toalhas, esteja bordado com as iniciais dele. Um monograma em vermelho e preto. Que diacho! Nada está pronto!

Frank Meier sai da sala mais cansado que nunca. "Que diacho." Expressão usada por sua mãe. Ela tinha tanto orgulho de conhecê-la que a adaptava a todas as situações. "Diacho, como o strudel está macio! Diacho, como suas tzitzit estão sujas! Diacho, como o Pessach é cedo este ano!" A mãe que ele tanto amou, tão transbordante de bondade quanto a viúva Ritz pode ser de azedume. Ela sempre repetia que era preciso temer a Deus. Frank desconfia bem mais dos homens — e das mulheres. No momento em que as empresas reivindicam a demissão dos estrangeiros e se fala cada vez mais de um estatuto especial para os judeus, ele prefere não pensar no que Marie-Louise Ritz faria se ficasse sabendo que seu barman, além de ser covarde e incapaz, nasceu *israelita*.

3

28 de agosto de 1940

Em breve se completarão quatro semanas que os Auzello voltaram à praça Vendôme, e nenhum vestígio de Blanche.

Onde ela está? Como vai? O que está fazendo? Será que está ali mesmo?

Frank não se aguenta, quer saber. Decidiu entrar em ação, e a ação começa com Marie Sénéchal, uma das camareiras do casal. Foi ele que, três anos antes, a recomendou a Claude Auzello para trazê-la ao Ritz. Conhecia bem sua mãe — governanta irrepreensível e mulher exemplar. Marie revelou-se leal e séria, devotada a seu protetor. Frank marcou encontro com ela no Café de la Paix, na praça de l'Opéra. Um convite para almoçar, *depois do batente*. A moça ficou alegre; nos tempos que correm, uma simples omelete com salada verde vale ouro. Chegando antes, com terno e colete cinzento de lã merino, gravata preta de seda e camisa branca, o barman à paisana sentou-se no fundo do salão. É quarta-feira, não há muita gente.

— Bom dia, *seu* Meier.

— Ah, Marie, você chegou!

Com olhos verdes, sardas, cachos dourados e jeito esperto, Marie Sénéchal é o retrato escarrado da mãe.

— Como vai a vida?

— Nem tão mal. A gente se acostuma com tudo.

— Está com fome?

— Uma fome de lobo...

O pedido é feito: uma terrina de láparo para os dois, depois rodovalho à parisiense para ele e filés de linguado à Cancale para ela, tudo regado por meia garrafa de vinho de Riquewihr.

Marie exibe um ar jovial. Está alegre porque a vida vai se normalizando devagar e gaba os méritos do "velho marechal". Até lhe escreveu uma carta para agradecer. Frank a felicita e aproveita para puxar o assunto:

— E aí, o que Claude Auzello acha de Philippe Pétain?

— Oh, o senhor sabe bem, o *seu* Auzello reclama o tempo todo.

— Até de Pétain?

— Não, ele detesta principalmente os boches! Mas, bom, eu entendo, ele fez a guerra de 14, como o senhor.

— É, sim. E você, Marie, o que pensa dos boches?

— Ah, digamos que se comportam bem...

O garçom põe as duas terrinas na mesa. Frank percebeu que a senhorita Sénéchal ficou um pouco desconfiada ao responder à sua última pergunta. A jovem agarra uma fatia grossa de pão e devora sua entrada com os olhos. Frank a observa. E se arrisca:

— E a Sra. Auzello, o que pensa dos alemães?...

Marie Sénéchal hesita para responder. Sorri e mergulha no prato. Frank deixa que o silêncio se arraste.

— Eu não deveria dizer, mas... A senhora não vai muito bem.

Blanche, portanto, está de fato trancafiada em seu apartamento. Ela está lá. O fato é que tinha acabado por duvidar. Então é invadido por sentimentos mesclados de excitação e temor. *Ela não vai muito bem, o que isso quer dizer?* Ele pega sua taça de vinho da Alsácia e toma um gole. De novo, fica em silêncio.

A moça se sente obrigada a lhe dizer um pouco mais sobre o assunto, como que para demonstrar sua lealdade:

— A senhora está muito irascível. Em geral fica no quarto e às vezes se contorce de dor. É preciso trocar os lençóis dela com frequência, porque ela transpira muito. Mas se recusa a ir consultar um médico.

— E o que diz Claude?

— Nada, o coitado do Sr. Auzello está desorientado. Ele pediu a maior discrição, mas com o senhor não é a mesma coisa, no senhor eu tenho confiança.

— Obrigado, Marie. Pode ficar tranquila, não vou dizer nada.

— Espero que ela melhore logo.

— Eu também...

Frank Meier pensa nas crises e nos sintomas dos soldados da Grande Guerra, dependentes do éter. Ele tem quase certeza. *Abstinência da morfina.* Em seguida, pensa na Velha; se Marie-Louise Ritz soubesse do estado de Blanche, aproveitaria para se livrar dela.

A jovem camareira enxuga delicadamente a boca com o guardanapo, antes de levar a taça de vinho branco aos lábios. O Ritz é uma escola de boas maneiras.

— Tem notícias de sua mãe?

— Nenhuma, ela está na Bretanha, mas o correio continua sem funcionar. O senhor tem notícias de sua família?

— Não, não sei nem onde está meu filho...

Frank se pega falando de Jean-Jacques. Isso nunca acontece.

A menina com certeza não sabia que eu tinha filho.

Incrédula, Marie Sénéchal pergunta a idade dele.

— Jean-Jacques tem dezenove anos.

— Olha só, como eu! — exclama.

Frank não responde. Ele se dá conta de que nunca convidou o filho para almoçar.

4

12 de setembro de 1940

Quando entra em algum lugar, é como teatrólogo. Fica calado, perscruta, vai com calma. Sacha Guitry acaba de transpor a porta do hotel Aiglon. Avalia o espaço, calcula as distâncias, fareja os humores e aspira a atmosfera, com o olhar obsessivo. Espera sondar o que as pessoas dizem no fundo de si mesmas. Ele as escuta, permeia, penetra. É seu segredo. O *maître d'hôtel* o avista e corre para ele, o astro deu as caras. Guitry aponta o indicador para o céu, com a mandíbula apertada, é preciso traduzir logo que o *maître* ainda não está pronto para desempenhar seu papel. Nessa noite, ele está usando terno e colete de lã cinzenta príncipe-de-gales, sob medida, paletó de seis botões e ombros napolitanos, camisa branca com colarinho engomado e enfeitado por uma gravata *lavallière* de veludo preto e um chapéu Borsalino de feltro carvão posto de lado, como que para aparar golpes. Nariz reto, bochechas quinquagenárias, olhar inteligente, Guitry tem cara de coronel engenheiro que queima as pestanas para abrir caminho no coração dessa zona cinzenta. Faz dez dias que toda manhã, em seu escritório da avenida Élisée-Reclus, o barão dos bulevares começou a escrever uma nova peça. Avenida Élisée-Reclus, endereço que nunca fez tanto jus ao nome como agora. Enfim, quem diria que esse ourives do verbo é recém-casado? Geneviève de Séréville é a Sra. Guitry apenas desde o último verão. Sua quarta esposa é uma jovem atriz, o quarto ato de uma vida dedicada ao teatro, e dessa vez as primeiras cenas têm como cenário a Ocupação alemã. Aonde isso vai dar?...

Frank Meier observa o amigo como se observasse um primeiro bailarino, com um misto de admiração e preocupação.

Foi Guitry que marcou o encontro no Aiglon, na rua Berri. Frank sempre detestou o lugar: tudo lá é artificial e de mau gosto, desde o cardápio até as dálias malvas nas mesas. Talvez seja disso que os alemães gostam: eles são numerosos esta noite, com ares de importância.

Mas por que Guitry vem aqui?

O *maître d'hôtel*, Edmond, reconheceu Frank Meier, que mata o tempo torturando a toalha de mesa. O homenzinho barrigudo atravessa o salão para ir cumprimentar o barman do Ritz, um pouco ostensivamente demais para ser sincero.

— Então, dizem que o senhor fechou o bar? — pergunta em tom afetado.

Frank desconfia que ele cobiça o posto e, por precaução:

— Só alguns dias. O hotel está se preparando para a chegada de uma personalidade importante, é confidencial.

Frank já contou essa fábula uma dezena de vezes essa semana. Assim como os outros, Edmond responde:

— Oh! Percebo...

Percebem-se tantas coisas, neste momento.

— Acho que está esperando o Sr. Guitry, não é? Ele está chegando.

Frank sorri em sinal de concordância.

— Eu estaria tentado a pedir um Blue Bird.

— Nosso barman vai tremer se souber que é para o senhor.

— O Sr. Jean vai fazer isso muito bem. Transmita-lhe meus cumprimentos.

O menu do restaurante já está em alemão.

Decididamente, o pessoal tem senso de comércio pelos lados da Champs--Élysées.

Frank jura que vai evitar as trutas da Floresta-Negra e o chucrute com *foie gras* e *boudin blanc*.

— Eu ouvi você me xingar, não é, Frank?

Uma voz forte com inflexões metálicas. Sacha Guitry chegou, sorriso de canto de lábio, a elegância em pessoa.

— Boa noite, Sacha.

— Permita-me dizer que seu rosto tem a palidez dos dias ruins, meu amigo. Não fique com essa cara, você tem a quinta-feira para si!

— Desculpe, é esse entorno...

— Eu sei — diz Guitry, lançando um olhar para as mesas rodeadas de soldados alemães. — Mas eu adoro a cabeça de bezerro deles, servida com salada de batatas.

O charme de escroque do dramaturgo está intacto. Essa necessidade imperiosa de se pavonear, como que para se salvar do abismo. E essas conversas que começam de repente, picantes e falsamente anódinas.

— Imagine que, hoje de manhã — continua ele —, fiquei pensando naquelas palavras de Chamfort às portas da morte. Como não queria receber a extrema-unção, ele cochichou para um amigo: "Vou fingir que não morri." Esperto, não?

Frank se pergunta aonde ele quer chegar; depois, subitamente, entende.

Fingir que não morreu.

— Me dê uma taça de Pol Roger. Sabe que Winston Churchill repete sem parar: "A vitória mereço. Da derrota preciso."? É bem um chiste de alcoólatra.

Frank ergue seu copo.

— Você sempre consegue me fazer sorrir, Sacha. Obrigado.

— Ainda bem! Em que posso lhe ser útil?

Nos últimos dias Frank se perguntou mil vezes como puxaria o assunto. No último momento, opta pela via direta:

— Na verdade, é bem simples. Mesmo sendo meio bizarro lhe pedir isso. Eu gostaria que, na medida da possibilidade, você voltasse de vez em quando ao bar do Ritz.

— Bom... Isso daria um jeito nos seus negócios?

— De algum modo. Por enquanto, estamos fechados, mas deveríamos reabrir logo. A Viúva voltou ao lar.

— Ora, ora.

Os olhos de Guitry se iluminam com o anúncio dessa notícia.

— É. A titia Ritz deseja ressuscitar as noitadas parisienses, cheias de inteligência e elegância. Conta com você, entre outros. Se for possível convencer Cocteau, Lifar ou Arletty a irem também, seria o ideal. É para todos nós fingirmos um pouco que não morremos...

Guitry vibra; adora ser citado. Ergue a taça.

— Você é o oráculo da sabedoria, meu caro Frank. Você é o coração e a inteligência em uníssono. Vamos brindar a meu retorno à praça Vendôme. Imagino que lá haja uns bons espécimes para estudar?

— Não vai ficar decepcionado. Vamos até hospedar um crocodilo antropófago.

— Ah! Será que não é um gorducho com o paletó lotado de medalhas? — pergunta Guitry, com um olhar guloso.

Duas horas depois, Frank Meier sai do Aiglon com o estômago pesado, a mente lúcida e a boca amarga.

5

28 de setembro de 1940

Faz mais de um mês que Frank oficia numa igreja vazia, e esse silêncio é um suplício. Quase tem saudade da algazarra dos boches. Acreditava que a velha Ritz, assegurada das intenções de Guitry, reabriria logo as portas, mas não fez nada disso.

Todo esse dinheiro perdido, não dá para entender.

— Acha que a gente vai ficar muito tempo fechado ainda, *seu* Meier?

Durante essas horas ociosas, felizmente resta concluir o aprendizado de Luciano. Ninguém inventa novas receitas quando não se tem motivação, mas é possível revisar as clássicas.

— Não faço ideia, filho. Vou falar com Elmiger amanhã, vamos ver. Enquanto isso, recomeçamos. Receita de um American Beauty? Diga lá.

— Primeiro a gente pega um copo bem grande — recita Luciano —, põe uma colher de café de licor branco de menta e outra de granadina. Aí acrescenta suco de uma laranja espremida, meio copo de vermute francês e outro de brandy. Depois, a gente enche de gelo picado, agita bem forte a coqueteleira. Despeja num copo resfriado e decora com frutas da estação. Está certo?

— Não. Concentre-se. Está faltando uma coisa. O segredo.

— Ah, sim! A especialidade Senhor Meier. Uma gota de vinho tinto do Porto por cima.

— Isso. E serve com um canudo e uma colher.
— Claro.
— Agora, a receita do Blue Bird.
— Blue Bird! Eu despejo na coqueteleira meio copo de gim, uma colher de café de curaçau e... acho que estão batendo.

Frank também ouviu. Mas é tarde.
— Abra, por favor!

Batem de novo, e de repente ele reconhece a voz abafada atrás da porta.
— Por favor, Frank. Sou eu.

Frank está imóvel atrás do bar. Os olhos do rapaz se apertam.
— Luciano — sussurra Frank, recobrando o sangue-frio —, saia pela porta de serviço, depressa.
— Sim, senhor.

Amanhã preciso lhe lembrar que ele não ouviu nada.

Blanche está impaciente atrás da porta.
— Abra, caramba!

Frank respira fundo.

Não se deixe enrolar, mantenha distância.

— Venha, entre logo — diz ele, abrindo a porta.

Ele fecha o ferrolho depois que ela entra e a encara. Debaixo do lenço de seda que ela pôs sobre os cabelos, as olheiras são fundas, os traços estão marcados e a silhueta é frágil. Ela emagreceu muito no último ano, mas, quando seus olhares se cruzam enfim, Frank sabe que já não tem a menor vontade de odiá-la.

6

— Puxe as cortinas, abaixe a luz e vamos tomar um Dry Martini — cochicha a esposa espectral do diretor.

Blanche já está se dirigindo para o balcão.

— Alguém a viu descer até aqui?

— Não, claro que não! Vamos tomar um drinque, Frank, eu lhe suplico...

O barman está com as mãos úmidas.

Já está obedecendo às ordens dela. Sabe que ela não passa de uma fonte de problemas.

Sabe que deveria mandá-la embora e que não vai fazer nada disso.

— Com quem estava falando? — pergunta Blanche.

— Com Luciano, meu aprendiz.

Ela olha ao redor, inquieta. Frank a tranquiliza: eles estão sozinhos, com suas lembranças e aquela raiva triste que se pode ler nos olhos de Blanche. Ou será medo? Ele já está com a mão na garrafa de Gordon's.

— Frank, por favor, olhe para mim.

É medo que ele descobre em seu olhar.

— Quem, aqui no hotel, além de você e Claude, sabe que eu sou judia?

— Ninguém...

— E o cara da embaixada que deu aquela mãozinha?

— Foi transferido para Londres faz dois anos.

Sem a menor dúvida: só Claude e ele estão a par desse passe de mágica. Mas isso não parece tranquilizar Blanche Auzello.

— Está sabendo que os judeus precisam ser recenseados? Ontem, os boches decretaram que todos os judeus têm de se declarar no comissariado das respectivas circunscrições antes do final do mês de outubro.

Não está nos jornais: só se fala da humilhação da frota do general de Gaulle diante de Dakar e da guerra aérea entre Alemanha e Inglaterra.

— Mas para fazer o quê? — preocupa-se Frank.

— Eles querem nos marcar como gado. Eu tenho uma bola no estômago desde hoje de manhã, estou preocupadíssima!

— Seus documentos certificam que a senhora é católica, não há o que temer.

— E que sei eu? — retorque Blanche com ar de desafio. — Afinal, você poderia muito bem me entregar para a Velha.

— Por que eu faria isso?

— Não sei. Para fazer bonito? Para defender sua posição? Agora é desse jeito, não? Está todo mundo corrompido, e é cada um por si. É preciso sobreviver.

Será que ela pensa mesmo o que está dizendo?

Blanche segura o rosto com as duas mãos.

— Ah, Frank! Ponha-se no meu lugar: é uma obsessão, não posso fazer nada! Eu me sinto cercada. Uma presa no meio dos predadores. E fui eu que me pus debaixo do jugo dos meus inimigos. Faz três meses que não toco em nada. Três meses de tratamento, com água pura.

Frank estava certo, era crise de abstinência.

— Confesse que está espantado! É de se crer que tenho instinto de sobrevivência. Desintoxicada antes de afundar. Eu achei mesmo que ia morrer nessa. Fiquei de cama no escuro durante dias e noites, com enxaquecas atrozes. Completa apatia... Às vezes eu acordava suando, tinha vontade de arrancar a pele dos braços.

— O Sr. Auzello está a par?

Ela solta uma risadinha triste.

— Ele não entende nada. Acha que é pavor por estarmos aqui e que deveríamos ter ficado em Nice. Acha que é por causa da Sra. Ritz. Como ele é bobinho, às vezes...

Ela balança a cabeça e, com voz repentinamente mais rouca, acrescenta:

— À noite, sou prisioneira da insônia. Anteontem, por volta das duas horas da madrugada, saí do apartamento; era a primeira vez desde que voltamos. Fiquei passeando pelos corredores. Não encontrei ninguém, exceto Quiniou, com seu uniforme de criadinha atrás do seu carrinho. Estava recolhendo os sapatos dos Fritz para limpar durante a noite. Pensar que eu poderia ter a vida dela, camareira num hotel de luxo de Manhattan. Teria sido menos feliz? Claro que não. Principalmente hoje, no meio dessa matilha de lobos!

— Poupe-se, senhora. Apareça um pouco mais, em vez de se enclausurar. Tome ar, isso vai evitar as fantasias e todas essas suspeitas que circulam ao seu redor de um mês e meio para cá.

Tomara que ela siga meu conselho.

— Eu ainda não saí por Paris — diz ela enquanto ele dosa o vermute na coqueteleira. — Claude me contou como tudo mudou. A cidade ocupada pelo inimigo, soldados farreando para todo lado. Parece que todos os Fritz compram o Nº 5 para as suas mulheres, a coisa vai feder em Berlim! Titia Chanel está ganhando uma fortuna — decididamente para algumas pessoas a sorte sempre sorri. Mas, de qualquer modo, ela foi desalojada de sua suíte. Está morando como todos nós, de frente para a Cambon. Essa víbora só conseguiu um quartinho em mansarda. Bem feito!

— Isso vai permitir que ela economize dinheiro.

A observação arranca um sorrisinho de Blanche. A sovinice de Gabrielle Chanel era um dos grandes temas de piada entre eles.

— Claude a viu ontem. Ela estava sentada a uma mesa do jardim de verão em companhia de um belo oficial alemão. Eu me pergunto o que ela pode ainda estar maquinando...

— O barão von Dincklage — esclarece Frank. — É apelidado de Spatz. Segundo rumores, Chanel, voltando da Costa Basca durante o mês de agosto, logo o tomou por amante, na esperança de conseguir a libertação de seu sobrinho André, preso na Baviera, onde teria contraído tuberculose. Ela tinha jurado cuidar dele quando sua irmã morreu.

— Senti saudade de você, Frank.

O que Frank não teria dado para ouvir essas palavras antes que a guerra explodisse de novo?

— Também senti da senhora — solta ele num murmúrio, despejando lentamente o Martini nas duas taças cônicas.

— Sabe o que sempre achei? Seu bar é como o ventre de uma mãe, nele a gente se sente protegida dos ataques da vida exterior. Seus coquetéis são mágicos. Dissipam a tristeza. Só eles têm esse poder.

Frank sente a paixão por Blanche invadir todo o seu ser. Está fascinado por essa mulher. Tem a tentação de lhe revelar tudo: que também é judeu e que tem medo, por si mesmo, por ela e por Luciano.

A luz fraca do bar os envolve num doce silêncio.

7

30 de setembro de 1940

— Ele lhe disse boa-noite, é isso mesmo, senhor Elmiger?

— É, senhora. Em seguida, riu como um alucinado, girou seu bastão de marechal como no desfile militar, depois prendeu os pés no roupão. Quase se esborracha no chão...

— Estava bêbado, imagino?

— Um pouco mais que isso, na minha opinião.

— Como assim?

— Temo que ontem à noite o Reichsmarschall Göring tenha abusado de substâncias psicotrópicas, tipo cocaína.

— Está falando sério, Hans?!

— Estou, senhora. Em todo caso, o Sr. Süss está convicto disso.

Frank teria vontade de rir se o rosto de Marie-Louise Ritz não estivesse tão crispado. Às vezes basta um único hóspede — mas que hóspede! — para pôr o hotel em polvorosa. No entanto, tudo parece estar indo muito bem. As prostitutas vistosas demais desapareceram. Arletty anda trocando arrulhos com o tenente-coronel Soehring, e Chanel se diverte sob os plátanos com seu aristocrata prussiano. Hóspedes de alta hierarquia dão-se encontrões pelos salões do Ritz: quatro ministros do Reich, um ministro de Estado italiano e o cunhado do general Franco. Quanto aos dignitários da Wehrmacht, todos os dias tecem laços cada vez mais íntimos com os residentes da praça Vendôme.

E eis que o grande caçador assume a liderança do carnaval dos depravados: essa, a Velha não tinha previsto.

— Meu Deus — suspira ela —, eu achava que ele era morfinômano.

— Também é — responde Elmiger. — Aliás, isso cria um problema sobre o qual eu gostaria de trocar uma palavrinha com a senhora.

E o sobrinho explica que, desde que chegou, o Reichsmarschall toma o dia inteiro banhos de imersão prescritos por seu médico pessoal para atenuar o vício da morfina. Resumo da ópera: ele sozinho consome quase toda a água quente do hotel. Chovem queixas na recepção, mas os altos graduados da Wehrmacht fazem de conta que não sabem de nada. Elmiger, embaraçado, reconhece que não sabe como sair dessa.

Ouvindo essas palavras, os olhos da viúva Ritz se iluminam.

— Pois bem — diz ela —, está na hora de ir fazer uma visita a esse Sr. Göring. Parece que ele exigiu a troca do relógio da saleta, porque acha que é muito barulhento. Eu vou me encarregar de lhe levar outro. Aproveito para esclarecer com ele dois ou três detalhes...

Se há alguma coisa que se pode admitir na Viúva, é que ela tem peito. A adversidade não lhe dá medo, pelo contrário: ela parece gostar dos problemas tanto quanto dos velhos bibelôs.

— Avise o ajudante de ordens e veja a que horas posso subir ao apartamento dele — ordena a Elmiger.

Sem ouvir a resposta, ela se volta para Frank.

— E, já que está aí, Meier, tive uma ideia. Você vai comigo.

— Ao apartamento de Göring? Tem certeza, minha senhora?

— Deixe de frescurinha! Desencove uma boa garrafa de champanhe na adega. Um grande vintage, com uma história para contar. Vamos lhe dar esse presente de boas-vindas, e você canta as qualidades do vinho.

— Está bem, minha senhora.

— Perfeito. E eu vou lhe fazer um agrado. Imagine que sua penitência termina esta noite, meu caro. Concordei em reabrir o bar. Sua equipe volta à ativa, pode chamar Georges Scheuer. Não perca tempo. Ah, outra coisa...

Nunca dar nada sem contrapartida: para Frank, seria um espanto se safar sem ficar devendo alguma coisa.

— O Sr. Elmiger imaginou que você poderia inventar receitas novas, em honra a nossos hóspedes. Eles ficariam lisonjeados, não acha?

Frank volta-se para Elmiger.

Embaraçado, o diretor faz de conta que está olhando para outra coisa.

— É só pôr na carta alguns coquetéis com o nome de oficiais alemães.

Frank hesita um instante para responder que o SS Manhattan está na carta desde 1932.

— Ah, não faça essa cara, Meier — corta a Viúva. — Ah, espere um pouco. Tem notícias da Sra. Auzello?

— Dizem que está convalescendo e não passa nada bem. Teria sido muito afetada pelos acontecimentos dos últimos meses.

— Afetada? Blanche Auzello? Aquela dura na queda!

A Viúva volta-se para Elmiger.

— O que as camareiras dizem, Hans?

— Elas não têm mais acesso ao apartamento.

— Como assim?! — diz Marie-Louise irritada, pálida.

— O casal Auzello desistiu do serviço de quarto.

— Desistiu? É absurdo! O que isso significa?

Elmiger limita-se a erguer as mãos ao céu.

— Que eles mesmos fazem a arrumação — solta Frank com voz insegura.

— Besteira, Meier — estrila a Viúva antes de se voltar para os dois suíços. — Nisso há cumplicidades, tenho certeza. Encontrem um meio de entrar lá, pelo amor de Deus! Quero saber o que ela está aprontando nas minhas costas.

Aprume-se, Frank, fique calmo.

Entre Göring e a viúva Ritz, quem ele preferiria? Nesse instante, nem ele saberia dizer.

8

Uma coisa é conhecer uma personalidade pública pelo que dizem dela os jornais ou os noticiários, outra é conhecê-la em carne e osso.

Principalmente quando há tanta carne.

Nada em Hermann Göring combina com sua fama de Grande Caçador. Ele parece mais um velho janota com quimono de musseline de seda por cima de calça azul-lavanda, calçando chinelos de couro ornados com pedrarias. Seu rosto é úmido, intumescido e pastoso. Sua pele está coberta por uma base, e ele se perfumou com um Guerlain de fragrâncias exóticas. "Sou um homem do Renascimento", declarou, apontando para a penteadeira de madeira laqueada de verde-garrafa, que ele mandou instalar em sua suíte. O glorificador da virilidade nazista adora se maquiar diante de um espelho de duas folhas.

Aí está uma história que vai fazer Georges rir. E Blanche também.

O fato é que, naquela suíte abarrotada, Frank Meier perdeu o faro, está sem referenciais.

Como previsto, brindaram com champanhe. Um Veuve-Clicquot 1913: a boa safra servida no jubileu de prata do imperador Guilherme II. Uma raridade.

O Reichsmarschall está lisonjeado, Marie-Louise, radiante. Um homem bochechudo, de óculos quadrados, intrometeu-se na sala. Göring o apresentou como seu *marchand* de arte, Karl Haberstock. Esse alemão atarracado veio avaliar o relógio de Marie-Louise.

Frank observa Göring, enquanto a Viúva começa a desfazer a embalagem. Seus olhos oblíquos devoram o relógio de metal dourado, com mostrador encimado por um vaso, à antiga. *Um glutão*. Haberstock aprova com a cabeça, mandíbula para a frente, e confirma o valor excepcional do objeto:

— Uma verdadeira joia do século XVIII.

Göring acaricia as placas de porcelana rosa e pergunta se pode fazer uma oferta.

— Impossível — responde Marie-Louise. — Esse relógio é propriedade do castelo de Versalhes, portanto, um bem do Estado.

Göring gargalha:

— O Estado francês não está precisando de um pouco de dinheiro?

— Vou me informar com o nosso diretor ou com o seu adjunto, o Sr. Süss — promete Marie-Louise.

Assim que ela pronuncia o nome do Visconde, Göring lhe pergunta se ela veria algum inconveniente em esse diretor-adjunto ajudar seu especialista na busca de obras de arte para adquirir em Paris. Marie-Louise não se perturba. Estava procurando uma brecha para não sair de lá de mãos abanando e encontrou.

— Como contrapartida dos serviços do Sr. Süss — arrisca —, seria possível lhe pedir que só tomasse um banho por dia?

Frank e Karl Haberstock recuam um passo. O Reichsmarschall emudece e se retorce em sua *chaise longue*, dispensa com um gesto da mão o seu *marchand* e finalmente se endireita. Inclinando o busto para trás, ele de repente se torna majestoso como um paladino.

— Ouvi dizer, de fato...

Deixa a frase suspensa e fixa o olhar em sua anfitriã como se tentasse penetrar seus pensamentos.

Frank observa as manobras daqueles dois predadores que agora se medem em silêncio. Ele não consegue evitar de, mais uma vez, admirar a firmeza da Viúva. O olhar de Göring é daqueles que gelam até a medula, mas ela não baixou os olhos. O silêncio se prolonga por alguns instantes. Göring se levanta, dá alguns passos, depois, com voz clara e pausada, quase doce, pergunta se ela já conheceu o prazer da vingança. *Touché!* A Viúva parece desestabilizada. Será que, sob aquela aparência de ogro empoado, Göring também é perspicaz, ou terá atirado a esmo? Marie-Louise reage:

— Na minha idade, o senhor sabe, a gente já passou por muita coisa...

O Reichsmarschall sorri com ar ladino, antes de estender novamente a carcaça paquiderme no divã de veludo. Com o rosto céreo voltado para o teto, as mãos pousadas na barriga inflada, ele parece uma estátua jacente.

— Hitler é o salvador! — assesta, com as pálpebras fechadas, erguendo bruscamente a voz. — Prova disso se vê hoje. A vermina esquerdista, os judeus e os niilistas estão apodrecendo na poeira. Nunca é demais desconfiar das consequências de uma humilhação, concorda?

E continua, como que para si mesmo:

— Para triunfar é preciso aniquilar totalmente os inimigos, essa é a condição absoluta para que o Terceiro Reich possa durar mil anos.

O ogro não diz mais nada, sua respiração animal ficou mais lenta. Os visitantes hesitam. Göring terá adormecido? Frank olha os pés dele pousados sobre uma pele de tigre-de-bengala, trazida pelo Grande Caçador em pessoa.

9

1º de outubro de 1940

Enquanto Göring substitui Churchill na praça Vendôme, o prédio da rua Henri-Rochefort volta a ter vida quase normal. A zeladora até teve tempo de encerar a escada de carvalho marrom. Um cheiro agradável de cera Sapoli dá a ilusão do mundo de antes. No terceiro andar, a Srta. Le Trocquer recomeçou a tocar piano e, nesta noite, ensaia Schumann. A jovem interpreta *Träumerei* com maestria.

Os boches não têm só coisas ruins.

Sentado no sofá da sala, Frank está bem-humorado. Seu filho está são e salvo, não é sequer prisioneiro. Para festejar a notícia, tomou duas taças de vinho Côte de Nuits. Um primeiro cartão interzonas* chegou pela manhã, e Frank o relê pela décima segunda vez. Jean-Jacques escapou do recrutamento em razão da miopia. Ele se sente um pouco envergonhado por ter esquecido que seu filho é míope. Pelo menos sabia disso? Pouco importa, o seu garoto continua em Nice e acaba de ser empregado na contabilidade do hotel Negresco. Está "tranquilo", escreve.

A noite é calma na rua Henri-Rochefort, Frank sabe muito bem que o prédio perdeu boa parte de seus moradores. Agora julga com menos severi-

---

* A *carte interzone*, literalmente, cartão interzonas, foi usada durante a Segunda Guerra Mundial para a passagem entre zonas controladas por diferentes autoridades. Durante a Ocupação da França pela Alemanha nazista, o país foi dividido em zonas. Havia a zona ocupada pelos alemães e a zona do sul da França, governada pelo regime de Vichy. A viagem entre essas zonas era restrita e exigia autorização especial. [*N. da T.*]

dade aqueles que fugiram. Pensa com afeição na família Birenbaum. Esses não devem voltar tão cedo; no fim da manhã, entregaram-lhe as chaves de seu apartamento do último andar antes de partirem para a Espanha, pedindo-lhe que cuidasse para que "os saqueadores" não os assaltassem. Na calçada, Jean Birenbaum cochichou a Frank que todos os judeus da França deveriam fazer o mesmo. "Os lobos entraram no aprisco", acrescentou. E Frank teve a estranha sensação de que o olhar de seu vizinho estava carregado de subentendidos. Seria um conselho? Impossível! *Eu sou francês faz vinte anos, ex-combatente, lutei em Verdun sob o comando de Pétain, não corro risco nenhum.*

Frank se serve da terceira taça de vinho, vai dormir bêbado, melhor assim.

Diário de Frank Meier

O Träumerei *reverbera em minha alma toda vez que o ouço. Não tento lutar, pelo contrário. A melodia se apodera de mim e me arrasta de imediato para minhas lembranças de juventude em Manhattan. No bar do Hoffman House, Ewald, pianista indolente de Düsseldorf, acompanhava regularmente o fechamento com essa peça de Robert Schumann. Os últimos fregueses adoravam essa melodia melancólica que abranda a noite. Eu também. No seu Steinway, as mãos de Ewald amimavam nossas tristezas de exilados, e o* Träumerei *me transmitia a sensação de fugaz imortalidade. Antes de encerrar meu serviço, quando precisava polir a fina canaleta de cobre que revestia o rebordo do balcão, com frequência eu pedia a Ewald que tocasse de novo o* Träumerei *só para mim. Com frequência, ele o encadeava seis vezes seguidas, o que dava a impressão de que nunca mais pararia. Em vez de voltar para casa e me deitar, eu me sentava numa das cadeiras de madeira de padouk, sozinho no antro de Mahoney, e me banhava da noite de Nova York através da imensa janela, à esquerda do bar. Cidade alucinante, cintilante de eletricidade. Lá fora, tudo era iluminado e animado pelo balé dos faróis dos automóveis. Os luminosos de teatros, music-halls e hotéis ficavam acesos a noite toda. Já não existiam trevas, o século XX se anunciava feérico. Era um sonho bom. No balcão, imperava um urso preto empalhado, em pé sobre as patas traseiras, apoiado num revérbero dourado; até o mundo selvagem parecia domesticado, apaziguado. Dependurado na parede, defronte do urso, um quadro a óleo punha em cena ninfas e sátiros, uma tela com odor de enxofre, um convite ao prazer... Reinava então uma atmosfera de irreflexão e hedonismo. Toda noite, os pioneiros do progresso vinham gozar a vida, um mundo despreocupado, feito de lantejoulas, dólares e champanhe resfriada. A América se parecia com seus edifícios, voltada para o céu; o país inteiro galopava para o futuro, forçosamente radioso e ensolarado. Em Nova York ou em Paris, ninguém podia avistar as florestas de Verdun, dentro em breve devastadas, ninguém podia pensar que as nações ocidentais se entrematariam ferozmente em meio à bruma e à lama das Ardenas.*

10

2 de outubro de 1940

O Reichsmarschall está bêbado como um gambá.

Göring em pessoa sentou-se à mesa de Speidel, que a custo reprime uma expressão de incômodo por trás dos pequenos óculos redondos. Talvez para esquecer que a *sua* batalha da Inglaterra não avança e que os Spitfires da RAF estão dando trabalho para os esquadrões da Luftwaffe. Várias vezes, o coronel Speidel lançou ao balcão olhares de pedido de socorro. Frank ergue os ombros.

O que você quer que eu faça?

Em tempos normais, ele teria ido fazer uma discreta advertência. Mas os tempos não têm mais nada de normalidade. Georges, por sua vez, com suas amabilidades a Göring, não facilita nada. Acaba de lhe servir mais um Pink Lady: gim, clara de ovo, granadina e suco de limão — o ogro adora, principalmente quando a mão pesa um pouco demais no último trago de brandy.

Frank se sente prisioneiro em seu próprio bar, com o Grande Caçador como carcereiro pessoal. Diante dos olhares úmidos de admiração de uns vinte oficiais da Luftwaffe em competição pela alegria de viver, o homem representa cem quilos avultados de poder e loucura.

— Silêncio, senhores! — troa bruscamente Göring. — Estou com vontade de propor um jogo.

O bar imediatamente silencia como uma trincheira antes do ataque. Göring lança um olhar vidrado para as mesas, depois para o balcão.

— Ah, Georges, você está aí! É com você que eu quero jogar.

— À sua disposição, Reichsmarschall.

— Vocês vão ver, é uma coisa que diz muito sobre o homem que temos à nossa frente. Para começar, vou tirar do bolso uma nota de cem Reichsmarks. Aqui está. Bonitinha, novinha. Cem Reichsmarks! Minha pergunta é bem simples, Georges: o que você faria se fosse sua? Eu lhe dou a possibilidade de escolher. Você pode oferecer uma rodada de cerveja a esta bela assembleia de oficiais do Reich aqui reunida...

Aplausos sonoros dos subalternos.

— ... ou então — prossegue Göring —, escolher uma única pessoa nesta sala e lhe pagar uma excelente garrafa. E então? O que você faria, meu amigo?

Frank criva seu velho cúmplice com olhares insistentes.

Não caia nessa armadilha, Georges! Esquive-se, pelo amor de Deus. Responda com outra pergunta...

Mas Georges é do tipo que gosta de se mostrar.

— Sem dúvida, Reichsmarschall, eu opto pela segunda alternativa.

Nem por terem ficado sem cerveja os oficiais deixam de ovacionar o senhor e seu lacaio.

Basta Göring estar aqui para transformar o bar em circo.

— Você é um bravo, Georges. Eis a resposta de um espírito temerário! Um traço de caráter prezado pelo nacional-socialismo. A bravura merece recompensa. Eu vou lhe dar meus cem Reichsmarks. Em contrapartida, meu caro Georges, você vai revelar qual destes estimáveis oficiais escolhe. A quem quer oferecer essa garrafa excelente?

Georges, sem se desfazer da soberba, volta-se para o balcão.

— Frank, cem Reichsmarks é o que custa um Dom Pérignon 1927, não?

Frank balança a cabeça sem vontade, acabrunhado por ver seu amigo, seu companheiro de armas, entrar no jogo da transigência.

— Então, vamos abrir uma à saúde do Reichsmarschall Göring!

Os oficiais aplaudem fragorosamente. A contragosto, Frank manda Luciano buscar uma garrafa no depósito.

— Glória a Georges! — grita Göring, em transe. — Preciso lhe agradecer e, como sou generoso, vou lhe dar duzentos Reichsmarks de gorjeta! *Heil Hitler!*

— *Heil Hitler!* — responde firmemente a sala como eco.

— *Danke sehr, mein Reichsmarschall* — responde Georges, inclinando ostensivamente a cabeça.

— *Bitte sehr.**

O que Frank temia está acontecendo diante de seus olhos: a arma mais temível dos nazistas, o aviltamento insidioso das almas. Essa avidez nos olhos de Georges é o que eles querem despertar.

Os nazistas estão loucos para destruir o espírito francês. Estão corrompendo Paris de propósito, incentivando os instintos mais baixos. Pétain deveria pôr as coisas em seus devidos lugares, e depressa!

Sem um mínimo de clarividência, todos os parisienses sucumbirão, uns após outros. E Georges também caiu na armadilha. *Ele quer sua parte, como censurar?* Mas, quando o vê entregar a Luciano uma das duas notas da gorjeta, Frank se interpõe:

— Deixe o garoto fora disso, Georges. Fique com o seu dinheiro. Luciano, volte para a sala, faça o favor! Vá abrir a garrafa de champanhe para o Oberboche. E cuide de servir.

Luciano se inclina, mas um brilho de decepção atravessou seu olhar. Frank fulmina:

— O que foi que te deu, Georges? Não está vendo que é uma armadilha?

— Você está com medo, só isso — murmura Georges. — Eu achava que você também queria aproveitar, não?

— Não desse jeito.

— Faça o mesmo, meu velho, e me deixe. Estou aplicando a tática do Süss. Você viu o Visconde, com aqueles ternos de marajá? Ele é elegante, fala bem, conquista mulheres. Sabe viver. Quem tem grana hoje é rei. E eu até podia mandar umas encomendas para a minha mãe. Comida, roupa quente e sapatos novos; com sola de couro, não de madeira.

— Süss é um especulador de guerra.

— Não — sussurra Georges. — Não tem mais guerra. Acabou a guerra, Frank. Os Fritz em Paris é algo para a vida toda agora, e a gente precisa

---

* "Muito obrigado, meu Reichsmarschall" [...] / "Não há de quê." [*N. da T.*]

se acostumar. Faz um mês que estou comendo salada de feijão-branco e cozido de carne.
— Faça o que quiser, rapaz, mas não meta o garoto nas tuas tramoias.
Antes de voltar à mesa de Göring, Georges encerra o assunto:
— O garoto já é grandinho, vai decidir sozinho…
Malditos boches!
E se Georges tivesse razão? Sua cabeça está zumbindo, o suor lhe gela as costas. Como acontece com frequência quando sua alma vacila, Frank pensa naquele breviário de Mazarino, que um velho subtenente lhe emprestara no atoleiro de Argonne. Um livro ao qual ele se agarrava como se sua vida dependesse dele, livro que leu dez, vinte vezes no fundo de sua trincheira. Ainda sabe trechos inteiros de cor. Mas que conselho lhe daria o cardeal naquela noite, no meio daquela ratoeira? Frank fecha os olhos. As palavras dançam diante de suas pálpebras fechadas: "Maquie seu coração como se maquia um rosto, simule e dissimule, não confie em ninguém, contenha-se, seja prudente…"
Georges está errado: a guerra não acabou.

11

3 de outubro de 1940

Marie-Louise Ritz vestiu um *vison*. Nessa quinta-feira 3 de outubro, o bar do Ritz deve recobrar o prestígio, reviver as grandes noitadas de antes da guerra, quando as celebridades parisienses se apinhavam para o encontro dos elegantes. É o retorno da cultura francesa ao Ritz. Frank não saberia dizer qual dos dois sentimentos domina a Velha: a alegria de reencontrar a alma do Ritz ou o alívio por atender às exigências dos novos senhores. Ela quase esqueceria que detesta Arletty tanto quanto Guitry. Süss está lá, também. Pediu para Marie-Louise cerejas *bigarreau* cristalizadas num copo de Guignolet, sem gelo — sua bebida preferida.

A Viúva passou parte da tarde com Laura Corrigan, cliente rica de Cleveland, que ela considera sumamente idiota, mas que seria amante de Göring. Verdade ou notícia falsa? A americana endinheirada não soltou nada. Süss promete colher informações — amanhã à noite deve rever Karl Haberstock, o *marchand* de Göring.

— Parece que esperam que eu apresente a esse Haberstock antigos hóspedes do hotel — afirma Süss.

— Antigos?

— Nossos antigos hóspedes israelitas.

Marie-Louise se sobressalta: Süss seria judeu? O interessado negou sem pestanejar, como se o assunto não tivesse importância. Frank não disse nada, mas de vez em quando lê os jornais alemães que os oficiais deixam no balcão e sabe muito bem que um filme intitulado *O judeu Süss* faz sucesso há dois meses nas salas alemãs. Elmiger teria cometido a maroteira de empregar um judeu como adjunto?

E, quando a Viúva pergunta a Süss se ele sabe por que Göring tinha a intenção de recorrer a ele, o Visconde se limita a desconversar. Tal é a lei dos hotéis: cada um mantém relações nos meios mais diversos, e ninguém é obrigado a responder às perguntas, desde que os negócios caminhem bem.

Enquanto Frank prepara um Martini para dois oficiais sentados no fundo do bar, Luciano anuncia os recém-chegados: três diplomatas da Europa central que não vinham havia meses. Marie-Louise os cumprimenta, depois volta ao balcão para terminar a conversa.

Faz algumas semanas que a Viúva tem uma obsessão: alugar um apartamento em Paris para o casal Auzello e assim os manter a boa distância do Ritz. A chegada de uns dez oficiais alemães afasta Frank da discussão, mas ele teve tempo de entender que o próprio barão Pfyffer decidiu. O acionista majoritário prefere não arriscar o futuro: se a situação viesse a mudar, Claude Auzello poderia se revelar muito útil.

— Diacho! — estrila Marie-Louise. — De que futuro ele está falando? Ele e eu vamos estar mortos há tempos.

— Ou não — sorri Süss. — E, aconteça o que acontecer, o Ritz vai sobreviver a todos nós, como observou o barão…

A Viúva solta um suspiro exasperado.

— Meier, me sirva mais um Guignolet.

Meia hora depois, o bar está quase cheio. Georges e Luciano organizaram discretamente a ocupação perfeita do local: a França de um lado, a Alemanha do outro, e os diplomatas no centro. No fundo do salão, à esquerda do balcão, alguns oficiais prussianos compartilham um Moselle Cup à base de frutas, licor bénédictine e um espumante alemão de Mosela.

Fiel à promessa, Sacha Guitry apareceu; é o retorno do grão-duque. Entra no bar de braços dados com Arletty e ladeado por dois amigos, Jean Cocteau e Serge Lifar. Frank percebe que, no seu íntimo, nasce um sentimento de orgulho mesclado de melancolia; a Velha se rejubila. O barman do Ritz aperta calorosamente a mão de seu freguês fetiche e lhe agradece. De imediato os instala não muito longe da porta de entrada — Guitry lhe pediu esse favor, a fim de poder observar idas e vindas. Arletty teria preferido um lugar mais discreto; alegou-se, em contrário, que assim ela poderia escapulir com mais facilidade, caso lhe desse vontade. Os diplomatas ocupam três mesas e se misturam a alguns aristocratas. O embaixador da Suíça veio cumprimentar Marie-Louise; dois americanos falantes discutem com o cônsul da Irlanda, enquanto o ministro plenipotenciário da Romênia mantém altas conversas com Fersen, cônsul escandinavo em Paris desde 1936. Ambos já haviam, em ocasiões anteriores, feito parte do Clube dos Elegantes, das noites de quinta-feira.

De uma mesa a outra, brinda-se com champanhe e estuda-se a nova carta de coquetéis: nessa noite, o Ritz incentiva à descoberta. Os diplomatas se arriscam à Alexandra — brandy, *crème fraîche* e anisete — ou ao Frank's Special — vermute, gim e um bocadinho de licor de pêssego. Guitry lamenta a ausência de Göring e sugere que o Special seja rebatizado de Frankreich; os outros saboreiam o Pimm's ou o Highball, cortesias da casa. O coronel Speidel, com um Clipper na mão, atravessa a multidão, cumprimentando uns e outros, até Marie-Louise, que ele gratifica com um beija-mão. Charles Bedaux não sabe onde se sentar e acaba no balcão com a Viúva e Süss.

A noite vai rolando, e Frank sente seu corpo se soltar: reencontra a fluidez de gestos, aplica-se, sorri, sugere. Voltou a ser o dono do jogo. O fonógrafo toca Bach em surdina; o nível sonoro se eleva aos poucos na sala, as conversas se animam, os coquetéis se encadeiam e as misturas ocorrem.

Às vinte horas, a maioria dos convivas está de pé como na grande época; Fersen e Cocteau falam de teatro, e uma amiga de Arletty brinca com um jovem major alemão muito galante. Muitos estão sendo esperados para a ceia na cidade. Marie-Louise, radiante, convida os outros para o restaurante do Ritz.

O mundo de antes está de volta. Todos, ou quase todos, retornaram. Só falta Blanche. Assim é melhor para todo mundo.

12

5 de novembro de 1940

"Evitem os bairros de Paris apinhados de judeus vindos de todos os lugares do mundo. Vocês seriam assaltados por um cheiro nauseabundo. Veriam crianças pretas de sujeira e cheias de parasitas, agitando-se em ruelas escuras", pode-se ler na nova versão do guia que a Wehrmacht distribui a seus valorosos soldados de folga.

No último mês, o governo de Vichy baixou o "estatuto" que define a "raça judia" e veda aos judeus franceses a maioria dos empregos públicos. Pouco depois começaram a brotar cartazes em algumas vitrines: *Jüdisches Geschäft*. Empresa judia.

Como o Marechal pode deixar que se faça isso? Decerto não teve outra escolha senão a de ir apertar a pata de Adolf Hitler em Montoire.

Lendo atentamente aquele famoso "estatuto dos judeus", Frank descobre que os ex-combatentes da Grande Guerra não são afetados pelas proibições.

Aí tem um dedo de Pétain.

Toda vez que a palavra "judeu" é proferida no bar, Frank se lembra de que Georges, seu velho camarada de trincheira, tem os dois, Luciano e ele, em seu poder. Há certa morbidez no ar.

Marechal, salve-nos do abismo!

Nessa guerra que agora se chama paz, Frank Meier se sente dividido entre dois mundos que coexistem e nunca se cruzam: o mundo de dentro, o do

Ritz, com seu luxo, seu conforto e seus rapinantes, e o mundo de fora, o da fome, do frio e da humilhação. Frank não consegue se conformar com a situação. Nega-se até a se resignar. Agarra-se à tênue esperança de que Pétain talvez ainda possa inverter a tendência, devolver aos franceses a existência digna e decente de que se veem privados há meses. Ontem, no Jardim das Tulherias, ele avistou um velho faminto tentando em vão agarrar um pombo infeliz com uma rede.

No Ritz, as coisas estão se transformando. O coronel Speidel mudou-se de repente para o Royal Monceau. Oficialmente, apenas cedeu sua suíte a um superior hierárquico: o general Otto von Stülpnagel, nomeado comandante das forças de ocupação alemãs na França e governador militar de Paris, o mais alto grau da Wehrmacht. Um prussiano rígido e delicado ao mesmo tempo, alto e magro, que usa monóculo e botões de ouro na farda. Ninguém sabe ainda o que pensar desse homem que nunca sorri. Frank desconfia que Speidel quis se afastar de Göring — quem poderia culpá-lo por isso? Praticamente só Guitry lamenta não ver o Grande Caçador cada vez que vem ao Ritz.

O único homem cuja coragem o novo general alemão teve a oportunidade de apreciar foi Claude Auzello. O ex-diretor estava no saguão do hotel quando Otto von Stülpnagel chegou. Elmiger quis apresentá-los, mas Auzello se recusou ostensivamente a lhe apertar a mão e limitou-se a inclinar a cabeça. Elmiger desmoronou, Marie-Louise quase engasgou. O comandante-chefe da Wehrmacht ficou impassível, continuou seu caminho. Frank tinha vontade de aplaudir.

Naquela mesma noite, acompanhado pelo coronel Speidel, o general von Stülpnagel apareceu no bar. O aristocrata prussiano pediu uma taça de Pol Roger e perguntou a Frank o que pensava da presença dos alemães no Ritz.

— E o senhor, general, o que pensa da ausência do exército francês no Savoy de Berlim? — replicou.

Frank receou de imediato ter ido demasiadamente longe, mas Speidel deu uma gargalhada e Stülpnagel esboçou o que se parecia com um sorriso.

Frank se irrita ao ouvir o velho locutor da Rádio Paris afirmar que a vida voltou ao normal. A Rádio Paris mente aos franceses, Paris mente aos alemães, cada um mente para todo mundo. Pelo menos, não mentir a si mesmo, promete-se Frank, tirando um novo paletó branco do armário. Procura no jornal do dia algo para se distrair, sem sucesso. À margem da seção de esportes do *Le Matin*, encontra-se uma declaração de Göring, prometendo que os ataques à Inglaterra não cessarão. Como única distração, esta notícia policial: no bulevar Sebastopol, um mecânico degolou o amante de sua mulher. E bem ao lado, sob o título "Bruxelas vai fechar o cerco aos judeus", estas quatro linhas: "Sabe-se de fonte segura que na Bélgica acaba de ser criada uma lei para resolver a questão judia."

Lá fora, um cachorro uiva, triste e distante.

TERCEIRA PARTE

Ampliação do conflito

MAIO—AGOSTO DE 1941

1

14 de maio de 1941

O inverno passou e, com ele, o primeiro Natal de uma Paris ocupada.

Os dias dão lugar a semanas, depois a meses, e às vezes é difícil lembrar como era a vida de antes.

No Ritz, os "três dias sem álcool" por semana, decretados pelo governo de Vichy, evidentemente não estão em vigor — aqui, ninguém se priva de nada. O elegante diplomata Fersen nunca mais voltou, porém o bar anda bem, as gorjetas se fazem presentes, e Göring torna-se um pouco mais discreto. O ogro passa menos tempo em Paris. Dos dois lados do balcão, todos se amansaram.

Frank não tem do que se queixar: a Viúva o deixa tranquilo, Elmiger também. Ele pode tocar seu negócio e ficar de olho em Georges. A retomada das corridas em Auteuil é uma bênção. Os alemães começaram a fazer apostas em cavalos, e Frank dá seus palpites como antes, cobrando de passagem sua comissão sobre os ganhos. Velho costume para o qual todos fecham os olhos. Ele introduziu Georges no esquema, sobra-lhes pelo menos essa cumplicidade. O general von Stülpnagel, contudo, cavaleiro de alta categoria e filho de um coronel da cavalaria prussiana, não gosta muito das apostas. Mas tolera o negócio.

Stülpnagel desce com regularidade ao bar. É um bebedor distinto, embora nada tenha de hábitos da alta-roda. Algumas semanas após sua chegada, confundiu Cocteau e Guitry. Cocteau estava injuriado — ele que faz tanto esforço para acertar o relógio com a hora alemã! Sacha Guitry se divertiu muito com a história, e Stülpnagel se redimiu pagando discretamente uma bebida aos dois autores na quinta-feira seguinte.

Às vezes, Frank se surpreende a pensar que, com Stülpnagel, a Ocupação poderia tornar-se aceitável. Mas logo depois se lembra de Goebbels, de Göring, do estatuto dos judeus, do medo nos olhos de Blanche, de suas insônias, e cai em si. Frank pensa nela dia e noite. Encontrou-a uma vez ou outra durante o inverno na praça Vendôme; afável e jovial, ela parece estar definitivamente livre da morfina. Faz quase um mês que não a vê.

Hoje pela manhã, enquanto descobria as primeiras peônias no parque Monceau, apareceu-lhe o rosto fino da bela Auzello. Numa outra vida, quem sabe, ele lhe ofereceria um buquê.

Sem dúvida, é melhor assim.

2

— Senhor?

— Diga, Luciano.

— Temos oito garrafas de Cointreau, três de Campari, quatro de Glenmorangie e uma de Dubonnet.

É dia de inventário. O jovem aprendiz desceu à adega para verificar.

— Anotado.

— Tenho também dois frascos de Jack Daniel's, um de Jim Beam, dois de Johnnie Walker. E um caixote de Cinzano.

— Eu esperava coisa pior. Temos estoque, filho. Que mais?

— Um caixote de Bacardí, um de White Horse e dois de Gordon's. Um de Smirnoff, um de Hennessy, um de Martini.

O garoto consulta seu caderninho de moleskine.

— Dois caixotes de Chivas, um de Rémy Martin. Mas só duas garrafas de Marie Brizard e uma de Dewar's.

— Muito bem. Segunda-feira de manhã a gente faz um pedido.

A caderneta do estoque ainda não tinha chegado à gaveta quando, atrás deles, soou uma voz jovial:

— Boa noite, senhores!

Frank nem precisa se virar. Há um único freguês incapaz de compreender que o bar só é aberto às dezoito horas.

— Lamento muito, senhor Bedaux, ainda não estamos prontos.

— Oh! Desculpem — responde o industrial, sentando-se junto ao balcão. — Não olhei a hora. Sabem da boa notícia? Começou a grande limpeza!

— Do que o senhor está falando?

— Hoje à tarde, os alemães mandaram prender pelo menos três mil judeus em Paris. Fora a judiaria, até que enfim!

Atrás de Frank, Luciano deixou cair a taça de cristal que estava para guardar.

— Lamento muito, senhor.

— Não faz mal, garoto. É apenas um copo. Vá buscar a vassourinha.

Bedaux desgraçado!

Luciano vai precisar aprender correndo a base do ofício: fleuma, garoto, fleuma!

— Me conte essa história — apressou-se Frank a dizer, com a voz quase estrangulada.

— Uma batida em Paris. Perfeitamente preparada. Eles foram reunidos no ginásio Japy para passar a noite e amanhã de manhã vão ser transferidos para o campo de Pithiviers.

— E quem são esses judeus?

— Estrangeiros que nos invadem, nos poluem! Principalmente poloneses. E também tchecos e austríacos, acho. Vão reconstruir as estradas destruídas pelos bombardeios. Nada bobo, hein? Eles, que estavam tão contentes quando a França se mobilizou dois anos atrás para salvar os judeus alemães, agora vão poder consertar tudo isso. E os judeus que se dizem franceses que se cuidem. Logo vão se juntar a esses, ouça o que eu digo.

Um arrepio percorre os antebraços do barman. Charles Bedaux está exultante, inclina a cabeça e, com os olhos esbugalhados, diz:

— Fale a verdade, isso merece um trago, não?

Ao lado de Frank, Luciano está lívido, com o olhar desvairado.

Mudar de assunto, já.

— Claro, é preciso festejar isso, senhor Bedaux. Champanhe?

— Com prazer.

— À sua saúde, senhor Bedaux.

— Ao saneamento, Frank!

Das espeluncas de Montmartre ao Ritz, os bares de Paris estão cheios de Charles Bedaux convictos de que o barman sempre compartilha suas opiniões.

— Afora isso, como vão seus negócios?

— Maravilhosamente bem, meu amigo, obrigado. A aproximação franco-alemã nunca foi tão frutífera. Faz quase seis meses que venho reunindo industriais alemães e figurões franceses para almoçar juntos. Do Estado, hein. É, eles vêm à minha casa, sou ator da Nova Europa. Um benfeitor voluntário da colaboração econômica, por sinal. E nem estou mencionando aquele senhor que mora lá em cima. Frank, você está diante de um amigo do Sr. Göring!

Ele abaixa a voz:

— Surpreendente esse Göring, não acha? Quando a gente conversa, ele muitas vezes fica brincando com uma coleção de pedras preciosas, feito um garoto com bolinha de gude. Ele cata umas, sacode na mão... Anteontem, ele me recebeu na suíte tomando banho. A banheira é imensa! Acho que ele gosta de mim. Ele me convidou para ir a Carinhall, a casa de caça dele, no norte de Berlim. Não vejo a hora.

E pensar que esse cabeça de bagre tem a ambição de virar ministro em Vichy!

Esse é um que quase levaria Frank a proteger o Visconde, sobre quem circulam mil rumores nos corredores do Ritz. Mas, nessa noite, Frank pensa principalmente em Luciano. Quando o reencontra no estoque, o rapaz ainda está abalado.

— Preciso sair de Paris — balbucia o garoto, a ponto de chorar. — Vou ser descoberto, isso é certo. Eu sou judeu! Judeu!

Frank desfere violenta bofetada no aprendiz. O rapaz recua, chocado. Seus olhos se enchem de lágrimas. Frank está furioso.

— Não diga nunca mais que é judeu! Está ouvindo?

— Sim, senhor — murmura Luciano, de cabeça baixa.

— Aqui, você está protegido, mas só se não se trair. Pense bem no que demonstra para os outros. Não esqueça: este bar é um teatro de máscaras. Tome conta da que você usa e não descuide de nada.

Soaram dezoito horas.

Frank pousa duas mãos paternais nos ombros do jovem.

— Ande! Não me queira mal, filho, vá se postar lá na entrada. E receba todo mundo com um lindo sorriso. Tudo vai correr bem.

Frank fica sozinho no estoque.

Tudo vai correr bem...

Ele não consegue avaliar a proximidade do perigo. Mesmo tendo a certeza de que o céu acaba de escurecer de repente. Acima de Luciano e dele. De Blanche. Da cidade inteira.

112

3

17 de maio de 1941

Há os fregueses que chegam antes da hora e os que dão as caras na hora de fechar. Rostos nunca antes vistos na praça Vendôme, franceses munidos de Ausweis que escapam do toque de recolher e se permitem todo tipo de familiaridade.

— A noite foi boa, Frankie?

— Excelente, senhor Joanovici.

Faz só seis meses, Joseph Joanovici era sucateiro em Clichy. Mal sabe ler, mas, desde que começou a vender ferro fundido e aço aos alemães, dos seus bolsos escapam maços de notas e sua expressão é arrogante. Agora tem acesso ao Ritz e quer conhecer todos os mexericos, como se estivesse no bar da esquina.

— Ouvi dizer que a Chanel tem um caso com um dos oficiais alemães, está sabendo de alguma coisa? Parece que é um tipão…

Segundo sua governanta, Gabrielle Chanel até dividiria a cama com dois amantes, ambos prussianos.

— Não sei de quem o senhor está querendo falar.

— Quem vai ficar decepcionada é minha mulher. Ela adora um disse me disse.

— Lamento muito…

— Paciência. Olhe, isto é para você.

— Muitíssimo obrigado, senhor.

— E feche logo depois que eu sair, gosto de ser o último freguês.

— Vamos fazer isso mesmo, senhor Joanovici. Boa noite para o senhor.

— Obrigado, Frankie, para você também.

Quando fica sozinho, exausto e exasperado com aquele grosseirão, Frank se dedica à arrumação do bar. Reabriu a porta, o ambiente fede a fumo.

Ainda bem que Georges não estava...

Foi passar uns dias na casa da mãe.

Isso só pode lhe fazer bem.

O maior medo de Frank é que seu velho cúmplice comece a andar com novos ricos como Joanovici. Até agora, Georges se manteve distante — ninguém modifica em seis meses um homem que tem vinte anos de casa.

Mas um dia ele poderia ficar tentado.

— Boa noite, Frank.

Frank tem um sobressalto. Essa voz doce e rouca e esse passo de felino pertencem a Blanche Auzello.

— Boa noite, senhora Auzello.

Vestida de preto, delicadamente maquiada, mais selvagem e altiva do que nunca, com seus olhos de gato abissínio, ela está enfeitiçante.

— Estou precisando de um Dry Martini — diz ela.

— Entre e feche à chave.

Blanche se aproxima do balcão e senta-se com delicadeza num dos bancos altos.

— Estou arrasada, Frank... Ficou sabendo da última? Estão prendendo e encurralando judeus como animais, antes de serem embarcados para não sei onde... Dizem: "São os boches", mas não é verdade, são os policiais franceses que estão encarregados do serviço. Se entendi bem, só apanharam homens. Sabe para onde estão sendo levados?

— Para um campo, em Pithiviers, no sul de Paris. Dizem que são mais de três mil. Cinco mil, talvez.

— Mas é o mesmo que uma cidade! Como eles vivem lá? O que vai ser deles? E ninguém diz nada! As pessoas se calam e se escondem debaixo das botas dos Fritz.

Frank pensa no artigo do *Le Matin*, que ironiza as condições de detenção daqueles judeus estrangeiros: "Uma sopa gratuita para todos e um joguinho de cartas antes de dormir, não vão ter do que se queixar! São mais bem tratados do que muito prisioneiro francês na Alemanha."

— O que seu marido diz sobre isso? — pergunta Frank.

— Claude acha que Pétain nunca vai abandonar os judeus franceses. E que estou protegida pelo nosso casamento.

Misture gim e vermute num copo cheio de gelo...

— Ele tem razão.

— Não, é conversa fiada! Judeu é judeu aos olhos de Hitler, seja qual for sua nacionalidade! Essa é que é a verdade! E o Marechal de vocês enxerga a França com esses olhos.

Mexa com colher.

De que adianta tentar convencer Blanche da moral do Marechal?

Despeje numa taça de Martini com uma peneira de gelo. Acrescente duas azeitonas num palito.

— Aqui está seu Dry Martini.

— Obrigada.

Ela suspira, com o olhar no vazio. Depois renasce um sorriso em seu rosto. Aquele sorriso triste que Frank conhece muito bem.

— Sexta-feira à noite, Claude me levou ao cinema. Vimos uma comédia musical alemã sobre a vida de Tchaikovski, uma verdadeira patacoada. Mas descobri os cinejornais alemães, antes do filme. Uma propaganda ridícula, e, como estava escuro na sala, Claude começou a vaiar, eu fiz a mesma coisa. Não alto, hein, só para ter o gosto. O público caçoou como nós. Vou voltar ao cinema só para isso!

— Estou reconhecendo o Sr. Auzello — comenta Frank, sorrindo também.

— Hoje, ele me ensinou uma expressão que circula por Paris: "peste parda".* Como expressar melhor as coisas? Estamos diante de uma pandemia. A infecção galopa e me oprime cada vez mais.

---

* Peste parda ou peste marrom: apelido dado ao nazismo durante a Segunda Guerra. Remete à cor dos uniformes da SA. [*N. da T.*]

Frank enche sua própria taça de Martini.

— De tudo o que tenho aqui, o Martini ainda é o que há de melhor para espantar o medo...

— Tem razão, Frank, vamos brindar.

Frank depara com o intenso olhar de Blanche. Uma jubilação adolescente toma conta de seu espírito. Mas, por trás do sorriso do barman, cresce uma apreensão. Enquanto eles acalentam suas angústias, outros, como Joanovici ou Süss, avançam seus peões. A situação exige um cinismo desmedido, mas será que ele tem a coragem necessária? E durante quanto tempo eles poderão aguentar, sem destruir definitivamente a própria alma?

4

24 de maio de 1941

Sou filho de um exílio duplo. Exilado de meu país natal. Exilado de meu meio social. É isso o que Frank gostaria de contar essa noite ao coronel Speidel, mas este tem mais vontade de falar de si mesmo. Desde que se hospedou no Royal Monceau, suas visitas são mais raras; no entanto, quando vem ao bar, instaura-se cada vez mais entre eles uma relação quase amistosa. O coronel está voltando de um copioso jantar na Tour d'Argent com Ernst Jünger e beberica uma aguardente de pera para dissolver o filé-mignon com bacon e pimenta vermelha. É tarde, eles estão sozinhos, e o coronel está um pouco bêbado.

É o que basta para que venham as confidências.

Speidel começou contando que frequenta um novo lugar que o encanta: o salão de Florence Gould, uma exuberante quadragenária franco-americana, mulher decidida e grande amante de literatura. Ela e o marido, um magnata da ferrovia, são bem conhecidos do Ritz. Mas ele tem saúde frágil e descansa na Riviera enquanto ela se domicilia no Bristol.

— É bem mais que um salão da alta sociedade, viu, é um lugar excepcional da intelectualidade franco-alemã — insiste Speidel diante da cara de incredulidade de Frank.

Os encontros ocorrem todas as quintas-feiras, no almoço. Lá se degusta um lavagante de Roscoff ou uma arraia no molho escuro de manteiga, em companhia de um Pol Roger vintage e da elite parisiense: Léautaud, Jouhandeau, Giraudoux ou Louis-Ferdinand Céline, pintores como Marie Laurencin e também o capitão Jünger, que dizem ser amante da Sra. Gould. Lá se fala da beleza dos grandes jardins da Europa, de literatura russa, dos templos de Angkor, ou mesmo da angústia da morte...

— Fala-se de tudo, em suma — completa Speidel com entusiasmo.

Frank aquiesce, mas não está muito impressionado. De qualquer modo, isso se parece muito com seu finado Clube das Quintas-Feiras. Impossível explicar a Speidel que as almas mais eruditas que faziam a alegria dos encontros dos elegantes já não têm livre trânsito no Ritz nem no salão da Sra. Gould; ele pensa em Alfred Döblin, Heinrich Mann e Walter Benjamin, os três alemães, os três fugidos.

Enquanto Frank se deleita com um desvio pelos recessos de suas lembranças, Speidel termina sua aguardente de pera e muda de assunto. Nessa noite, ele tem muita vontade de falar de Ernst Jünger e de celebrar o que considera um feito pessoal: convenceu o general von Stülpnagel a recrutar o grande escritor. "Um herói da Primeira Guerra, cujos romances se irradiam bem além das fronteiras alemãs!" Jünger é apenas capitão, mas impressiona as pessoas em todos os lugares por onde passa. O próprio Frank percebeu, quando Stülpnagel o recebeu no bar na semana anterior. Jünger é magnético. Usa o uniforme com rara elegância, sua cultura é imensa, seu sorriso, enigmático, e sua presença na sociedade é ao mesmo tempo mansa e conquistadora. Chegou com a edição original de um tratado sobre os insetos da Europa ocidental, presente para Stülpnagel. "Uma cidade ocupada, general, fervilha de insetos!", disse-lhe. Desconcertado, Stülpnagel prometeu mergulhar em sua leitura o mais depressa possível, confessando que isso o afastaria dos *Krimis*, romances policiais muito em voga além-Reno. Frank reprimiu um sorriso: ele também gosta de lê-los e até adorou *Mord um fünfzig Pfennig*,* que explora o submundo de Berlim. "Eu me pergunto como esse livro pôde escapar da censura nacional-socialista", replicou Stülpnagel. Jünger e o general gargalharam juntos.

---

* Romance de C.V. Rock, 1940. Literalmente, "Assassinato a cinquenta centavos", foi traduzido na França como *Meurtre à cinq sous*. [*N. da T.*]

A vida cultural também voltou. Os teatros ficam lotados, Sacha Guitry brinca com a censura, Léo Marjane canta "Je suis seule ce soir"* para as mulheres de prisioneiros. Até a moda tem livre trânsito. Aquecido pela segunda aguardente de pera, Speidel a custo esconde um entusiasmo quase infantil quando menciona uma noite para a qual foi convidado pela titia Ritz: a apresentação da coleção de outono de Lucien Lelong, auxiliado por dois jovens estilistas, Christian Dior e Pierre Balmain. Frank se diverte por vê-lo guardar o nome dos novos costureiros franceses. "É para minha mulher", defende-se o coronel Speidel. Ele espera sobretudo a ceia que vem depois do desfile. Ficou sabendo que Arletty estará lá. Speidel é fascinado pelas atrizes — e pelas celebridades em geral.

Na terceira dose, oferta da casa, o coronel revela as manobras de Gabrielle Chanel para obter a propriedade exclusiva de seus perfumes. Foi obrigada a escrever a Xavier Vallat, comissário-geral para as questões judaicas, e lhe solicitou uma reunião por intermédio de seu amante, o barão von Dincklage.

— A Srta. Chanel se considera espoliada por seus sócios judeus, os irmãos Wertheimer, exilados nos Estados Unidos. Eles continuam possuindo noventa por cento da empresa que os três fundaram no início dos anos vinte.

Speidel limitou-se a ouvi-la educadamente antes de transmitir a documentação — as questões econômicas não são de sua alçada, e ele não comunga a obsessão dos nazistas pelos judeus. Mas conservou a carta. Como centenas de outras.

— Seja como for, fico estupefato com o apetite dos franceses pela delação — diz ele. — Recebemos mil e quinhentas cartas por dia. Meu patrão é judeu, meu vizinho é judeu, meu sogro vende manteiga no mercado negro. Está além da imaginação. Mas devo reconhecer que isso facilita imensamente a nossa tarefa...

Frank imagina todas aquelas cartas de covardes embrulhados em seus valores cívicos. Uma delas poderia um dia conter seu nome e o de Luciano? Ou o de Blanche? Sem dúvida.

---

* "Estou sozinha esta noite." [*N. da T.*]

Para dissipar o constrangimento que se convidara perfidamente ao balcão, o coronel Speidel mostra-se interessado nas fotografias penduradas na parede. Detém-se no retrato de Scott Fitzgerald e pergunta a quem pertence aquele olhar tão profundo. Frank hesita. Se confessar que é de um escritor americano, Speidel vai mandar retirar da parede?

— Um velho amigo do bar; morreu fulminado por um ataque cardíaco no mês de dezembro.

Sozinho, atrás do balcão, Frank se vê de novo às voltas com uma melancolia que ele tinha conseguido expulsar desde a chegada da primavera.

"Faz vinte anos que você tenta vencer a tristeza do exílio inventando coquetéis dignos da grandeza de Viena", dizia-lhe Scott.

Scott está morto. Scott Fitzgerald. Meu amigo, meu mais querido bebedor de gim. Está morto longe do Ritz, naquela América que me parece tão distante, como um continente à deriva, onde a guerra não existe.

O desaparecimento dele é o fim das festas e dos dias felizes.

Seus olhos se enchem de lágrimas. Frank sonha com uma Paris livre dos alemães, Hemingway poderia então voltar ao Ritz para constatar que nada mudou. Hemingway, "Papa", o outro americano, ídolo de Georges. Uma espécie de sobressalto agita o barman, um desses momentos estranhos em que o futuro parece se iluminar antes que tudo volte a ficar perfeitamente confuso. Fitzgerald teria encontrado as palavras para guiá-lo. Mas essas palavras morreram com o mundo de ontem.

Paz a teu espírito alegre e melancólico, meu velho Scott.

E Frank ergue seu copo.

Diário de Frank Meier

Rua de Vaugirard, 58, de frente para o jardim de Luxemburgo. Paris, 6º arrondissement. Endereço de Scott. Hemingway morava bem perto, no número 6 da rua Férou. Uma bela região, apreciada pelos americanos em busca de autenticidade. Avenidas e prédios mais antigos que os de seu país, eles ficavam doidos.

"Americanos em Paris, foi o que a América fez de melhor", dizia Scott com frequência. Era maio de 1928, Scott e Zelda acabavam de se mudar para o novo apartamento. A felicidade corria pelas ruas. A despreocupação vinha logo atrás. Naquela noite, eles organizavam uma festa de inauguração do apartamento e me propuseram exercer meus talentos para os convidados. Eu não podia recusar nada a Scott. Cheguei um pouco antes das dezoito horas com toda a minha tralha de barman. Fitzgerald abriu a porta de roupão sobre uma camisa branca, gravata preta e paletó de tweed. Fez-me entrar em sua sala, precisava terminar uma correspondência. Sentou-se diante da escrivaninha, móvel de carvalho ornado com arabescos de bronze dourado, com um risca-rabisca de couro manchado de tinta, peça assinada por Henry van de Velde. Caía-lhe como uma luva. O grande escritor em sua mesa de trabalho, mais ou menos como eu atrás de meu balcão. Para me ajudar a esperar, deu-me a edição do Le Matin. *Sentei-me numa poltrona de couro desgastado e li o jornal. Lembro-me muito bem de que se falava das eleições*

na Alemanha. O bloco republicano havia ganhado com boa margem, mas o partido nacional-socialista tinha obtido doze assentos. Era a primeira vez que Hitler conseguia eleger deputados no Reichstag. Por isso me lembro. Eu tinha tocado no assunto com Scott, ele dera uma gargalhada, achava o tal Adolf Hitler incrivelmente bufão. Estava convencido de que a violência dos nazistas sempre inspiraria profunda repulsa na burguesia conservadora: "A Alemanha, Frank, é um país altamente civilizado..."

Civilidade que provavelmente refletia aquela festa primaveril da rua Vaugirard. Zelda tinha espalhado mesinhas de mogno mosqueado de Cuba, enfeitadas com rosas brancas e miosótis. As taças de champanhe de Baccarat eram finamente cinzeladas, com motivos geométricos, moderníssimas, e os copos de coquetel, também de cristal, eram orlados de ouro. A porcelana art-nouveau *era ornamentada com elegante decoração floral azul monocromática. Jazz americano, luz indireta e volutas de cigarros, o apartamento tinha uma atmosfera nova-iorquina no coração de Paris. Eu estava como peixe na água atrás de minhas garrafas, minha coqueteleira e minhas frutas frescas. Os Fitzgerald transformavam sua fortuna em encantamento.*

Zelda apareceu com um vestido de lamê prata. Mistinguett usava uma túnica de crepe verde guarnecida de pérolas brancas e rosetas. Sara Murphy, de branco, com bordados de seda multicolorida, rivalizava em elegância. Joséphine Baker tinha optado por um deslumbrante vestido preto com franjas, bordado de coral, com uma gola de pele de arminho. Kiki de Montparnasse dançava vestida num flapper charleston *bege com franjas e lantejoulas. Os homens todos tinham optado por ternos claros e firmeza viril a tiracolo. Uma revoada de machos: Hemingway, Gerald Murphy, Cocteau, Picasso, Matisse, Man Ray, Brancusi e Modigliani.*

Hemingway queria que eu testasse todos os tipos de misturas: Papa fazia questão que inventássemos um coquetel que ele chamaria de Vaugirard, para lembrar aquela noite. Todos pareciam bem contentes consigo mesmos, mas sem serem esnobes. Divertiam-se com tudo, inclusive quando Frances Scott, com sete ou oito anos, emborcou um gim fizz, achando que era limonada. A menina estava bêbada, eu fiquei terrivelmente chateado, mas era o único. Os hóspedes riam, vendo a garota cambalear na grande sala.

Por volta de meia-noite, Zelda se propôs pular da sacada, tal como mergulhava do alto dos rochedos depois de noitadas bem regadas na Riviera, e foi preciso toda a autoridade de Hemingway para demovê-la. Scott, também bêbado e absorto nos encantos de uma jovem dançarina, exuberante modelo do pintor Jules Pascin, não se deu conta de nada. Furiosa, Zelda arrastou toda a tropa para o Dingo Bar, na rua Delambre, em Montparnasse. Fiquei sozinho com Scott. Ele queria um último trago. Refestelado num sofá, contou-me que, nas noites de insônia, adorava inventar vidas para si mesmo, sonhando ser ora um jogador de futebol famoso, ora grande capitão de cavalaria. É um jogo a que sempre me prestei. Scott se parecia comigo, por isso eu gostava tanto dele. Passamos a vida inventando histórias na calada da noite para fugir da angústia das desilusões. Antes mesmo que eu pudesse lhe servir seu Dry Martini, Scott adormeceu, bêbado como um gambá. Arrumei a sala, mais ou menos como se fosse meu bar, com a consciência do serviço necessário, depois levei Scott para a cama. Voltei para casa a pé, suave era a noite.

5

11 de junho de 1941

— Senhores, serei breve, estamos enfrentando um problema de envergadura...

Marie-Louise Ritz convocou Frank para a reunião que faz toda quarta-feira de manhã com Elmiger e Süss. Esses momentos são, sobretudo, sinônimos de café. Café de verdade, mercadoria cada vez mais rara. Marie-Louise o serve em xícaras de *biscuit*. A Velha exibe uma expressão grave, que nela se tornou uma segunda natureza, e é de se perguntar se ela não fica alegre, no íntimo, toda vez que a situação se complica.

— Desconfio seriamente que a Sra. Auzello seja judia de nascimento.

Uma lâmina fria cisalha as entranhas de Frank.

— Se isso for verdade — prossegue Marie-Louise —, Blanche Auzello faltou ao recenseamento obrigatório.

Voltando-se para Süss, ela continua:

— Não devemos ter medo de enfrentar a verdade, estamos diante de uma situação muito crítica. Poderíamos ser acusados de cumplicidade.

Frank está com a garganta seca e a língua pastosa.

Por que ela me convocou? Do que sabe exatamente?

Com um jeito abespinhado, a Viúva acrescenta que gostaria de ouvir Blanche se explicar pessoalmente, mas que esta continua se recusando a lhe dirigir a palavra, ao passo que Claude Auzello está em Juan-les-Pins, na casa do amigo Frank Gould.

— Por isso, encarreguei o Sr. Süss de fazer uma investigação discreta. Espero que os senhores possam ajudá-lo a esclarecer essa questão o mais depressa possível.

Pelo tom da Viúva, Frank percebe que a investigação já está em curso. Seu coração bate depressa demais, sua cabeça parece que vai explodir a qualquer momento. Será que ela desconfia de alguma coisa? Provavelmente não; ela teria apresentado a situação de outra maneira.

— Antes de tudo, devo admitir que, por enquanto, não consegui confirmar a informação — confessa o Visconde, levantando os óculos redondos até o alto da testa. — Ela nos veio de uma camareira recrutada há dez dias, que parece ter conhecido Blanche na época da sua chegada à França. Naquele tempo, ela trabalhava no hotel Claridge, onde Claude Auzello era diretor adjunto. Essa mulher garante que ali apareceu uma jovem nova-iorquina que se chamava Miss Rubenstein e não escondia a ambição de fazer sucesso no cinema em Paris. Blanche Auzello, portanto, seria uma israelita acobertada pelo casamento.

— Senhor Meier, o senhor que os conhece há tanto tempo, esclareça-nos — encadeia a Viúva.

A primeira intimidação acaba de soar.

— Sempre ouvi a Sra. Auzello afirmar que recebeu educação católica. Acho até que o pai dela era diácono em Cleveland. Isso lhe dá uma ideia de como estou surpreso...

Marie-Louise avalia seu barman com ar de suspeita. Frank não ousa enfrentar o olhar inquisidor de Süss. O pai de Blanche como clérigo foi algo que lhe veio assim, num reflexo de defesa. A Velha e o Visconde não demorarão a pedir confirmação aos Auzello...

Você achou que bancava o esperto e se expôs ao perigo por nada!

— Longe de mim a ideia de denunciar a Sra. Auzello! — promete a Viúva, com a mão no coração. — É contrário à minha moral. Além disso, não tenho nada contra os judeus, mas, se a informação se mostrar correta, será impensável manter o casal Auzello sob o nosso teto.

Elmiger continua sem dizer palavra. Está claro que não foi informado das investigações do diretor adjunto, e sua testa franzida dá a entender que não gostou de terem passado por cima dele. Vira-se para Süss com uma severidade que Frank não conhecia nele.

— Essa camareira veio falar com você por livre e espontânea vontade?

O Visconde confirma, enrijecendo-se.

Pela primeira vez, o duo suíço parece rachar.

— Por que esta pergunta, Hans? — questiona Marie-Louise, crispada.

O sobrinho faz uma pausa daquelas que às vezes precedem um ato de bravura.

— Eu não estava a par dessa história, mas devo dizer que há algumas semanas me sinto alarmado com o espírito de delação que parece ter se infiltrado no coração do hotel — começa Elmiger.

Marie-Louise olha para ele com expressão estupefata.

— Com a presença de oficiais alemães no Ritz, senhora, as gorjetas se tornaram inabituais e, no clima atual de vingança social, muitos de nossos assalariados parecem dispostos... digamos, a juntar o máximo de dinheiro possível. Desculpe lhe informar disso de maneira tão crua, mas é um fato: em cada andar de nossa bela casa reina uma atmosfera detestável.

— Está exagerando, Hans. Os empregados da casa sempre ficaram expostos ao dinheiro. Seu tio louva seu caráter cauteloso, mas eu diria que você é um medroso. Atormenta-se por nada...

— Não penso assim, senhora. Se tenho a coragem de lhe expor meu pensamento mais profundo, é unicamente no interesse do Ritz. É urgente abafar na nascente essa cobiça. O ambiente poderia se tornar deletério. O Sr. Süss pode confirmar. Penso principalmente na equipe do restaurante, na qual tememos um conflito explosivo.

A Viúva volta-se para Süss, mas este se fechou como uma ostra. Elmiger, ao contrário, mantém-se mais ereto que nunca. Aliviado por ter fendido a armadura, seu rosto ganhou autoridade. *Como uma recuperação da dignidade*, ironiza Frank no íntimo. Não está surpreso com o que ouve: esse atrativo do ganho que ameaça o bom funcionamento do serviço é o que ele vive toda noite com Georges no bar. Mas ter um diretor consciente das realidades, isso sim é um acontecimento.

— A situação é agravada pelas visitas cada vez mais frequentes de uns malandros parisienses que estão enriquecendo no mercado negro — prossegue Elmiger. — A senhora talvez não tenha percebido, mas o dinheiro jorra dos bolsos desses novos ricos e provoca fortes desejos.

Marie-Louise está atenta. "Novos ricos": Elmiger soube usar as palavras que a fazem tremer.

— Tivemos um exemplo diante dos olhos ontem mesmo. Um dos garçons do restaurante foi abordado por um sujeito chamado Lafont, notório colaboracionista. Esse homem ofereceu uma soma considerável para que ele lhe comunicasse todo dia os nomes dos oficiais alemães que tivessem reservado mesa no hotel para almoçar...

Frank logo entende o esquema. Reservar mesa vizinha à de Göring ou de Speidel, uma dádiva para um crápula.

— Fiquei sabendo disso — continua Elmiger, suspirando — porque o jovem empregado foi denunciado por um colega invejoso...

— Quero a cabeça desse fedelho imediatamente! — berra Marie-Louise.

— Eu a entregaria com muito gosto, senhora, mas será que não é sensato evitar consideráveis problemas com esse famigerado Lafont, que mantém estreitas relações com a Gestapo?

O diretor dá uma breve olhada para seu barman, em busca de apoio. Ou de trégua. Instintivamente, Frank toma a iniciativa:

— Se me permitirem, concordo inteiramente com o Sr. Elmiger. Conheço esse Lafont, freguês regular faz algumas semanas. Ele se parece com os rapazes que trabalham aqui. Fala a língua da rua, como eles. É um proletário que quer ser chamado de "patrão"; eles gostam disso, adoram. No bar, ele se pavoneia e interpela as outras pessoas como se estivesse em casa.

Frank dá o golpe de misericórdia na Viúva:

— É uma espécie de Gavroche, senhora, um órfão que deu errado. Seu sucesso como vigarista junto aos dirigentes nazistas fascina os empregados.

— Se os nossos empregados começarem a colaborar exageradamente — insiste Elmiger —, vamos fracassar na proposta de nos mantermos fora do conflito. E não é só isso...

Elmiger, o pusilânime, está vestindo a camisa de diretor no auge da tempestade, quem diria?

Marie-Louise afunda mais um pouco em sua poltrona Luís XV; Süss juntou as mãos e aperta os indicadores contra os lábios contraídos, como que para se impedir de abrir a boca.

— Também preciso informá-la de que uma de nossas camareiras mantém relações íntimas com um oficial alemão hospedado no Ritz.

— Está brincando? — diz a Velha, exasperada.

— A Sra. Delmas, nossa governanta executiva, afirma, infelizmente, que a Srta. Anna Jaouen seria amante do capitão Sommer, quarto 208. Se estiver dizendo a verdade, parece-me imperativo não deixar que nossas empregadas acreditem que toleramos esse tipo de conduta. Nosso regulamento é bem claro a respeito, e a não aplicação de punição severa seria interpretada como pura e simples cumplicidade de nossa parte. Portanto, convoquei a Srta. Jaouen a comparecer ao meio-dia em minha sala e gostaria de ter autorização de demiti-la, para que ela nos deixe o mais depressa possível.

A guerra modifica as pessoas. Desestabilizada, Marie-Louise olha pela janela e de repente se preocupa com a saúde frágil de suas queridas tílias, cujas folhas descoloridas estão se cobrindo de manchas cinzentas.

Elas também estão contaminadas pelo ocupante.

Depois de saírem do apartamento da Viúva, o diretor e o barman se encontram no corredor.

— Veja só, Meier — diz Elmiger com uma benevolência inabitual —, no fundo, eu sou alguém que tem senso de dever. Pensando bem, quando a noite cai, o céu sempre fica mais claro, e é possível distinguir as estrelas.

6

Mas o que é que ela está fazendo, porra?

Dez para as quatro, e nenhum minuto a perder. Frank se impacienta no vestiário dos funcionários. O cheiro de suor irrita suas narinas, apesar de anestesiadas pelos cigarros que ele vem fumando sem parar desde a manhã.

Pela centésima vez, o barman põe a mão no bolso no qual se encontra o envelope que poderia mudar tudo. Depois de se despedir de Elmiger, ele correu para o estoque do bar e escreveu um bilhete para Blanche, revelando o perigo que ela está correndo e insistindo na mentira que ele improvisou há pouco, a respeito do pai dela, diácono em Cleveland.

Se ela sustentar essa versão inverificável, dá para salvar o caso.

Mas falta lhe entregar o bilhete antes que Süss a interrogue. Nem pensar em subir ao quarto dos Auzello, ainda que pretextando um pedido de champanhe: o risco de ser visto é grande demais. Mas Frank tem um trunfo na manga: Marie Sénéchal, uma das responsáveis pelo serviço doméstico do casal Auzello. Claude e Blanche gostam dela, e ele sabe que a jovem vai avisá-lo, em caso de revés.

Frank verificou os horários: Marie deve pegar às dezesseis horas. Dentro de cinco minutos.

Mas o que é que ela está fazendo?

Finalmente a porta se abre, a luz se acende.

Frank, escondido atrás de um armário de madeira, verifica se é ela mesma, depois sai de seu canto. A jovem Sénéchal leva um susto.

— Senhor Meier?!

— Boa tarde, Marie — cochicha o barman. — É você que eu estou procurando.

O medo substitui a surpresa no rosto da camareira.

— Eu vou ser demitida?!

— Não! Não, de jeito nenhum! Por que pensou uma coisa dessa?

— É que aconteceu uma coisa horrível hoje...

Frank fica em pânico.

— O que foi? Diga!

— Mandaram a Anna embora... Foi acusada de ser amante de um oficial alemão.

— Eu sei, sim — murmura ele, aliviado.

— Não! Não, o senhor não sabe...

A jovem camareira cai no choro.

— A Anna não é culpada... Sou eu!

— Como assim?!

— Fui eu que me apaixonei por um boche, não ela.

Frank tenta organizar as ideias. Tudo está indo depressa demais desde a manhã.

— Venha — diz ele, agarrando o braço dela —, não vamos ficar aqui. Vamos para a despensa, lá não há ninguém.

Marie Sénéchal vai andando na frente, e ele vê que seus ombros tremem.

— Então, que história é essa? — pergunta ele em voz baixa quando chegam à despensa.

— Foi a Sra. Delmas que se vingou. No outro dia, Anna disse que ia se queixar à direção de um oficial boche que quis bulir com ela numa noite de bebedeira, a Sra. Delmas ordenou que ela ficasse calada, a Anna a xingou de cafetina e casca de ferida. De qualquer forma, elas se odeiam faz meses: a Delmas enfia no bolso as gorjetas que deveriam ser para nós, e a Anna não a suporta mais. A gente disse que ela devia deixar quieto. Qual o problema de ser apalpada por um sujeito meio bêbado? Trabalhando no Ritz, a gente está protegida. Ela devia ter ficado quieta, aquela idiota. E agora, está na rua. Eu rogo a Deus que ela encontre logo um trabalho. Emprego está tão difícil em Paris.

— Mas e você?! Quem é esse alemão?

— Karl Sommer. Ele é capitão. É o ajudante de ordens do general von Stülpnagel. Eu morro de medo de ter sido vista também...

— Meu Deus...

Marie esconde o rosto com as mãos. A intensidade do choro redobra.

— Você precisa acabar com essa história imediatamente — ordena Frank em tom seco.

— Não, não posso!

— Por que não?

— Eu não sou uma vagabunda, senhor Meier. Eu gosto de verdade de Karl. E ele é gentil comigo...

Frank respira fundo e articula com severidade:

— Preste atenção, minha filha. Seja extremamente cautelosa, certo? Ninguém pode saber o que você vive com esse homem. Ninguém! Você pode perder o emprego.

— Sim, senhor Meier.

— Preciso lhe pedir uma coisa. É urgente e muito importante.

— Sim, senhor Meier.

— Eu gostaria que você entregasse esta carta à Sra. Auzello, hoje mesmo. Ela gosta de você, vai confiar. E quero que a entregue nas próprias mãos dela. Ninguém pode saber que eu lhe dei esta carta, está claro?

— Muito claro, senhor.

— Conto com você, Marie. É imprescindível que a Sra. Auzello receba este envelope hoje mesmo, entendeu?

— Entendi.

— Vá, rápido!

— Está bem, senhor — diz ela, já dando meia-volta.

Um lampejo atravessa então a mente de Frank:

— Espere um pouco! Você também cuida do quarto de Stülpnagel?

— Sim...

— Ele está lá agora? Não o temos visto.

— Faz oito dias que está doente. Até chamaram um médico, a febre não baixa. A gente se reveza de tarde para cuidar dele. É engraçado como a gente vê as pessoas de outro jeito nesses casos. Em geral, ele é ereto como um bambu, tem o cabelo sempre penteadinho. Agora está de barba comprida, descabelado, amarelo e delira um pouco. Está obcecado por uma velha morta num sanatório. É, sim, juro! Aí quase que simpatizo com ele.

— Vocês conversam um pouco?

— A gente se cumprimenta, só isso. Hoje, ele até dormiu. Ah, para o senhor eu posso contar: eu aproveitei para dar uma espiada nas coisas dele. Não é à toa que é militar, o senhor tem que ver como tudo é arrumado nos armários dele! Uma folha grossa de papel *kraft* debaixo de cada pilha de roupa, um verdadeiro maníaco. A escrivaninha dele está cheia de livro amontoado, mas, como tudo está em alemão, eu não pesco nada; só um sobre insetos, é o único com figuras. Ele tem a mesma caneta que o meu Karl. Uma Kaweco: é fabricada pelos boches e custa uma nota. No banheiro, ele tem um frasco de Guerlain. Igual ao do Karl, mas eu prefiro o do meu capitãozinho. Ele cheira melhor… Eu arrumei as toalhas com as iniciais dele e ouvi ele tossir. Voltei rapidinho para perto da cama dele, o general estava meio grogue, mas me deu um lindo sorriso. Será que ele vai se lembrar de mim, se eu tiver alguma encrenca com o hotel ou com a Delmas?

— Pode ser, sim. Enquanto isso, muito cuidado, Marie. Guarde tudo para si. Proteja-se! E vá correndo entregar a minha carta à Sra. Auzello.

— Pode confiar em mim, senhor Meier, já estou indo.

"Meu capitãozinho…" Ela já se vê de vestido de noiva.

7

21 de junho de 1941

Blanche recebeu a carta a tempo; pôde confirmar que o pai era diácono; Süss teve o descaramento — com o aval da Velha — de convocá-la para ir à sua sala. Marie Sénéchal foi contar tudo a Frank, às escondidas.

Stülpnagel restabeleceu-se, o Ritz perdeu duas tílias, mas recuperou a serenidade com a partida de Göring. O ogro voltou para Berlim. No bar, o maior desafio de Frank agora consiste em conter Lafont, seus comparsas e suas condessas. Quase virou um jogo, e dele participam um punhado de diplomatas à antiga e alguns elegantes de outrora, que, certas noites, vêm sentir um gostinho de antes da guerra — como se de repente o bar inteiro quisesse dizer aos mandachuvas do mercado negro que o dinheiro sujo deles não é bem-vindo. Frank percebe que Georges é tentado pela camaradagem viril e pelas roupas vistosas de Lafont, mas ainda é retido por um fundo de respeito ao Ritz. Hoje mesmo houve uma pequena vitória no início da noite. Henri Lafont e Joseph Joanovici vinham de um encontro nos salões do hotel; deram uma espiada na entrada do bar e ficaram no limiar por um instante, como se hesitassem em transpor a porta, reflexo de um velho complexo social. Frank e Luciano estavam preparando um pedido. Estoicos, nem sequer ergueram os olhos. Embaraçado, Georges também não disse nada, e os outros fregueses continuaram conversando, como se nada estivesse acontecendo. Os dois vigaristas foram embora com uma careta de desprezo.

Na hora de fechar, Frank solta um assobio ao imaginar Marie-Louise Ritz obrigada a pedir humildes desculpas ao casal Auzello depois do bilhete furioso que Claude, irritado com "aquela investigação odiosa" feita por Süss com sua esposa, enviou ao barão Pfyffer ontem pela manhã. "Quase que se pegaram", disse Marie, impressionada. Frank lava a alma. Mas quando, passada meia-noite, o Sr. Süss aparece, com o rosto impassível, ele logo entende que a calmaria acabou.

O Visconde se senta na ponta do balcão; não veio para beber.

— Tenho certeza de que vamos nos entender, Herr Meier — diz ele como introdução.

Frank não responde.

"Herr Meier", ele fala comigo como os boches.

O outro continua:

— Imagino que já esteja a par, eu fui destratado por Auzello. Aquele burro vociferava e brandia a certidão de casamento deles debaixo do meu nariz, como se fosse um talismã. Um documento muito bem-feito, realmente; inatacável, eu diria. Srta. Ross, nascida em Cleveland, de fato. Mas um detalhe logo chamou minha atenção. Por que diabos o documento está datado de 1931, se o casamento foi celebrado em 1925?

Frank sente um calafrio percorrer-lhe as costas.

— Como fiquei intrigado, ontem de manhã pedi para ver o passaporte da Sra. Auzello. Pretextei que a Gestapo agora exige um documento de identidade de cada pessoa alojada no hotel. E adivinhe? Ele também data de 1931. Que coincidência, não acha? Eu tinha tomado o cuidado de anotar o nome do diplomata americano que havia assinado a certidão de casamento...

O pérfido Süss faz uma pausa. Frank espera a continuação, mas já sabe que perdeu. O Visconde vai desenrolando sua história devagar, degustando cada etapa de sua investigação. Explica como conseguiu encontrar aquele diplomata texano, "lotado em Londres". Como ficou sabendo que o homem estava atolado em dívidas de jogo. E como, com quase nada, e sem nem sair do Ritz, conseguiu obter dele o que queria. "Uma mão lava a outra." Agora, Süss sabe de tudo: Blanche é judia, Claude mentiu, e Frank é cúmplice.

— Note que eu ainda não disse nada de tudo isso à Sra. Ritz — prossegue. — Eu não tenho nada contra a Sra. Auzello, fique sabendo. Digamos que eu preferiria guardar essa informação como uma garantia e negociar com o senhor a tranquilidade de todos nós.

Frank está branco como um fantasma, sentiu fundo o golpe. Süss lhe conta em seguida que, a conselho de Karl Haberstock, no inverno ficou conhecendo um velho cirurgião asquenaze, amante de arte, que possui uma das mais belas coleções privadas de Paris.

— Um encontro crucial, um verdadeiro bilhete de entrada para o círculo dos judeus ilustres.

Ocorre que, faz algum tempo, Süss está assoberbado por sua nova função a serviço da caterva de Göring. Além de suas inúmeras responsabilidades no hotel, a viúva Ritz não para de coagi-lo a satisfazer o apetite dos *marchands* alemães. "É a salvação do Ritz", repete ela, contrariando a opinião de Elmiger.

— Só que Göring é um vampiro — solta Süss em tom de confidência. — Saiu de Paris, mas deu ordens. Não sabe o que é saciedade. Acumula, rouba, saqueia... Acho que vou querer um de seus coquetéis, afinal. Um Pompadour?

Acabrunhado, Frank continua sem entender aonde o Visconde quer chegar e, mesmo em atividade, não perde uma vírgula de seu relato. Pinturas, esculturas, tapeçarias, pianos, violoncelos, relógios, incunábulos: os nazistas estão espoliando os judeus de Paris. Para Süss, o ritmo está aumentando. E mais ainda desde o mês passado, quando o velho cirurgião lhe apresentou seu tabelião, que agora funciona como aliciador de clientes.

— Um homem flácido e gorducho, com sobrancelhas eriçadas de pelos. Tem tiques por todo o rosto, transpira e é sujo como um porco. Você nunca deixaria esse sujeito entrar em seu bar, Frank. Mas eu preciso ir à casa dele todas as terças-feiras, um apartamento que nunca é arejado, onde esse tipo repugnante cria coelhos entre um desenho de Renoir e um estudo de Frans Hals. É impossível tirá-lo do circuito...

Esse caçador de clientes retira até dez por cento sobre as vendas. Se esse tabelião medonho fosse suprimido, explica Süss, as famílias judias e ele poderiam ficar cada um com sua parte das transações, sem dizer nada aos alemães. Mas não há o que fazer: todos os seus clientes judeus exigem que ele passe por esse tabelião que nem judeu é. Süss acabou descobrindo as razões disso.

— Imagine que, além de servir como intermediário, o homem cava para as famílias judias passaportes falsos de excelente qualidade. Com esses documentos, meus clientes podem ir para Marselha ou Lisboa, depois fugir para os Estados Unidos.

Frank, mudo, entrega o Pompadour a Süss, que eleva o copo em sinal de agradecimento. O Visconde toma um gole e recomeça:

— Eu então estava aqui pensando, meu caro Frank, que, me calando sobre as origens de Blanche Auzello, você poderia conseguir para mim documentos falsos, salvos-condutos ou certidões de nascimento, porque parece que estabeleceu, aqui ou em algum outro lugar, certos contatos valiosos nesse campo. Estou enganado?

Por enquanto Frank evita balançar a cabeça.

O que Süss sabe sobre sua rede diplomática? Sabe que, antes da guerra, ele era o barman oficial das festividades americanas promovidas por Sua Excelência William C. Bullitt, na avenida Gabriel? Sabe que Fersen e Fitzgerald tornaram-se amigos graças a ele? Sabe que o cônsul de Portugal o convidou para o casamento de sua filha, no Estoril? Sabe que Frank ensinou os rudimentos da arte do coquetel ao adido militar da delegação romena?

Seja como for, Süss parece saber onde está pisando. Previu tudo.

— E, como você está acostumado a trocar discretamente bilhetinhos por cima do balcão para apostas em cavalos, os alemães não vão nem se tocar.

Sem dúvida, Süss está de olho em tudo.

Abalado, Frank se serve de uísque, bebe um gole em silêncio. Entre os dois, paira um acordo possível.

— Sabe de uma coisa? — pergunta o Visconde depois de alguns segundos de silêncio. — Göring estaria disposto a soltar uma fortuna por um esboço de Cranach, o Velho. É o pintor favorito dele. Aquele que, conforme ele mesmo diz, representa melhor "o gênio germânico"... De vez em quando ele até compra um Picasso ou um Monet e os guarda discretamente no seu acervo do Jeu de Paume, mas é para ter a possibilidade de trocá-los mais tarde por um quadro do grande mestre do século XVI. Ele os chama de "reféns"...

Cranach contra Picasso, clássico contra moderno, outro campo de batalha dessa guerra na qual Süss é um mercenário sem doutrina. Com os olhos fixos, o Visconde murmura que não discute ordens, que caça à espreita.

— Eu o encubro no caso Blanche Auzello, você me arranja documentos falsos e eu lhe cedo uma comissão. Vou lhe dar dois dias para decidir. Boa noite, Frank.

O barman está estupefato. Abraçar a realidade do presente ou desconfiar da época? Aceitar a mão estendida de Süss ou seguir os passos prudentes de Elmiger?

Será que eu tenho escolha mesmo? Süss ousaria denunciar Blanche?

Sozinho com sua insônia, Frank não sabe mais nada. Tudo se acelera, e seu cérebro parece ficar para trás. O sol já desponta quando ele finalmente pega no sono.

8

22 de junho de 1941

No bar do Ritz, é Frank quem manda. Mas, assim que sai de trás do balcão, ressurge o filho do tecelão judeu de Lodz, o menino das montanhas do Tirol e o adolescente miserável, perdido na Viena da Belle Époque. Com um pé em cada mundo, nunca mais lá, porém nunca totalmente aqui. Quem é ele nessa tarde, nessa antessala de embaixada, onde espera pacientemente há quinze minutos? O rapaz intimidado ou o homem da alta sociedade em que se transformou? O barman afamado e invejado ou o pajem da mulher de outro homem? Tudo ao mesmo tempo, claro. Pela manhã, entrou em contato com o setor de Fersen e, mesmo sendo domingo, o diplomata sueco logo marcou um encontro. Os dois não se veem desde aquela noite de outubro, quando se falava de reavivar a vida social no bar do Ritz, e Fersen não tinha ficado muito convencido. Não importa, eles se estimam e têm em comum a sensibilidade à fragilidade humana.

O retrato de Bernadotte, rei da Suécia, está preso à parede desse palacete que abriga a embaixada sueca. Os tetos luxuosos, as molduras, tudo nesse lugar traduz estabilidade, continuidade, a História para além dos sobressaltos. Aí, mais do que em outro lugar, Frank consegue avaliar o caminho percorrido. E ele pensa na distância irredutível que o separa dos bem-nascidos.

Göring, Stülpnagel, Speidel, o barão Pfyffer ou Fersen, todos são nobres ou grandes burgueses. Ainda que uma guerra possa embaralhar as cartas, eles sempre permanecerão no alto, enquanto os homens como eu, Scheuer, Süss e até Lafont se debatem como podem, na expectativa da queda. O próprio César Ritz era feito dessa madeira frágil.

César Ritz subiu muito acima de sua condição, foi incensado — no entanto, tudo estava nas mãos dos banqueiros. E, se César desejou fundar uma dinastia, na verdade ela está fadada ao fracasso. Marie-Louise escondeu a decrepitude do marido durante anos para retomar as rédeas dos negócios; logo ela vai morrer e deverá deixar o Ritz para o único filho que lhe resta, Charley, que vai vender o hotel, porque prefere a pesca com mosca.

Frank ainda tem poder sobre seu destino. Süss lhe deu quarenta e oito horas, restam-lhe trinta e seis, e ele ainda não tomou nenhuma decisão. Poderia não fazer nada: o Visconde talvez esteja blefando, ou então Claude Auzello encontrará um meio de silenciá-lo. Por outro lado, o dinheiro prometido por Süss poderia lhe ser útil no futuro. Por sinal, o que é que ele conhece do mercado de arte?

— Senhor Meier?

Um funcionário o conduz até a ampla sala do diplomata, que dá para um jardim arborizado. Num console de jacarandá, Fersen colocou uma balança em miniatura. Algumas coroas do país natal mantêm seus pratos na horizontal. Equilíbrio perfeito.

— Desculpe por tê-lo feito esperar, caro amigo, o dia está um pouco carregado...

A frase é convencional, mas o tom é sincero. Frank já sabe que bateu na porta certa. Explica a situação com meias palavras. Fersen compreende sem fazer perguntas e vai aventando hipóteses para deixá-lo à vontade. Entre cavalheiros, sempre há entendimento.

O diplomata sueco sente-se à vontade nas zonas cinzentas dos documentos falsificados tanto quanto com o direito internacional e, para pessoas de confiança, está pronto a acionar alguns mecanismos. Claro, não vai se encarregar pessoalmente, "mas existem soluções..."

A conversa se interrompe por um instante, Frank olha para a balança.

— Dinheiro? — sorri Fersen. — Claro que certos mecanismos só se acionam com marcos. Mas não vou me rebaixar a condicionar ao dinheiro as coisas entre nós. De qualquer modo, se bem entendi, você ainda está na fase exploratória do seu... projeto?

— Exatamente.

— Se porventura eu puder ajudar, será um prazer. Sei que, nesse caso, você fará questão de me agradecer; o que é muito digno de sua parte. E estou certo de que, se isso ocorrer, nós vamos chegar a um acordo dos mais equitativos...

Frank de repente toma consciência da enormidade de seu pedido — e do serviço que Fersen se propõe a lhe prestar.

— Você deveria voltar ao Ritz de vez em quando — diz ele afinal, levantando-se. — O general von Stülpnagel vai com frequência ao bar, você poderia ficar sabendo de coisas interessantes...

Fersen sorri, com a mão já estendida.

— Meu caro Frank, eu sei como as conversas no Ritz são valiosas. Mas, veja bem, em matéria de política, grande ou pequena, eu felizmente disponho de outras redes...

Por trás do ligeiríssimo sotaque escandinavo, Frank descobre a elegante ironia das noites de quinta-feira, aquela que impõe respeito, sem nunca rebaixar o interlocutor.

Quando sai da embaixada, ele sente, ao mesmo tempo, o alívio de um fardo imenso e o peso das decisões que ainda tem de tomar. Encontrando por instinto o caminho do Ritz, ele faz o balanço de tudo, hesita, recapitula os riscos.

Sente-se aturdido. Falar e pensar já não bastam, ele vai precisar tirar as luvas e sujar as mãos. Seja qual for sua decisão de hoje para amanhã, ele vai ingressar num mundo novo. Um mundo onde estará mais sozinho do que nunca.

Desembocando na rua Cambon, consulta o relógio. Restam-lhe trinta e cinco horas.

9

23 de junho de 1941

Tendo chegado nas primeiras horas da tarde, Frank, acotovelado no velho balcão, percorre os jornais da véspera, enquanto espera Georges. Os dois precisam montar um plano de ação para garantir a provisão de bebidas nas semanas seguintes. A situação dos bares se deteriora, e há vários dias *Le Matin* e *Paris-soir* denunciam isso em suas manchetes. Exige-se com urgência uma regulamentação para o vinho, que também começa a escassear, e espera-se que o recente cartão do tabaco acabe com o tráfico e com as fraudes de todo tipo.

Assim que o bar é aberto, entra Charles Bedaux, o triunfo em pessoa. O industrial franco-americano aponta com desdém os jornais que estão no balcão.

— Esqueça tudo isso. Estamos a caminho do *gran finale*! Pode imaginar? Quatro milhões de soldados marchando por Hitler pela planície da Rússia: a maior invasão militar de todos os tempos, a guerra total para aniquilar o inimigo da Europa! Até Churchill deveria nos ajudar a esmagar os soviéticos e, depois de resolvida a questão, sempre vamos descobrir como restabelecer a paz. Sirva-me um uísque *sour*, Frank. Está sabendo que Joe Louis nocauteou Billy Conn no Polo Grounds de Nova York? Eu pagaria uma nota para estar na beira do ringue. Eu sei que os nazistas detestam Joe porque ele é negro, mas eu adoro o boxe dele. Você já viu?

Ele tem um alcance de braço que é um sonho. Quando ele bombardeia, ninguém consegue se esquivar. É o que vai acontecer com os vermelhos, você vai ver. A Alemanha vai pôr os russos no tapete em algumas semanas.

Esvazia seu copo e dirige a Frank um olhar vago, quase amistoso.

— Guarde bem isso, Frank, que fique só entre nós: a Wehrmacht é Joe Louis. Ela destrói o adversário. Você está cético; não diga nada, eu sei! Mas, a partir desta noite, acredite em mim, nada mais será como antes. Só lhe resta apostar no verdadeiro campeão. Você sempre gostou disso, de apostas, hein? Eis aí uma colossal, que envolve o futuro do mundo, e o nosso junto. Confie em mim, eu constato todos os dias o poder fenomenal da Alemanha, nada vai resistir a ela. Pense bem, seu malandro!

Frank Meier nunca apreciou o comunismo, muito pelo contrário. Ele, que construiu sozinho seu destino de homem bem-sucedido, desconfia das lutas coletivas, considera que os bolcheviques são uns desmancha-prazeres, golpistas que ambicionam destruir a sociedade. Assim como Pétain, ele despreza os comunistas. *Uns antifranceses*. Mas, de repente, diante dessa investida alemã contra os russos, ele toma consciência de que tem os mesmos adversários que os nazistas.

— Em todo caso — prossegue Bedaux —, essa operação já preocupa muita gente, e isso mexe nas relações de força. Finalmente vou me tornar conselheiro técnico do governo de Vichy: Fernand de Brinon em pessoa me anunciou isso há pouco.

A invasão da URSS é confirmada pelo pequeno punhado de oficiais da Wehrmacht que desceu ao bar. Não vai aparecer muita gente essa noite. Georges e Luciano não estão gostando nada: as gorjetas serão magras. Durante esse tempo, Bedaux pede um segundo uísque e elege Frank como confidente. Fala do "maldito passaporte americano" que ainda lhe vale algumas suspeitas em Vichy, da esposa que o irrita, dos peitos de Blanche Auzello que o excitam cada vez mais e de Gabrielle Chanel, que de novo o convidou para participar da cruzada contra seus sócios judeus.

O bar agora está deserto, Frank dispensou Georges e Luciano, e Bedaux pede um último copo. Tendo súbita inspiração, Frank reforça a dose de

Jack Daniel's. É "o copo dos segredos": alguns minutos depois de molhar os lábios, Bedaux acaba soltando uma informação capital:

— Com todas essas histórias, acabei me esquecendo do Sr. Süss, que ontem à noite eu vi no saguão do hotel. O infeliz parece sobrecarregado por suas atividades. Corre de cá para lá em Paris, e eu ouvi dizer que já não é muito benquisto no círculo de Göring. Haberstock me contou que a vida passada de Süss em Viena intriga a Gestapo. A polícia nazista quer saber por quais motivos ele veio para Paris, há três anos. Será fugido? Antinazista, judeu ou comunista? Pode acreditar, isso tem cheiro de fim de reinado para esse lacaio de luxo.

Que crédito dar a essa história?

Frank sente imediatamente que cresce seu desejo de aceitar o acordo com o Visconde. Nessa noite, quem fala é o instinto: se Bedaux o detesta, Süss não deve ser tão ruim.

Agora ele sabe o que deve fazer. Vai proteger Blanche e reservar dinheiro para se precaver de todos os Bedaux que pululam em torno do marechal Pétain. O Visconde tem razão: é preciso somar apoios. E os de Frank são friáveis. Speidel continua sendo um militar obediente; Georges navega numa corda bamba entre moral e tentações; Claude Auzello, por sua vez, fica no quarto ruminando, quando não está na cozinha cuidando de compotas ou berinjelas.

Melhor ter remorsos pelo feito do que arrependimento pelo não feito, sentencia. E, embora sua decisão não lhe cause orgulho nem consolo, resta pelo menos esperar que o deixe dormir um pouco essa noite. *Remorso será por ter agido. Arrependimento, por ter-se omitido.*

10

15 de julho de 1941

A operação Barbarossa é a heroína do verão. Desde 23 de junho, a imprensa só fala dos sucessos da Wehrmacht e da derrota de Stalin, anunciando-se hoje que ele fugiu de Moscou. A escassez de alimentos passou para segundo plano.

No entanto, está faltando vinho, até em Bordeaux e Béziers.

No Ritz, Hermann Göring está obcecado pelo *front* do Leste. Ele veio passar o fim de semana na praça Vendôme. "A URSS vai desmoronar em menos de quatro meses", repete a quem quiser ouvir. Elmiger, por sua vez, tenta recuperar o controle sobre as equipes do restaurante e do serviço de quarto; realizou algumas demissões e supervisiona a formação dos recém-contratados, deixando por conta de Süss apenas a administração geral.

No bar, o ritmo diminuiu. A clientela tradicional foi para suas residências de verão à beira-mar. A Normandia e a Bretanha continuam proibidas, não faz mal. Muitos conseguiram passes para o Mediterrâneo.

Frank, por sua vez, ficou em Paris. E não está dormindo melhor. Uma dor de dente deixou-o em estado de nervos durante uma semana inteira; o mesmo faz o medo agora. Em três semanas, ele já entregou a Süss dois passaportes falsos e três salvos-condutos.

Ele assentou os detalhes com Fersen no fim do mês de junho, num boteco de Saint-Lazare, onde não havia o risco de serem reconhecidos. O custo de cada documento será de algumas centenas de marcos, que irão integralmente para o bolso do falsário. Até o momento, ele precisou arcar com tudo e não ousa reivindicar nada a Süss. Fersen garantiu que não vai ficar com nenhuma comissão. Frank acredita nele e pensa em agradecer-lhe com conhaque Denis-Mounié ou com vinho Château Cheval Blanc, de que ele ficou privado por tempo demais. Nem mesmo os diplomatas têm as facilidades do Ritz no que se refere a abastecimento...

Os dois homens se encontram na manhã de cada dois domingos nos jardins da embaixada da Suécia. O barman vem com uma mala bem pouco diplomática, cheia de dinheiro, que ninguém ainda revistou. Em contrapartida, os documentos falsos lhe são entregues em cafés que, mediante alguns Reichsmarks, servem de ponto morto.* "É crucial não sermos vistos juntos", estipulou Fersen, que, apesar disso, veio uma noite ao Ritz para cumprimentar Stülpnagel. No fim da noite, introduzidos no meio dos programas de corridas de cavalos, estavam dois salvos-condutos consulares para a zona não ocupada. *Se o ritmo não se acelerar, isso vai ser suportável*, pensa Frank. Mas há esse suor que não o abandona mais e esse esgotamento por mentir o tempo todo a Speidel e Stülpnagel, que se tornaram verdadeiros frequentadores do bar e já não hesitam em se sentar junto ao balcão, como nessa noite.

— Onde fica Saint-Brieuc, Herr Meier?
— Na Bretanha, coronel.
— Ah! O senhor tinha razão, general.

Os dois homens participaram de uma ceia com vieiras de Saint-Brieuc flambês em armanhaque, acompanhadas por um silvaner Saint-Hippolyte 1937, e estão lá para bebericar uma aguardente de pera. Que boa a vida dos oficiais da Wehrmacht em Paris. Enquanto prepara dois Bee's Knees para Laura Corrigan e uma amiga, sentadas ambas no fundo da sala, Frank presta atenção à conversa dos dois.

— Göring já não está aqui, mas deu o tom para os saqueadores — lança Stülpnagel. — Um bando de crápulas saídos de nossas fileiras transformou Paris em *self-service*, e o partido nazista os protege.

---

* Local que serve para a transmissão de informações secretas. [*N. da T.*]

O coronel dá de ombros, como quem diz: e o que podemos fazer?

— Cobrar imposto me parece bem normal, Speidel. A França nos estrangulou com o tratado de Versalhes, hoje cabe a ela assumir a derrota. Mas, virando bandidos, nós aumentamos o risco de rebelião das populações civis e pomos em perigo a segurança de nossas tropas. A raiva surda vai se somando à humilhação diária. Você se lembra da parada de aniversário de nossa entrada em Paris, no mês passado? Muitas parisienses usavam uma fita preta nos cabelos. Foi Jünger que me explicou: elas estavam fazendo aquilo em sinal de luto, debaixo do nosso nariz! O capitão achou engraçado, mas a mim aquilo não fez rir.

— Herr Meier, pode me servir outro, por favor?

Stülpnagel e Speidel fazem questão de se dirigir a Frank em francês; terão esquecido que o alemão é sua língua materna e que ele entende tudo o que dizem? A não ser que simplesmente estejam meio altos. Stülpnagel está explicando agora que recentemente precisou dar ordem para que as luzes ficassem acesas nos cinemas durante a exibição dos cinejornais alemães: o público já não se abstinha de vaiar no escuro.

— O humor parisiense está cada vez menos favorável a nós, não acha? Nós deveríamos soltar um pouco as rédeas. O que faria em meu lugar, Speidel?

O coronel se refugia atrás da investigação que delegou a Jünger sobre as lutas de poder entre o estado-maior da Wehrmacht e os emissários do partido nazista, cujas conclusões espera com impaciência.

Stülpnagel, porém, não quer esperar. Uma conversa com Jünger lhe bastou: ele vai precisar acalmar o mais depressa possível a gula dos nazistas. Caso contrário, a exasperação civil só poderá se intensificar, e o exército será obrigado a reprimir, iniciando uma espiral de violência inevitável.

— Jünger falou bastante tempo sobre essa incapacidade da aristocracia e da velha burguesia alemãs de conter os nazistas que alçaram a violência a modo de vida...

Eis aí a verdadeira guerra, pensa Frank. *Uma guerra travada em cada campo e em cada um de nós.* As palavras de Süss, voltando de uma noite de nababo na casa de Lafont, ressoam nele: "Essa crueldade está impressa no homem."

— A alta sociedade alemã foi mais que útil para Hitler chegar ao poder, promovendo a nomeação dele para a chancelaria, mas logo se tornou um estorvo, continua Stülpnagel. Jünger está convicto de que, se nós temos tantas dificuldades para nos opor ao sistema dos dirigentes nazistas, é porque nossa educação se choca com o sadismo desenfreado deles. No fundo, em Paris eu sou o fiador de certa moderação, e, se por desgraça, viermos a perder essa batalha secreta contra as SS, vai se abater um regime de chumbo sobre a França ocupada...

Perplexo, Speidel termina sua aguardente de pera e fica em silêncio. Está claro que o que ouviu o atormenta.

— Esse também é o ponto de vista do capitão Jünger sobre a Alemanha? — pergunta.

— Eu não ousei lhe perguntar. Essa conversa sobre o partido nazista bastaria para nos pôr numa posição embaraçosa, se os ouvidos da Gestapo pudessem nos apanhar, e não me pareceu útil insistir. Alguns afirmam que Jünger é um protegido do Führer. Eu não sei nadica de nada, Speidel.

Frank está embasbacado. Os alemães passam a imagem de uma matilha de lobos organizadíssima, de bloco inabalável. Na realidade estão com a faca nos dentes, prontos para se entredevorar.

Os dois homens pediram mais uma aguardente de pera; Frank se pergunta se afinal vão tomar consciência de sua presença, mas Stülpnagel volta à carga. Aquela discussão com Jünger não parou de assombrá-lo durante três dias, confessa. Alguma coisa está mudando na França, e a vontade de voltar à Alemanha o aflige um pouco mais a cada dia.

— Com que finalidade estamos trabalhando aqui, Speidel? Qual tem sido a nossa utilidade há um ano?

— Estou vendo que o nosso agitador literário está produzindo um efeito deletério sobre o senhor, general — responde Speidel com ligeiro sorriso.

Há homens que imantam as conversas, mesmo não estando presentes. Na segunda-feira à noite, durante uma recepção oferecida no Ritz por Otto Abetz para celebrar seus dez anos de adesão ao NSDAP,* Ernst

---

* Nationalsozialistische Deutsche Arbeiterpartei (NSDAP, Partido Nazista). [*N. da T.*]

Jünger fascinou o auditório ao falar de insetos — mais particularmente dos eumenídeos, pequenas vespas de rara elegância, que parecem portar em si justiça e castigo.

— Jünger afirma que se aprende muito sobre os homens observando-se os insetos — explica Speidel. — Admito que não entendi tudo, general, mas pelo menos uma coisa eu percebi: o capitão é muito popular em todos os círculos alemães em Paris.

— Claro que é muito agradável viver no Ritz, mas, para ser honesto, Speidel, acabei por nos enxergar com os olhos de Jünger: como um enxame de zangões vorazes e vaidosos.

Nisso, ele se cala e observa o fundo de seu copo vazio.

É a hora em que a verdade brota da aguardente.

11

27 de agosto de 1941

Ontem, Frank recebeu uma carta de Jean-Jacques, que está começando a se cansar de ler notícias do avanço alemão no Leste e da guerra que prossegue no Oriente Médio com a Inglaterra. Seu filho termina com estas palavras: "A gente quer viver, aqui e agora." Mas, por enquanto, pensa Frank, *aqui e agora* estão prendendo os recalcitrantes. *Aqui e agora* estão matando. *Aqui e agora* os muros de Paris se cobrem de cartazes da futura exposição do Palais Berlitz: *O judeu e a França*.

— Os lúcidos se apressam para encontrar um jeito de fugir — diz uma voz grave.

Como de costume, Blanche apareceu no limiar da porta no momento em que Frank ia fechar. Está usando um casaco azul com colarinho de astracã preto, e seu sorriso é sombrio e sublime. Seu rosto pálido é realçado por um coque preso por uma fivela de chifre esculpido, ornado de ouro e diamantes. De início, Frank é inesperadamente dominado por uma onda de alegria, depois entende. O que o atrai tanto nela, além da beleza, é tudo o que, nesses tempos conturbados, parece faltar em seu íntimo: audácia, e certa franqueza. Uma postura diante da adversidade que Frank inveja nela. Aquela atitude que ele sentiu no cume de Vimy, na primavera de 1915. A jovem está revivendo, saindo um pouco; ele está feliz por constatar que ela parece melhor. Nessa noite, veio lhe falar de um velho judeu do Marais, um amigo de Lily Kharmayeff, homem magro e calvo que ela conheceu à tarde no Café de la Paix. O velho não permitiu que Blanche fosse até a casa dele, por sentir muita vergonha da miséria crassa que passou a imperar em seu bairro. Mora na rua des Écouffes, em Saint-Paul. A menos de meia hora a pé do Ritz.

Blanche ainda está abalada por aquele encontro.

— Ele se chama Joachim Ruderman, tem setenta e três anos. Mora sozinho e está disposto a qualquer coisa para ir ao encontro da irmã mais nova, que migrou para Chicago faz quinze anos. Nunca saiu da Europa, mas, dessa vez, sente brotar por toda parte um ódio aos judeus, solto na natureza como um animal selvagem. Está pressentindo uma catástrofe e gostaria de morrer em paz. Ele me contou que um fugitivo de Zboriv veio se esconder no prédio dele faz dez dias. Uma noite, todos os moradores se reuniram na sala dos Ackermann, em torno desse camponês ucraniano, que contou com detalhes o horror que viveu nesse verão. Os alemães entraram na cidade dele em 2 de julho; três dias depois, tinham matado todos os judeus de Zboriv. Os SS primeiro os obrigaram a cavar suas próprias sepulturas, depois os fuzilaram um por um, após mandarem que eles se deitassem lado a lado nas covas, com a cabeça para os pés uns dos outros. No mínimo seiscentas pessoas. Ninguém gritou, nem suplicou: todos sabiam que não escapariam da morte. O camponês disse que os SS o requisitaram para escoltar os judeus até as covas, e que, durante horas, delas subiram os estertores de vítimas agonizantes debaixo da massa de corpos amontoados. Ele viu uma criança de seis anos rastejar de gatinhas por cima dos cadáveres até o corpo da mãe; ficou chorando, até que um subtenente SS, em mangas de camisa, com uma garrafa de schnaps na mão, lhe atirasse uma bala na cabeça, diante dos aplausos e dos risos do pelotão de execução.

Como acreditar numa coisa dessas? Esse ucraniano não será um mentiroso sórdido? Nas trincheiras do Somme, Frank tinha conhecido alguns assim, sujeitos que inventavam um monte de horrores só pelo prazer de amedrontar os outros. Esse camponês pode muito bem ter sido enviado pelos alemães para apavorar os judeus ocidentais — hoje ficou tão difícil distinguir verdade de mentira.

E se esse Ruderman tivesse inventado tudo para justificar a fuga?

— Eu sei que mal dá para acreditar — diz Blanche, com o rosto banhado de lágrimas. — Mas os olhos daquele homem, Frank! Ele não estava mentindo, tenho certeza. E eu me perguntava se...

Frank a interrompe com o gesto mais brando que pôde. Já entendeu. Todo mundo sonha com passaportes falsos nesse momento.

— Ele se recusa a ficar na França mais tempo — insiste Blanche —, teme o pior. Pensei em pedir a Laura Corrigan, com seus flertes nazistas, mas tenho tanto ódio dela. A gente já não se fala... Ah, Frank, eu lhe suplico. Você me ajudou a ficar aqui; poderia ajudar esse homem a ir embora? Eu lhe suplico, se você conhecesse um meio...

Frank hesita. Ninguém deve saber, afora Süss, que ele pode mandar fazer documentos falsos. Mas ele depara com o olhar de Blanche e se enternece diante da bondade de sua alma.

— Vou ver o que posso fazer — promete.

O que vai fazer é algo que Frank já sabe. Vai arranjar com Fersen um passaporte falso para esse Sr. Ruderman, às suas expensas. Süss finalmente o pagou, até que bem; sob esse aspecto não há, francamente, do que se queixar. Suas pernas bambeiam quando Blanche se inclina para lhe dar um beijo no rosto.

— A senhora é tão forte — diz.

E, de novo, ela cai no choro. Frank se comove com a sensibilidade de Blanche. Pela primeira vez, ousa pôr a mão sobre a dela. De volta, a coragem. Blanche olha para ele com intensidade. Segura a mão dele e a leva ao rosto. Uma palma acostumada a segurar garrafas, a manejar licores, desajeitadamente pousada sobre a face de Blanche. Frank hesita. Não sabe mais o que fazer. E sente na concavidade da mão o calor e a suavidade de sua pele inundada de lágrimas.

Tomado pela emoção, ele pensa em acariciar os cabelos dela, gostaria de mergulhar os dedos em seu coque um pouco desfeito. Sente um zumbido na cabeça. *Ouça o seu desejo!* Ele gostaria de beijá-la, reconfortá-la, apertá-la nos braços. *O que está esperando, caramba? Seja audacioso!* De repente, um barulho surdo, em cascata, os faz sobressaltar-se. Blanche se levanta imediatamente. Caixotes vazios devem ter despencado no depósito. Frank volta-se, à espreita. Mais caixotes acabam de cair.

— Alguém aí?

A voz severa do barman dissimula sua apreensão.

— Quem está aí?

Quando a porta do depósito se entreabre rangendo, Blanche solta um gritinho de medo. De pé, recuou um passo e prende a respiração. Meier se mantém ereto, com os músculos tensos, voltado para a porta. Pegou o picador de gelo da pia. *Um boche?*

Então, na meia abertura escura da porta aparece o rosto lívido de Luciano. Frank se descontrai, aliviado. Apoia o corpo no balcão.

— O que é que você está fazendo aí, garoto? Já é tarde!

— Eu esqueci o canivete. O senhor estava conversando, eu não quis atrapalhar.

— Estava nos espionando, isso sim! — diz Blanche.

— De jeito nenhum, minha senhora.

O rosto do aprendiz fica corado, prova flagrante de que ouviu tudo.

— Bom, chega, vá dormir! — ordena Frank.

Embaraçado, o rapaz se despede sem ousar olhar para eles, enfia o paletó e desaparece no saguão.

— Você está consciente de que o seu aprendiz deve achar que somos amantes?

— Não fique preocupada, senhora, eu lhe garanto que ele é leal. Luciano é como um filho. Não vai dizer nada. Prometo.

Frank pensa por um instante em lhe dizer que o garoto é judeu. Mas logo muda de ideia. Não infringir a regra absoluta.

De qualquer jeito, amanhã à noite vou precisar ter uma conversa séria com o garoto.

Abalada por esse incidente, perturbada pelo que quase aconteceu entre eles nessa noite, Blanche prefere voltar a seu apartamento, veste o casaco e se dirige para a saída.

Se ela se voltar uma última vez antes de sair do bar, qualquer dia vou achar coragem para beijá-la.

No limiar, Blanche se detém.

— Boa noite, Frank.

— Boa noite, senhora...

Ele a ouve afastar-se pelo corredor, no ritmo dos saltos do sapato sobre o mármore. Frank acaricia o alto da cabeça, alegre e preocupado, ao mesmo tempo.

Ela se voltou, sinal do destino.

Blanche e Luciano, os dois seres mais caros a seu coração, são dois judeus cercados por uma matilha de cães raivosos. O medo de ter sido espionado, o risco de uma denúncia, o destino dos judeus em Zboriv. Tudo se mistura em sua mente. A morte se aproxima. Frank acende um cigarro.

QUARTA PARTE

Guerra de exaustão

FEVEREIRO—JULHO DE 1942

1

20 de fevereiro de 1942

Os submarinos alemães afundam petroleiros no mar das Antilhas. O Japão acaba de invadir Singapura, enfraquecendo a Inglaterra; os Estados Unidos entraram na guerra pelo Pacífico. "A guerra agora é mundial" é a manchete do *Le Matin*. Em Paris, ninguém está ligando, é inverno, e as preocupações são outras. Toda noite, é um frio de rachar. De rachar também a cabeça daquela velha, que morreu ontem de manhã, ao escorregar numa placa de gelo no bulevar de Sébastopol. Os gatos estão desaparecendo aos poucos das ruas, mas não por efeito do frio. É a fome. De nada adianta os jornais alertarem sobre as doenças que os felinos podem transmitir por terem comido ratos.

Na ceia dos miseráveis, passa-se no pão patê de gato.

Enquanto Paris afunda no frio e na fome, o bar funciona a todo vapor. O Ritz lota todas as noites, ou quase. No quentinho, bebe-se, ri-se, brinda-se, num vaivém. Süss, que esconde cada vez menos sua ironia desesperada quando vai ao encontro de Frank depois que o bar fecha, apelida o hotel de "bunker do glamour".

Embora Frank continue a alimentá-lo com documentos falsos, as numerosas garrafas de vinho que dá a Fersen estão se tornando cada vez mais difíceis de dissimular. Em lugar delas, o diplomata lhe pede alguns alimentos espirituais: Zweig, Freud, Kessel etc.; a lista dos autores proibidos cresce, e Fersen é leitor voraz. Já ajudaram uns trinta judeus a fugir. Para Frank, é dinheiro que entra. E, diante do espelho, pela manhã, ele às vezes se pergunta se não é um especulador de guerra. Nem sempre tem certeza da resposta.

Georges Scheuer, inconsciente daquilo que é tramado atrás do balcão, adotou o culto ao corpo dos vencedores e faz ginástica. A Viúva aprova; Frank limita-se a suspirar.

— Senhor Meier? O general von Stülpnagel está chegando — anuncia Luciano.

Em dezembro, o general descia várias vezes por semana — o rei da selva vinha matar a sede de civilidade e dissipar o cansaço do dia. Agora se faz mais raro: há mais de dez dias não é visto.

Frank está para lhe indicar um lugar junto ao balcão quando, com um gesto, o general aponta para sua mesa favorita, no fundo do bar.

— *Guten Abend, Herr Meier.* Um Royal Highball, por favor, e... uma taça de champanhe para o senhor, se tiver a bondade de se sentar comigo um instante. Saio de Paris depois de amanhã. Vim me despedir e lhe agradecer. Pedi dispensa de minhas funções — esclarece Stülpnagel, diante do ar circunspecto do barman.

— Por quê, general?

— Ficou muito difícil tomar certas decisões. Prefiro ceder o cargo a um general mais novo, mais disposto para essa tarefa pesada. Imagine que quem vai me substituir é um primo meu. Um Stülpnagel, também. Vai ver que vão ganhar com a troca: Carl-Heinrich tem um espírito mais sociável que o meu. É um arrebatado.

— Estou desolado com a sua partida.

— Isso me lisonjeia.

Brindar pareceria descabido. Frank limita-se a erguer o copo.

— Então... Saúde e prosperidade?

— Obrigado, Frank. À sua saúde, e que a providência o proteja.

Frank sente um aperto no coração e de imediato se recrimina por lamentar a partida do homem que mandou fuzilar cem judeus no Natal.

As decisões eram muito difíceis? Mas ele as tomou!

Frank se entrincheira atrás do balcão e observa Speidel juntando-se a Stülpnagel em sua mesa. *Renúncia? Até parece!* Tudo leva mais a crer numa aposentadoria repentina, que revela as rachaduras desse palácio obscuro que é o estado-maior alemão, onde reinam a violência e as punições. Um peso imenso se abate sobre seus ombros. Tinha levado tanto tempo para saber onde pisar, e agora vai precisar começar tudo de novo.

Seduzir e amansar o primo-irmão arrebatado, será que vou ter energia para isso?

Frank percebe, de repente, que se esqueceu da azeitona verde do Dry Martini que está preparando.

2

28 de fevereiro de 1942

Luciano estava no depósito, sentado tranquilamente num barril de chope, esculpindo rolhas com seu canivete, quando Frank lhe pediu que corresse à cozinha para ajudar.

Ordem de Elmiger.

O garoto não acreditava no que estava vendo quando deparou com cinquenta quilos de uma carne totalmente congelada. Pedaços duros como granito, conservados em caixotes de zinco cheios de barras de gelo. Alguns soldados alemães e um oficial do departamento de saúde exigiram que o *chef* preparasse aquela carne para a ceia. Luciano acabou percebendo que a Wehrmacht realizava experiências de congelamento de víveres destinados ao *front* do Leste.

O Visconde chegou antes da abertura do bar, também congelado e branco como um fantasma. Depois de se certificar que Georges e Luciano não tinham chegado, postou-se junto ao balcão. Transtornado. Frank de início pensou no próximo retorno de Göring. A não ser que Süss tenha recebido notícias do tabelião imundo, cujos negócios eles escamoteiam. Faz seis meses que Frank receia vê-lo aparecer para exigir o que lhe é devido...

— Estou voltando da casa de Picasso — solta finalmente o Visconde, depois de pedir um conhaque.

Faz uma semana que o diretor adjunto quase não dorme. Precisa preparar o retorno do Reichsmarschall, desencovando novas obras a qualquer custo. Um Manet e um Velásquez já caíram em suas mãos. E, no outro dia, numa daquelas galerias que ainda organizam exposições clandestinas, ele confiscou uma tela de Utrillo.

Picasso mal se mostrou desde a chegada dos alemães. Acabou por aceitar um encontro por intermédio de Jean Cocteau. O mestre abriu a porta, conta Süss, embrulhado num capote bege de pele de carneiro. Perscrutou o visitante em silêncio, com seus olhos redondos, sem responder ao cumprimento e "gozando do mal-estar que provocava" (esclarece Süss), antes de se dizer lisonjeado por receber em sua modesta morada "o estafeta do monteiro-mor"...* Ele não ignorava as razões da visita de Süss a seu ateliê da rua des Grands-Augustins. "Faça de conta que está em casa", disse o artista dando passagem ao visitante, "pois parece que todo lugar é sua casa".

— Eu gostaria de ter uma boa réplica — acrescenta Süss —, no mínimo para angariar um pouco de seu apreço. Mas nada me ocorreu.

Picasso logo desapareceu.

— Eu me vi sozinho com as telas dele — prossegue Süss — e aí... Pode me dar outro conhaque? Meia dose, preciso trabalhar. Foi uma revelação, Frank. Não sou capaz de dizer se estava inquieto ou maravilhado diante da pujança da pintura dele. Havia dezenas de quadros pendurados, sobrepostos ou empilhados, e tudo explodiu diante do meu rosto. Todos os horrores da guerra estavam lá. A alteração das formas, os rostos desconstruídos, a brutalidade das cores, insustentável. Entendi por que o gordo Göring não pode visceralmente suportar Picasso: na verdade, tem medo dele, como se teme o demônio.

Süss optou por duas telas: uma mulher deitada no canapé, formato pequeno que ele escondeu em seu apartamento, e um óleo maior, que representava uma mulher chorando, para a "reserva dos reféns" do Reichsmarschall na galeria do Jeu de Paume.

— É possível ficar rico enquanto se ajuda essa humanidade devastada que eu vi nessas telas de Picasso, não? Eu... Ah, Georges, boa noite!

---

* Provável referência ao líder de um grupo de caçadores, o *Oberförster*, assim chamado no romance de Ernst Jünger, *Auf den Marmorklippen*, traduzido no Brasil como *Nos penhascos de mármore*. No *Oberförster* (monteiro-mor), costuma-se ver uma alegoria do líder nazista. [*N. da T.*]

Süss termina seu conhaque e deixa a equipe do bar cuidar da abertura. Enquanto se prepara para receber em silêncio as outras eminências do colaboracionismo, Frank pensa no que acabou de ouvir.

Quem diria que o Visconde também podia estar dominado pela dúvida?
O fato de esse animal de sangue frio estar agora aspirando a conciliar os negócios deles com uma maneira mais moral de estar no mundo é algo que poderia apaziguar seus molares doloridos. Mas a intuição lhe diz que não acabou para ele o ranger de dentes noturno...

3

4 de março de 1942

Uma hora inteira de bombardeios. Billancourt, Neuilly e Clamart mergulhadas no luto e no terror. A guerra entrou na cidade, atingindo-a com força e brutalidade. Os ingleses bombardearam as fábricas Renault durante a noite, com um saldo de seiscentos mortos e mil e quinhentos feridos.
Uma verdadeira carnificina.
Nessa noite, no bar do Ritz, esse é o único assunto de conversa. Os socialites, em choque, tiveram o reflexo de encontrar-se. É a necessidade de falar num lugar tranquilizador, com a mesma pergunta em todos os lábios: como os alemães puderam deixar que os aviadores britânicos se aproximassem tanto de Paris?

— Da próxima vez, será que vai ser a praça Vendôme? — lança Laura Corrigan com um sorriso malvado. — Afinal, seria um belo alvo, não?

— Cale essa boca, vai trazer azar! — repreende Florence Gould, irritada. — Tem de haver uma explicação, vou falar com Speidel ou com Jünger.

Florence Gould ajusta a estola de seda furta-cor e esgota o fundo de sua taça de champanhe como quem engole um antidepressivo. Ao lado dela, Barbara Hutton permanece muda, não tocou no seu brandy. Seu rosto fino, aureolado por um coque loiro, está pálido e perfeitamente imóvel. Ela parece uma estátua de cera. Serge Lifar, por sua vez, bebeu dois uísques japoneses em dez minutos e acaba de pedir o terceiro. Só Guitry ainda encontra forças de gracejar para espantar a angústia:

— Se a Grande Ceifeira se convidar para a festa, meus amigos, nossos nervos vão ser submetidos a dura prova. É melhor pensar na morte de manhã, porque à noite é de fato muito triste...

Frank observa a mecânica do medo que se desenrola diante de seus olhos. Desde o início da guerra, os abastados se achavam a salvo. Dinheiro, boas companhias, luxo: acaso não estavam protegidos de tudo? Mas bomba é outra coisa. Um soldado que viveu nas trincheiras da Grande Guerra conhece bem essa chuva de ferro e nunca pode esquecê-la. Sabe que um bombardeio é uma loteria. *Um azar, e tudo acabou.* E aquele assobio permanente que pode enlouquecer... Ao meio-dia, o marechal Pétain declarou na rádio que chorava com Paris. No Ritz, isso não comoveu ninguém. *O que o governo dele está fazendo para proteger a cidade?* Se Charles Bedaux estivesse lá, todos lhe fariam essa pergunta, mas ele foi ontem para Vichy, onde sua nomeação é "iminente", faz já vários meses...

A noite se arrasta em ruminações inúteis, quando, de repente, soa uma voz que não era ouvida no lugar fazia mais de seis anos.

— Senhoras e senhores, boa noite!

O bar inteiro fica imóvel, como se as duas mulheres que acabam de entrar tivessem descido de paraquedas de um avião britânico.

Frank é o primeiro a se recuperar da surpresa:

— Miss Kharmayeff, senhora Auzello. Sejam bem-vindas.

Lily Kharmayeff está de volta. Com o coque apertado sob a boina de feltro, está vestida de homem — terninho, calça azul, mocassins de couro, camisa branca e gravata de veludo preto de bolinhas. Com seu ar desafiador e o cigarro nos lábios, ela se parece com Marlene Dietrich. A seu lado, Blanche Auzello ressuscitou seu olhar de aço. Nela, a tez de porcelana contrasta com o preto profundo de seu tailleur acinturado. Blanche não aparece em público desde o começo da guerra.

— Boa noite, Frank — diz sorrindo. — Lily nos fez uma surpresa, aparecendo de improviso. Que alegria!

— Imensa mesmo. Como vai, Srta. Kharmayeff?

— Não sei, Frank. Estou em algum lugar entre o desespero e a ira, o que me recomenda?

— Sem dúvida vai precisar de um clássico. Aconselho um Dry Martini.
Atrás delas, o bar começa a se esvaziar.

Todos sabem que Lily Kharmayeff é *persona non grata*. Zombeteira, a ex-bailarina russa diz boa-noite a alguns fujões. Somente Guitry responde. Ele até mesmo beija a mão das duas mulheres, mas também prefere sair.

— Estou vendo que nada mudou por aqui — nota Lily Kharmayeff, rindo. — O que vence é sempre a covardia. Uma bela cambada de frouxos a serviço de quem paga mais...

— Agora você entende por que me neguei a vir sozinha — diz Blanche.

— Entendo, querida. E você, Frank? Não tem medo de me ver aqui?

Os Martinis estão prontos.

— Por que deveria ter medo, senhorita?

— Porque a Velha vai saber que vim beber um trago — diverte-se Lily Kharmayeff. — Você pode ter sérios problemas por não me pôr para fora, como sabe.

— Até agora, está tudo correndo bem — responde ele com calma.

— Você é um gentleman, Frank. À sua saúde!

Um gentleman indo direto para uma encrenca. Como a viúva Ritz poderia deixar passar essa afronta? Se ele não manda a Kharmayeff embora, é simplesmente porque não consegue recusar nada a Blanche. Mas está alerta e faz um sinal a Luciano. De imediato, o rapaz se posta na entrada: se Süss ou Elmiger aparecerem de repente, ele não será pego totalmente desprevenido.

Entrementes, a Kharmayeff secou a taça, e seus olhos se perdem no vazio. De repente, já não há nela mais nada de provocador.

— Já que estamos a sós, aproveito para lhe agradecer por ter concordado em ajudar o Sr. Ruderman — diz ela de súbito, em tom grave. — Pena que...

E não termina a frase.

Frank sabe, como todos os parisienses, que várias centenas de judeus importantes foram presos antes do Natal: Ruderman hesitou e demorou demais, foi apanhado na blitz com outros magistrados aposentados.

— Você está a par do campo judeu de Compiègne? — pergunta Blanche a Frank.

— Ouvi falar, sim.

— São judeus franceses, Frank. E as condições de detenção são assustadoras! Conte o que está sabendo, Lily.

— Joachim Ruderman conseguiu me mandar uma carta clandestina. Arriscou a vida para fazer essa correspondência sair de lá. O que ele escreve é medonho. Estão em barracas que foram feitas para quinze pessoas, mas são pelo menos trinta por quarto. Várias pessoas dormem juntas em estrados de ferro com colchões de palha infestada de bichos. Todas as janelas têm vidros quebrados, um vento glacial entra dia e noite, e muitos ficaram doentes. Não recebem quase nenhuma comida. Os corpos estão descarnados e cobertos de feridas, por causa dos piolhos. As latrinas são imundas, e uns cochos de pedra servem de urinóis durante a noite. Em três meses, só tiveram direito a uma ducha. O gado é mais bem tratado...

— Faça uma ideia, Frank! — diz Blanche, indignada. — E por que ninguém diz nada? Sem falar desse seu Pétain... Essas pessoas são cidadãs francesas, caramba!

— Eu sei, senhora...

Frank prefere não pensar no Marechal por enquanto. Sua admiração por ele vacila cada vez mais. Ele se pergunta principalmente como Lily conseguiu receber essa correspondência, uma vez que o próprio Süss garante que mesmo as famílias judias mais abastadas se queixam de não ter nenhuma notícia de seus parentes encarcerados em Compiègne.

Ela deve ter sólidas redes de contatos.

Desde quando está de volta em Paris?

E por qual motivo? Lily Kharmayeff seria bolchevique?

Amanhã, o hotel inteiro vai saber que as duas mulheres estavam no bar esta noite. Quando tudo finalmente começava a se acalmar, Blanche oferece à Viúva o pretexto perfeito para conseguir sua cabeça. Frank também pensa em Claude Auzello. Se os alemães toleram a cara fechada e as irritações patrióticas dele, é porque Blanche e ele são inofensivos dentro do recinto do Ritz. *Mas com a Kharmayeff? Aí já é outra coisa.* Ele enxuga taças de cristal Baccarat para ocupar as mãos e acalmar a angústia surda que cresce em seu íntimo.

— Ficou sabendo dessa história, Frank? — pergunta Blanche.

— Desculpe, senhora, de que história está falando?

— De Joan Fontaine e Olivia de Havilland. Elas são irmãs, sabia?

— Não sabia.

Blanche continua, em tom de confidência:

— As duas irmãs estavam competindo pelo Oscar de melhor atriz, na semana passada em Los Angeles. Joan Fontaine ganhou a estatueta e recusou ostensivamente as felicitações da irmã mais velha. Toda Hollywood só fala disso!

— A família é uma prisão, Blanche — afirma a ex-bailarina russa. — É preciso saber fugir dela, romper os laços.

— Prefiro não pensar nisso, já tenho preocupações suficientes — suspira Blanche. — Pobre Havilland, a vida é feroz. Em todo caso, faz muito tempo que não vou ao cinema, e sinto falta. As salas andam superlotadas — parece. — Por serem aquecidas, atraem muita gente.

— Vamos amanhã à tarde. Eu gostaria de ver *L'Âge d'or*, com Elvire Popesco. Uma comédia que desanca os novos-ricos, me disseram.

— Um filme sobre nós, de algum modo...

— Parece mesmo. Frank, você pode nos servir outro?

— Com prazer, senhorita Kharmayeff...

Testemunha impotente da fascinação que Lily exerce sobre a pequena Blanche Rubenstein, atual Blanche Auzello, Frank prepara mais dois Dry Martinis. A sensibilidade que se rende à segurança, a fragilidade atraída pela força, a melancolia aspirada para o âmago do ser.

Ele observa as duas, que riem como se ainda fossem felizes.

4

10 de março de 1942

No vestíbulo da Sra. Ritz, Frank lê os jornais americanos, que estão numa mesa baixa de vidro. Neles se descreve pormenorizadamente o processo que se desenrola no momento em Riom, ao sul de Vichy. "Pétain quer condenar os responsáveis pela derrota." Diante da Suprema Corte de Justiça desfilam Édouard Daladier, o general Maurice Gamelin e Léon Blum. O repórter do *New York Times* relata que Blum brilha diante dos juízes a tal ponto que faz a audiência se voltar contra o regime instalado. O ex-presidente do Conselho, com a qualidade de sua defesa e a sinceridade vibrante de seu patriotismo, torna insustentáveis as escolhas políticas de Philippe Pétain.

A Viúva interrompe sua leitura, está pronta para recebê-lo. Impressionado com a admiração do jornalista americano por Blum, ele se levanta e vai ao encontro dela em sua sala.

— Sente-se, Frank. Quer um chocolate?

— Não, senhora, obrigado.

— Deveria querer, são excelentes. Você não está com boa cara...

Desde o início dessa guerra, a incerteza é uma das mais insidiosas fontes de esgotamento. Frank esperava ser convocado já no dia seguinte à ruidosa visita de Lily Kharmayeff, mas nada aconteceu durante uma semana inteira. E nessa tarde, pouco antes do início do serviço, eis que ela o convoca com urgência e o recebe com uma afabilidade que não se via desde o verão de 1936.

Essa mulher, decididamente, desconcerta as pessoas mais ainda que Churchill.

O próprio Frank aborda o assunto Kharmayeff para mostrar que não faz papel de bobo. Ela rejeita suas explicações com um abano de mão.

— Eu sei muito bem o que aconteceu, Meier. Esteja vigilante, eu confio em você.

O olhar dela é astuto, e na voz há uma leve ponta de desdém.

O que estará acontecendo?

— Hoje à tarde Fernand de Brinon me disse que o estado-maior alemão nos escolheu para a recepção que ocorrerá após a inauguração da exposição de Breker, em meados de maio. Você conhece Breker?

— Um pintor?...

— Que é isso, Meier, saia um pouco! Um escultor grandioso, um extraordinário artista da pedra. Na primavera só se vai falar disso! Você irá vê-lo em breve no bar, ele está hospedado conosco há três dias. E eu gostaria que você pensasse o mais depressa possível num coquetel especial para essa festa de gala, uma dessas criações que são o seu segredo. Uma bebida inédita que impressione de imediato, como as obras de Breker.

A Viúva lhe mostra uma brochura com esculturas à antiga de homens modernos, em dimensões gigantescas. Eles têm o olhar altivo dos meninos, o ventre reto e os bíceps salientes dos jovens indecentes.

— César sempre dizia que não se deve desprezar nenhum detalhe quando se deseja gravar algo na memória das pessoas. Portanto, prepare duas ou três receitas, que eu irei experimentar no bar. Digamos que essa será uma maneira de você contribuir com sua pedra para o edifício e de me fazer esquecer sua mansuetude para com certas freguesas...

Orgulhosa e feliz por organizar aquela recepção tanto quanto por ter puxado a orelha de Frank, ela esfrega as mãos como um cardeal.

— Com relação às nossas hóspedes — acrescenta —, está sabendo que Gabrielle Chanel finalmente conseguiu a libertação do sobrinho André?

Toda a praça Vendôme está a par, mas Frank ficaria chateado se estragasse o prazer da Viúva.

— Os olhos dela estavam cheios de lágrimas de alegria. Pretendo aproveitar esse fato para relançá-la, para que ela nos ofereça uma nova coleção com um desfile no Ritz e toda a pompa! Você poderia trocar umas palavrinhas a respeito com seu amigo Guitry, o que acha? Ele poderia convencê-la a retomar a fita métrica e a tesoura...

O oportunismo dessa mulher não tropeça em nenhum embaraço, essa é a grande força dela.

Frank vai falar com Guitry, sabe que não tem escolha. E sabe também que Guitry se limitará a rir.

— Eu me pergunto o que a Chanel cedeu aos alemães para conseguir a libertação do sobrinho...

Junto ao balcão, nos últimos dias, os oficiais da Wehrmacht diziam à boca pequena que Gabrielle Chanel teria prestado um baita serviço a um alto dirigente nazista durante uma recente viagem a Berlim. Frank não sabe mais que isso, porém também desconfia que a volta de André Palasse a Paris não é gratuita. E Marie-Louise não pode deixar de carregar nas tintas:

— Você acha que ela vai ter a mesma esperteza para surrupiar o perfume dos irmãos Wertheimer?

A malvadeza da Viúva o faz rir, mesmo sem querer.

Marie-Louise abre um sorriso de orelha a orelha.

— Uma risada de Frank Meier?! Ora... e dizer que hoje de manhã já tive direito a um sorriso de Claude Auzello. O dia de hoje é mesmo daqueles que ficam na história. Imagine que meu ex-diretor se tornou muito útil para mim. Claude fica encarregado do abastecimento da cozinha. Esse homem maravilhoso põe em ação as suas redes de agricultores, peixeiros, viticultores, sabe-se lá mais o quê! A França inteira trabalha para que o nosso Ritz não seja privado de nada.

Frank finalmente compreende as razões da magnanimidade da Viúva em relação a Lily Kharmayeff.

O barman acende um cigarro enquanto atravessa a Galerie des Merveilles. Está sempre se recriminando por fumar tanto: o fumo afeta o paladar e o olfato, prejudica seu ganha-pão, mas, sem ele, Frank tem a impressão de que ficaria louco. Felizmente no Ritz ele pode comprar os cigarros que quiser. Como se viram todos os que estão fora e sofrem o racionamento há dois anos?

E o preço do Caporal comum aumentou de novo...

5

Frank esperava um fim de noite tranquilo, mas, por volta das dez, chega a surpresa anunciada pela Velha: Arno Breker em pessoa, com sua cara de intelectual pretensioso, acompanhado pela esposa, uma grega moreníssima e longilínea, e por Ernst Jünger.

Terno e colete de tweed xadrez, lencinho de bolso imaculado e olhar sedutor: a classe do capitão Jünger é inegável. Ao lado dele, Breker parece só ter vaidade para ostentar. Frank delegou o preparo dos Bloody Mary a Luciano. Mas o escultor alemão e a esposa não hesitam em devolvê-los. Exigem que sejam feitos "pelo barman em pessoa".

Detestáveis.

O cenário, em contrapartida, parece lhes convir.

Breker, muito à vontade, vai aumentando o volume da voz. Fala do *front* do Leste e dos rumores cada vez mais persistentes de massacres de judeus. Jünger dá a entender que "certos carniceiros na Ucrânia e na Bielorrússia teriam exterminado aldeias inteiras", depois conta uma história estranha. Alguns soldados russos, agonizando numa floresta havia horas, pediam socorro. Uma companhia alemã os localiza e prepara-se para aprisioná-los quando os russos abrem fogo contra aqueles que poderiam aliviar seus sofrimentos.

— Isso revela até que ponto passamos para o estágio animal no combate — conclui o escritor alemão. — Um bicho selvagem, quando está ferido, sempre começa por morder quem vai lhe prestar socorro.

Quando Frank se aproxima outra vez da mesa, alguns minutos depois, Jünger, estranhamente falante, está contando ao casal Breker sua noitada da véspera na Comédie Française, onde estava em cartaz a peça *As sabichonas*, de Molière. Frank desconfia que ele se dirige também à sua pessoa, como se o incluísse secretamente numa conversa com convivas que o aborrecem.

— O que me impressionou foi ver como o público inteiro, francês ou alemão, reage da mesma maneira aos chistes de Molière.

E Jünger interpela os Breker para concluir:

— Digam, nós somos mesmo obrigados a nos odiar?

Breker e a mulher ficam mudos. Frank, por sua vez, sorri para o escritor e lhe agradece em silêncio por dar um pouco de elevação àquela guerra.

6

6 de abril de 1942

Ontem, os ingleses destruíram as fábricas de borracha de Asnières. Quantos mortos? Ninguém sabe: na imprensa, só são mencionadas as perdas soviéticas no *front* do Leste, prometem-se cestas mais cheias para o verão e celebra-se a vitória de Émile Idée na pista do Velódromo de Inverno. O elegante jornaleiro da praça de l'Étoile tem olhar triste. De joelhos, Paris observa a passagem dos carros de permissionários alemães transbordando presentes para suas famílias do outro lado do Reno.

É o dia de folga de Frank, e ele tem um encontro no Bagatelle com Speidel, que o convidou para jantar. Com seu Ausweis no bolso e seu emprego no Ritz, ele está a salvo de problemas, mas não de peso na consciência. Foi apanhado por ela na altura da Porta Dauphine, ao pressupor barrigas vazias e almas resignadas.

No lugar deles, eu detestaria um cara como eu, pensou, enquanto o céu se encobria. No entanto, esse emprego no Ritz, ele só deve a si mesmo. Seus privilégios são conquista sua.

Será que Speidel não tem nada melhor para fazer do que convidar o barman do Ritz? É verdade que ele me fez essa promessa em 1940, mas será que esse é o tipo de promessa que se cumpre quando há ameaça de bombas toda noite?

O *maître d'hôtel* do Bagatelle recebe Frank calorosamente. A sala já está bem cheia, e Speidel está sentado no fundo, num nicho. O lugar é o ponto de encontro indefectível do cinema francês. A nata. Jacqueline Delubac, Fernand Gravey, Danielle Darrieux, Junie Astor, Viviane Romance, André Luguet, Suzy Delair, Pierre Fresnay correm para lá. A clientela é mais francesa do que no Ritz — seria quase possível esquecer a Ocupação não fosse aquela grande mesa de oficiais da Wehrmacht consumindo um Magnum de Pommery atrás do outro. Speidel se levanta quando o vê entrar.

— Frank! Como vai?

Como de costume, o uniforme de Speidel é irrepreensível, sua mão, firme, e o sorriso, polido. Frank repara que ele está muito bem barbeado — deve ter passado pelo barbeiro no fim do dia. Contudo, por trás do verniz de cortesia, o coronel parece preocupado.

— A sobriedade de um champanhe lhe vai bem, Frank?

— Claro.

Solene, o coronel pede uma garrafa de Krug 1911.

O barman capta a mensagem. O vintage acentua as emoções, é sua virtude. E 1911 foi um grande ano.

— Você reparou no arco-íris duplo agora há pouco, quando parou de chover? — pergunta Speidel. — Estava sublime. Sinta isto aqui.

Ele tira um envelope do bolso e dele extrai uma flor.

— É um croco do meu jardim, em Mannheim. Seis dias de viagem, fechado no envelope, e ainda exala esse perfume de primavera.

Frank aproxima o croco do nariz.

O coronel tem razão, há certa magia nesse perfume que persiste.

— Foi minha esposa que mandou. Estou achando que a convivência com o capitão Jünger está me pregando uma peça; ando prestando atenção ao cheiro dos lilases, fiquei sensível ao barulho do vento nas tílias do Ritz…

A garrafa de Krug 1911 chega. *Ao que será que ele vai querer brindar?* Faz quase dois anos que o coronel está em Paris, e Frank precisa reconhecer que Speidel lhe facilitou consideravelmente a vida. Azeitou as engrenagens, amansou a Viúva e devolveu imponência ao bar; é a Speidel que Frank deve seu salvo-conduto sem restrição. Ele se tornou uma espécie de protetor, sem nunca pedir nada em contrapartida.

— À sua saúde, Frank!
— *Prost!*

Croustade de ostras e costela bovina de Salers para Speidel, com sua piverada de alcachofras em sidra. Frank optou por ovos pochês condessa e um *pilaf* de caranguejo com caril. Enquanto a turma de oficiais vai ficando cada vez mais barulhenta, a do cinema francês finge gargalhar e ergue os copos para participar da festa. Uma algazarra assim é ideal para confidências, ninguém poderá ouvi-las. O coronel segura a taça sem a levar aos lábios.

— Meu caro, não vou usar de rodeios, como se diz. Também deixo Paris, quarta-feira. Fui transferido para o *front* do Leste.

Então era isso.

Frank já não tem a menor vontade de tocar no seu Krug. Não sente alegria nem tristeza, mas foi invadido por irredutível apreensão. Nas trincheiras, cada aumento das rações prenunciava um assalto iminente, de modo que era impossível se alegrar com a fatia extra de toucinho sem pensar num futuro banho de sangue. Ele deveria ter desconfiado que aquele champanhe vintage era de mau agouro.

Na mesa de oficiais começou-se a cantar com entusiasmo, é o momento. Frank aproveita:

— Qual é seu estado de espírito, coronel?

— Berlim tem a intenção de multiplicar as execuções de reféns civis na França. Você sabe o que eu penso a respeito, não é? Meu estado-maior também sabe. Essa é, sem dúvida, a razão de minha transferência para a Rússia.

— O senhor acha que no Leste vai ser diferente?

— Acabei por considerar esse acontecimento como uma maneira de me confrontar com as verdadeiras razões desta guerra. Nós precisamos destruir a frente judaico-bolchevique, meu amigo, é o sacerdócio do nosso século.

Será que ele pensa assim de verdade?

Meier limita-se a balançar a cabeça. O coronel prossegue:

— Não é sem tristeza que saio de Paris, mas me agrada ir verificar no *front* russo do que se trata realmente. Enfrentar mais uma vez o fogo do combate, dar sentido aos meus galões. E estar entre os libertadores.

— É a vocação do soldado — apoia Frank. — Mas diga uma coisa, coronel, o senhor ouviu falar de certos rumores a respeito do Leste?
— Rumores... Está falando dos "grandes matadouros"?
— Sim.
— Então chegou até você...
— No bar de um grande hotel, a gente ouve todo tipo de coisa.
Speidel se retesa e, nervoso de repente, acrescenta:
— Lorotas. Como acreditar que nossos comandantes poderiam incentivar essas atrocidades?

7

8 de abril de 1942

Mas onde é que o Luciano se enfiou?

A noite foi tranquila, e Frank está procurando Luciano para lhe pedir que enxugue alguns copos e lustre o balcão antes de fechar. Acaba por encontrá-lo no depósito, sentado de novo com as pernas entrecruzadas em cima de um barril de chope de carvalho, concentradíssimo. Surpreendido, o garoto esconde como pode uma rolha na mão esquerda e enfia o canivete debaixo da coxa.

— O que é que você está aprontando?
— Nada.
— Está escondendo o quê?
— Nada, já disse.
— Luciano, chega! Mostre a mão.

Envergonhado, o jovem abre devagar os dedos. Frank se apodera da rolha de champanhe e, sob a luz de uma lâmpada, descobre, estupefato, uma caricatura do coronel Speidel esculpida na cortiça. Luciano talhou para ele um rosto de coruja, munido de óculos redondos, feitos com o arame da gaiola da rolha.

— Como se o bar precisasse de brincadeiras desse tipo! Você quer a nossa ruína, meu Deus! Deixe-me ver seu armário!

Como Frank desconfiava, o aprendiz esconde lá toda uma coleção. Otto von Stülpnagel como búfalo, Ernst Jünger como gafanhoto, o tenente-

-coronel Soehring como antílope com chifres e Günther von Dincklage como pardal. Ele não acredita no que está vendo e precisa admitir que a caricatura do capitão Jünger é de uma verossimilhança gritante: por trás daquele gafanhoto magrelo aparece um esteta um pouco soberbo. Frank enfia todo aquele bestiário no bolso do paletó.

— Vou jogar tudo no lixo. Mas que idiota você é. Será que não percebe?

Comovido, de repente, pela tristeza do garoto, ele se abranda:

— Quem sabe o que poderia acontecer se um desses oficiais acabasse descobrindo essas suas proezas? Você tem talento, caramba, mas está brincando com fogo!

O garoto cai no choro e agradece entre lágrimas. Frank o segura pelo pescoço com ternura e o chama para irem fechar o bar. Luciano se arma de ousadia:

— Senhor Meier? Eu nunca ousei perguntar, mas..

— Mas o quê, filho?

— Por que o senhor fica comigo? Poderia fazer tudo sem mim, só com o Georges, seria mais barato...

Embaraçado, Frank vai arrumando as garrafas vazias num caixote de madeira. Luciano observa.

— Bom... Você sabe que eu conheço sua mãe faz muito tempo. Quando éramos jovens, trabalhávamos num hotel em Nova York. Um austríaco, uma italiana, os dois um pouco perdidos longe de casa. A gente se consolava como podia, Sofia foi muito importante para mim. Depois que voltamos para a Europa, todo ano nos escrevíamos no Natal. Ela me comunicou o casamento com o seu pai, em Livorno, um bom casamento. Ela conseguiu parar de trabalhar. Depois, me comunicou o seu nascimento. Quando as leis de Mussolini contra os judeus foram votadas, há mais de três anos, Sofia percebeu imediatamente que os ventos estavam mudando. E tinha razão. Não sabia que futuro lhe oferecer, então me escreveu perguntando se eu poderia trazê-lo para o Ritz como aprendiz. Eu disse que sim. Fico com você, Luciano, porque tenho esse compromisso com a sua mãe e também porque você se tornou muito precioso para mim.

Absorto nas palavras de Frank, Luciano reflete e avança um peão:

— Mas o senhor é judeu?

— Não.

— Acha que eu estou em perigo?

— Enquanto estiver comigo, não corre nenhum risco. Nunca se esqueça de que a sua proteção é o passaporte. Você é suíço, como César Ritz, essa é a verdade. Certo?

Observando Luciano esvaziar os cinzeiros, com os ombros estremecendo por causa dos soluços reprimidos, Frank pensa em Jean-Jacques e no amor que nunca soube lhe dar. Ouve-se um ligeiro assobio.

Intrigado, o garoto vai dar uma olhada no corredor.

— Senhor...

— O que é, Luciano.

— O capitão Jünger vem vindo.

— Ai, meu Deus! Sozinho?

— Sim.

— Para o balcão!

— Herr Meier, está muito tarde para um último trago?

— Tenha a bondade, capitão Jünger, é um prazer.

Um prazer e bem mais que isso. Com a partida do coronel Speidel, cultivar boas relações com Jünger é uma necessidade.

— Eu jantei no Lapérouse com Cocteau e Drieu. Comi demais e estou me sentindo pesado. Então me entrego a seus cuidados. O que beber para digerir essa comilança e dormir como uma pedra?

— Eu tenho aqui o que é preciso. Um bocadinho de *calvados* com gelo moído: é o *trou normand*, nunca se fez nada melhor.

Frank Meier está estranhamente intimidado; Jünger é uma das raras pessoas que seu instinto de barman não conseguiu desvendar. Agora se dá conta de que sempre viu o capitão em companhia de outros militares. É a primeira vez que está sozinho diante dele. Entrega o picador de gelo a Luciano, escolhe um *calvados* de Auge e pensa em algo para animar a conversa.

— E então, como vai o bom e velho Cocteau? — pergunta.

— Com um humor de cão! Anda irritado porque não param de sabotar a representação das peças dele. Uns estraga-prazeres soltam ratos vivos debaixo dos assentos do público, isso cria pânico e ninguém mais quer ir.

— Coitado do Cocteau, os parisienses são ingratos.

— No que ele pode ser mais condenado do que Guitry? — pergunta Jünger.

— Não sei, capitão. As peças de Guitry têm grande sucesso e nunca foram perturbadas por mal-intencionados. Guitry continua popular, Cocteau não; isso enseja questões... sobre seus costumes, talvez.

Jünger pega seu digestivo, morde o lábio inferior e vira ligeiramente a cabeça para Luciano. Atrás do balcão, o aprendiz o fixa intensamente, girando seu canivete entre os dedos. Frank olha para ele, carrancudo: *Nem pense em esculpi-lo numa rolha!*

Jünger também percebeu alguma coisa.

— De onde você tirou esse canivete magnífico, rapaz? O cabo é de marfim, não?

— Sim, é marfim de javali-africano. É um presente da minha mãe, capitão.

— E onde mora a sua mãe?

Maldito canivete!

— Na Suíça, capitão.

Não tenha medo, Luciano. Concentre-se. Encare isso como um jogo.

— Então todo mundo é suíço neste hotel — diz Jünger, divertido. — E o que ela faz lá?

— Ela... Ela trabalha numa casa de família como doméstica.

— Quer dizer que você é suíço?

— Sim.

— E onde é que ela vive, naquele belo país?

— Em Lausanne, senhor.

— Ah! Mas então você fala alemão?

— Muito mal. Eu nasci e cresci em Lugano. Eu falo italiano.

— Lugano, *quella città è tanto bella!* E aí veio para Paris?

— Sim. O Sr. Meier me empregou como aprendiz, faz três anos.

Jünger sorri, e a atmosfera se descontrai de repente.

— Tem sorte, é um emprego que vale muito.

— Eu tento estar à altura todo dia — responde bravamente Luciano.

Pegou o jeito, filho, muito bem! Fez jus a seu passaporte falso.

— Conserve com carinho esse canivete, rapaz — acrescenta Jünger. — Sua mãe deve saber que ele pode lhe salvar a vida. Amanhã, volto à Alemanha para ver meu filho. Vou levar para ele um canivete como o seu.

Dessa vez Frank não se contém:

— Como?! O senhor também vai embora?

Jünger sorri.

— Uma simples licença para passar um tempo com a minha família. Sinto saudade da minha mulher.

— Isso me tranquiliza.

— Estarei de volta a Paris daqui a três semanas. Aliás, seria bom ir dormir, amanhã bem cedo pego um trem na Gare de l'Est.

— Tenha uma boa noite, Herr Jünger. E boa viagem.

A simpatia do capitão Jünger é dessas que se infundem como chá de Darjeeling em água quente.

Que palavras Fitzgerald teria escolhido para descrevê-lo?

Será que ele sabe quem é Fitzgerald? Olhou para o retrato dele na parede.

Será que por instinto ficou quieto, para evitar constrangimentos? Não, não é uma questão de instinto. É mais de dedução...

— Luciano! Eu gostaria que você descobrisse o endereço de Jünger na Alemanha. Encontre isso depressa, a gente vai mandar para ele uma garrafa de *calvados* durante o período de licença. Ah! E dê um jeito de saber a data de nascimento dele, isso também me interessa.

— Cuido disso já amanhã de manhã, senhor.

— Isso! Vá dormir, é tarde. Boa noite, Luciano.

Num ímpeto que o vence, ele deixa que sua mão afague com ternura os cabelos daquele garoto de coração confiante, que tem todas as qualidades para se tornar um grande barman — e um homem de bem, mesmo no meio dos soldados alemães.

Vai firme, filho, e você vai aprender a nadar no meio dos tubarões, pensa, olhando-o sair pela porta do bar, com o paletó na mão. Uma onda de orgulho o envolve.

Logo são onze horas, Frank Meier está exausto. Suspira quando pensa na meia hora de caminhada que o espera para chegar à sua casa. Amanhã de manhã, às sete horas, tem o compromisso de pegar um lote de documentos falsos no Café de la Paix. Então decide dormir ali, atrás do balcão. Enquanto arruma seu colchão improvisado, pensa em Luciano, nas famílias judias. Em si mesmo também, no dinheiro que vai ganhar no negócio. O esquema já dura seis meses, ele conseguiu economizar uma boa quantia. Um pequeno pé-de-meia que não usa para nada, aliás, mas que o tranquiliza.

Se um dia eu tiver de fugir, nunca será demais ter dinheiro.

Frank não aprende a vida nos livros como Ernst Jünger, mas pelo menos uma coisa lhe ensinaram os romances policiais: fugir custa caro.

8

6 de maio de 1942

O Visconde avisou que chegaria tarde. "Uma questão para resolver", disse. O bar está fechado e, para matar o tempo, Frank dá uma lida na última edição do *Paris-soir*. O exército japonês parece estar vencendo, a aviação alemã bombardeia de novo as costas inglesas, Hitler e Mussolini encontraram-se em Salzburgo para reafirmar a fraternidade das potências do Eixo... Anúncios promovem "pós de arroz" contra a tez sem viço, "antianêmicos" e outros "superalimentos" açucarados para as crianças. Frank está na página de esportes.

Ah, até que enfim esse diabo do Süss.

O Visconde está usando um *trench coat* bege com cinto, elegante, mas empoeirado e com teias de aranhas. Seus sapatos de verniz estão enlameados — Frank nunca o viu nesse estado. Süss tira o casaco e tenta limpá-lo, mas logo percebe que é trabalho perdido.

De onde será que ele saiu?

Frank não faz nenhuma pergunta.

Süss pendura o casaco num gancho de latão fixado atrás do balcão.

— Como foi a reunião com a Sra. Ritz? — acaba perguntando, com expressão travessa.

Um pouco mais cedo, à tarde, Frank deu à Viúva, para degustar, três coquetéis especialmente elaborados para a noite de abertura da exposição de

Breker. Elmiger estava lá; Bedaux se intrometeu, feliz como uma criança. Com o retorno de Pierre Laval ao governo no fim de abril, sua hora finalmente chegou, e ele não parou de discursar sobre a missão confiada por Pétain a Laval. "Avancemos de mãos dadas com Hitler, é o futuro da França", repete como um papagaio. A mesma arenga das manchetes dos jornais, que afirmam que salvação da França só pode passar pela Nova Europa, *a dos Fritz!*

— E o que o Sr. Elmiger acha? — pergunta Süss.

— O senhor pode imaginar...

Os dois sabem muito bem que o diretor reprova essa recepção. A tradição do Ritz é a discrição, e esse jantar projeta o estabelecimento ao ápice do exibicionismo.

Frank tinha planejado a ação: um coquetel um pouco vanguardista demais, outro bem clássico e, entre os dois, o Siegfried: aquavita, suco de limão, açúcar de cana e uma gota de Cointreau. A viúva Ritz poderia tê-lo escolhido apenas pelo nome. Ela pediu a Elmiger que o experimentasse, o diretor se negou: "Nunca bebo em serviço." A nobre velhota deu de ombros e, irritada, ergueu os olhos para o céu, com um longo suspiro de desprezo.

— A relação dos dois parece cada dia mais com a de um filho crescido que se recusa a ceder aos caprichos da mãe — diz Süss, divertido.

Frank sorri, concordando. A cumplicidade crescente de ambos preenche um pouco o vazio deixado por Speidel e Jünger. Largando o conhaque, Süss leva a mão ao bolso interno do *trench coat* e puxa um envelope generosamente provido: o pagamento de Frank pelas últimas semanas. Entrega-o por cima do balcão, mas não solta a mão quando Frank o pega, olhando fixo nos olhos dele.

— Eles vão adotar a estrela amarela para os judeus. Faz tempo que se fala nisso... Dessa vez, a conversa é para valer: a SS fez pedido de tecidos. Tudo isso vai precipitar nossos negócios. Precisamos estar prontos para acelerar o ritmo.

Frank balança a cabeça.

— Todas as grandes famílias judias vão tentar fugir da zona ocupada antes do fim do mês. Elas estão dispostas a gastar fortunas para conseguir documentos falsos. Você ouviu falar de Carl Oberg?

— Vagamente.

— Ele vem a Paris para acossar as redes de resistência. E os judeus. Um verdadeiro caçador. É um adepto de Heydrich, da pior espécie. Você vai ver os dois depois de amanhã, no jantar de Breker. Pode acreditar, Frank, perto deles, o gordo Göring poderia passar por um fanfarrão simpático. Os judeus têm motivo para sair correndo.

Um arrepio percorre a espinha de Frank, que também toma consciência de que, desde a partida de Stülpnagel, o bar deixou de ser aquele lugar de disse me disse do início da Ocupação. O primo-irmão que o substituiu assumiu o posto há dois meses, mas ainda não desceu para beber um trago. Göring também não veio, e Frank sabe por Süss que ele afinal voltou do *front* russo.

O Visconde faz uma pausa, depois retoma:

— Você vai acreditar se eu lhe disser que há um túnel ligando o subsolo do Ritz ao da galeria do Jeu de Paume?

Passagem secreta é coisa que só existe em romance. No entanto, isso explicaria o pó no trench coat e os sapatos sujos.

— Esse subterrâneo data da construção do prédio no Jardim das Tulherias — explica Süss.

— Como ficou sabendo disso?

O Visconde chega mais perto, como se temesse ser ouvido.

— Desde que Göring começou a me obrigar a frequentar aquela galeria do Jeu de Paume, fiz amizade com uma conservadora do museu. Ela explicou que Napoleão III queria um acesso discreto para se encontrar com a condessa de Castiglione no palacete Gramont, ancestral do Ritz. Por isso, mandou abrir aquela galeria debaixo da rua de Rivoli, até a praça Vendôme. Hoje mesmo, de tardinha, eu me fechei no acervo de Göring com a cumplicidade da empregada do museu.

— Mas onde desemboca esse túnel? — pergunta Frank.

— No porão onde ficam depositadas as bagagens e os baús que o hotel guarda por períodos prolongados. O acesso ao subterrâneo é por uma porta de carvalho disfarçada atrás de uma coluna de pedra, na qual está embutida uma minúscula escada de caracol. Por causa da água do Sena, o canal é úmido e fedido, mas continua perfeitamente transitável. Topei com alguns ratos, mas, munido de um lampião, consegui me virar sem problemas. Meier, em caso de urgência, é possível fugir por esse túnel.

— Por que haveria urgência?

— Não é frequente haver urgência em tempos de guerra? Você sabe, no passado, algumas pessoas me ajudaram. É minha vez de ajudar os outros a atravessar a floresta de trevas.

Seu tom de sinceridade emociona visceralmente Frank. Süss parece esgotado tanto pela solidão quanto pela angústia. Frank está louco para fazer *a* pergunta, mas teme que Süss responda com a mesma pergunta.

Ninguém deve saber, essa é a regra absoluta.

Faz-se silêncio em torno do balcão. Depois o Visconde volta a falar:

— Está sabendo que Lafont espera se tornar auxiliar de Oberg? Fiquei sabendo ontem que esse vigarista ofereceu seus serviços aos SS na caça aos judeus, só para se apoderar de uma parte do butim. Com esse louco furioso no pedaço, o jogo fica muito perigoso. Por isso é que estou falando desse subterrâneo.

Frank se pergunta se não seria mais prudente parar tudo, mas também sabe que é tarde demais.

9

14 de maio de 1942

Pescada *princesse*, filé bovino no molho *financière*, frango Mireille e sorvete Coppélia.

Pelo menos eles têm consciência de que os parisienses estão morrendo de fome?

São dez da noite, os convidados da recepção Breker refluíram para as mesas do restaurante, e Frank agora está esperando a turma dos useiros e vezeiros dos digestivos.

Serão muitos, e bêbados. Esta noite, ele se sente dez anos mais velho.

Georges, porém, está encostado no balcão, com o cigarro e um sorriso nos lábios.

— Então, está vendo que Pétain tinha razão? — solta, com displicência. — O Velho cumpriu a promessa.

— Como assim? — suspira Frank.

— A vida está mais justa que antes. Pétain instaurou a igualdade de oportunidades. Cada francês pode provar sua capacidade de servir o país.

— Está gozando da minha cara?

Georges chega mais perto do chefe e acrescenta mais baixo:

— Olha só esta noite: todo mundo que tá aqui merece. Eles não estão aqui porque são bem-nascidos, não, estão aqui porque provaram seu valor. Eles se parecem conosco e reconhecem a gente; viu só as gorjetas que dão?

Você nunca tinha visto coisa assim, Frank, não é? Eles não são ingratos que nem os teus burgueses do velho mundo...

Frank ergue as sobrancelhas. "Os teus burgueses": sempre essa mania de dividir as pessoas em dois campos bem distintos. Frank prefere ficar calado.

— E aí, não vai dizer mais nada? Você não pode negar que o mundo de antes estava podre até a medula. É preciso reconstruir a França, meu velho! Ah, já estou cansado do teu silêncio! Vou sair pra tomar ar.

A atmosfera está elétrica. Elmiger passou há poucos minutos para pedir uma dose de Saint-Raphaël. Pálido, sussurrou ao ouvido de Frank que já não controla a situação. Essa noite, o hotel está fervilhando, os coturnos batem em posição de sentido, ouvem-se interpelações, gargalhadas em alemão, francês e italiano. A viúva Ritz transita com facilidade de uma língua a outra, saboreando a ressurreição. Num longo de veludo fulvo, ela reina como leoa, passeando a juba prateada de um grupo a outro. Vira-se para lá e para cá, cumprimenta, mas com o cuidado de não tocar em ninguém, mantendo a distância regulamentar. Um triunfo. Nessa extravagante festa de gala mesclam-se todos os espécimes: malfeitores opulentos de terno listrado e colete, charuto na boca; socialites de chapéu e perfume Lanvin; mandachuvas nazistas com farda de gala e monóculo de mentira; políticos franceses, com cabelo cheio de brilhantina e smoking impecável; *starlets* de cinema que, quando riem, sacodem um rio de diamantes; coronéis da Wehrmacht atraídos pelas cortesãs debruçadas na sacada e, como atração principal, o casal Breker flanqueado pelo ilustre Reinhard Heydrich, chefe de matilha. O grande desfile do vício sob os auspícios do Führer, o Reich no ápice do poder, festejado na praça Vendôme.

Quis a ironia do destino que essa noite caísse numa quinta-feira. Frank Meier relembra seu finado clube de estetas: estes se alimentavam do espírito do lugar, ao mesmo tempo que traziam inteligência e impertinência. Os que os substituem esta noite odeiam precisamente esse espírito.

Os teus burgueses... Mas onde é que eles estão?

Desde 1940, a burguesia esclarecida não pôde evitar a voragem. A probidade e a honra impediram alguns de sucumbir às tentações da cloaca de Vichy, mas esses são raros e estão reclusos ou exilados, já não são ouvidos.

Quanto a todos os outros, guiados pelo oportunismo e, principalmente, pelo medo de perder seus privilégios, adaptaram-se às exigências dos novos tempos.

A burguesia francesa faliu, desmoronou.

Antigamente, ao voltar das trincheiras, Frank pensava, como Georges, que os capitalistas tinham sentido apenas desprezo pelos sacrifícios dos soldados no *front*. Em postos seguros durante a guerra, eles tinham especulado e enriquecido. Vinte anos de balcão depois, Frank Meier aprendeu a distinguir outras nuances no reino dos favorecidos. O burguês no exílio, que decaiu de classe. O burguês católico, preocupado em cumprir seu dever de caridade. O burguês culto, guiado pela consciência pesada. E finalmente o burguês socialista, apaixonado pelo ideal de justiça.

Por fim, meus burgueses antes lutavam contra si mesmos.

Agora, só existe o grasnido ininterrupto das aves de rapina. Os vândalos saquearam tudo, esse era o objetivo deles. Erigir uma ordem nova: a seleção natural. A lei do mais forte.

Mas o que é que estão fazendo em Vichy, há dois anos, para aliviar os sofrimentos do povo francês? Pétain tinha prometido repatriar os prisioneiros: os infelizes estão voltando em conta-gotas.

Para completar, antes do jantar Frank até teve direito a receber felicitações da guarda mais próxima de Philippe Pétain: o embaixador Brinon, o ministro Bonnard e até Pierre Laval. *Bons amigos de Marie-Louise Ritz, claro.* Claude e Blanche Auzello estavam sentados entre Bedaux e dois jornalistas franceses arregimentados pela causa nazista. Impossível declinar desse convite sem melindrar a Viúva e se pôr em perigo. Dois fantasmas do mundo de ontem presos na armadilha do carnaval dos abutres. *Pobre Blanche*, pensa Frank, *deve estar à beira de uma crise de nervos. Quanto a Claude...*

— Senhor Meier! — chama de repente Luciano. — Acho que o novo general von Stülpnagel vem chegando.

— Sozinho?

— Sim...

O primo-irmão finalmente dá as caras.

— *Guten Abend, Herr Meier.*
Então ele sabe o meu nome.
— Boa noite, general.
— Escapuli daquela refeição interminável, detesto quando a coisa se arrasta. Avancei na frente pela rota do conhaque.
— O senhor é um fino estrategista. Louis XIII ou Rémy Martin?
— Deixo por sua conta.

Speidel tinha razão, pensa Frank pegando uma taça de conhaque. Mais afável que o primo, Carl-Heinrich von Stülpnagel é simpático. Sua presença é imediata, seu olhar, magnético. Sua íris é de um verde-escuro muito raro, salpicado de pontos azuis. Atrás do bigode loiro, ele deve ter a mesma idade de Frank. Um pouco mais novo, talvez. Mais atlético também, é certo. Frank identificou, no cinto de seu uniforme de gala, uma bengala de estoque feita de madeira africana rajada, com castão de chifre de búfalo, encimada por uma pequena placa de marfim, na qual há um brasão gravado. Objeto suntuoso.

— Eu deveria ter vindo aqui antes, caro amigo. Sabe que meu primo, quando me escrevia, falava de seu bar? Eu o imaginava maior, é bem pequeno na verdade...
— Seu primo deve ter-se mostrado amável demais a nosso respeito, general.
— Não é o tamanho da igreja que conta, mas o carisma do padre e a maneira como ele celebra a eucaristia.

Frank sorri.

— Digamos que a coqueteleira é meu cibório, e o gim, meu óleo.
— Ah, é? Então esqueça o conhaque. Faça seu rito, mostre-me.

O general está um pouco embriagado, mas um brilho novo surgiu em seus olhos baços. Há quanto tempo Frank não se sente tão à vontade em seu papel de barman? Talvez porque lhe pareça ter enfim um parceiro de jogo digno dele.

— Sabe que cada oficial da Wehrmacht, quando está na Europa, sonha em vir descobrir este seu refúgio? Como dizem vocês: um porto de paz, enquanto lá fora alastram-se atentados...

Uma sirene ensurdecedora o interrompe bem no meio da frase. Um ataque aéreo. Stülpnagel deixa escapar um gesto de impaciência.

— Lamento, general, o regulamento me obriga a fechar o bar.

— Ao diabo esses malditos ingleses! Olhe, me sirva depressa um trago de conhaque. Vou beber no subsolo.

— Claro, general. Aqui está.

— Boa noite, senhor Meier. Vou voltar, prometo.

Frank agradece com o olhar e convoca Luciano para acompanhar o general aos abrigos.

— Vá você também, Georges. Depois eu vou.

Georges dá um sorriso ligeiramente sarcástico.

— Que pena, a coisa ia rolando tão bem com o novo general...

— Me deixe em paz, faça o favor! E vá depressa, desça com os outros.

— Às ordens, chefe...

Frank fica em pé atrás do balcão e, absorto nos ecos do pânico que domina todo o hotel, fecha os olhos por um instante. Há pessoas correndo pelos corredores e pelas escadas do vestiário. Os convidados apavorados saem em desabalada, não há lugar suficiente no subsolo para toda essa gente — ele ouve gritos de medo e de raiva, ordens urradas em alemão. As sirenes rugem cada vez mais alto, ao longe já troa a tempestade dos Spitfires.

A Viúva na certa não previu toda essa pirotecnia na sobremesa!

— Está precisando de uma mãozinha, Frank?

— Ah, Sra. Auzello! Me assustou...

Blanche está bem diante dele. Usa um vestido preto de babados e luvas longas de cetim. Tem o rosto coberto por uma *voilette*, como se, nessa noite, tivesse decidido usar luto pelo mundo que amou. Por entre as malhas do véu, seu rosto está mais pálido que de costume.

— Está acontecendo cada coisa no saguão! Os rostos são horríveis quando as máscaras caem. Precisa ver Gabrielle Chanel! Desvairada, acompanhada pela governanta que vai carregando a máscara de gás dela numa almofada de seda. Parece mentira...

— Não me surpreende muito. Mas a senhora já deveria estar no abrigo, não é...

— Você concordaria em me servir um trago? — atalha ela.

Frank nota no olhar de Blanche uma intensidade que não observava há muito tempo.

— Eu... Eu preciso fechar, minha senhora.

— A não ser que decida não fechar — lança ela, em tom de bravata.

— Está com medo, senhor Meier?

— Não — responde o barman sem deixar de olhar para a jovem.

— Então, o que acha de uma taça de champanhe comigo, debaixo das bombas?

Nesse instante, Frank toma consciência do poder que Blanche exerce sobre ele. Sente como essa situação perigosa exacerba seu desejo. Só ela e ele, no meio de um mundo que desmorona.

O bar está sendo iluminado apenas pela luz fraca de uma arandela sob o balcão. Frank examina Blanche na penumbra, mais bonita e perturbadora que nunca. *Essa mulher é decididamente estonteante.*

— Perdeu seu marido de vista?

— Claude desceu para o subsolo.

— Ele nunca vem aqui. Não o vejo mais. Como ele vai?

— Depende do dia. Anda mordendo o freio.

— Ouvi dizer que estava cuidando da administração.

— Está se entregando de corpo e alma a frutas e verduras — ironiza Blanche. — Claude passa o tempo pendurado no telefone, fazendo pedidos. A velha Ritz lhe é muito grata. Até o convidou ontem para tomar chá no apartamento dela. Acredita?

— Nunca se sabe o que esperar dela. Sempre faz o imprevisível, é a regra.

— Discricionariedade! Ela sabe exercer o poder, é seu único talento. Diz uma coisa e o seu contrário, e assim ninguém sabe mais onde está a verdade e todo mundo fica desconfiado. É daí que vem a autoridade dela.

— Tem razão. Pol Roger?

— Perfeito, obrigada, Frank. À sua saúde.

— À sua, senhora.

Ele observa Blanche molhar os lábios carmins na taça de champanhe.

O que me impede de confessar o que eu sinto por ela, há tanto tempo? Será pudor, ou excessivo amor-próprio? Com mais certeza o pavor de uma desilusão. Mas essa noite, sozinho com ela nesse bar vazio, sob a ameaça das bombas inglesas, ele sente crescer no íntimo uma coragem inédita.

— Tenho uma coisa importante para lhe pedir, Frank.

Ele entende instantaneamente que se equivocou mais uma vez.

Será que algum dia Blanche vai descer por outro motivo que não seja o de lhe pedir um favor?

— Concordei em esconder um aviador inglês debaixo da água-furtada.

— Debaixo da água-furtada? Do Ritz? Mas, minha senhora, isso é uma loucura!

— O avião dele foi derrubado perto de Asnières, o infeliz estava ferido na perna. Como último recurso, Lily me pediu que o abrigasse. Ele foi introduzido durante a noite pela rua Cambon... O que acha que eu devia fazer? Deixar a minha amiga e aquele coitado à mercê dos nazistas?

— Não, a senhora preferiu escondê-lo no meio dos boches!

— Não fique nervoso, Frank, por favor! Esse piloto melhorou, agora é preciso ajudá-lo a sair de Paris. Preciso de documentos falsos.

— Ah, minha senhora...

Segue-se um silêncio pesado. Frank não se conforma com o que acaba de ouvir.

— Me sirva mais uma taça, estou um pouco nervosa.

— Esse sujeito está lá em cima?

— Está, no forro falso de um quarto de empregada. Me ajude, por favor!

Blanche avança uma mão enluvada em direção à de Frank, que recua imperceptivelmente.

— Quem está sabendo?

— Lily e eu, só. E você, agora.

— Meu Deus...

— Quer me ajudar, sim ou não?

Frank fica pensativo por um instante. Não consegue lhe recusar nada, está consciente disso.

— Me dê dois dias. Mas vou avisando, é a última vez. Se for denunciada, a senhora será fuzilada! E eu também!

Frank gostaria que, pelo menos, ela dimensionasse o risco insano a que está expondo os dois. *Ela quer bancar a heroína, mas nesse hotel tudo se sabe!* Quanto tempo falta para que as camareiras percebam que estão dormindo perto de um inglês? E quanto tempo, depois, para que uma delas o denuncie?

— É preciso agir muito depressa. Tem uma foto?
— Sim, claro. Pegue! Estava com ele.
— Ele fala francês?
— Não, nem uma palavra.
— Eu vou arranjar um passaporte sueco. Esses caras se viram muito bem em inglês. Volte aqui domingo à noite. Não fale mais, está chegando gente.

De fato, ouvem-se ruídos. O Ritz volta à vida como um coração que recomeça a bater. O rosto de Luciano aparece na abertura da porta.

— Era um alarme falso, Sr. Meier. Eu não vi o senhor no subsolo, então vim avisar. Não vai haver bombardeio esta noite, todos os convidados estão saindo pelo lado da praça Vendôme, é uma bagunça inacreditável. A Sra. Ritz subiu para o apartamento. Na minha opinião, o senhor pode ir para casa.

— Obrigado, rapaz. Vá dormir você também. Até amanhã.

Ele fecha a porta. Blanche, que tinha se abaixado atrás do balcão, levanta-se e cai na risada.

— Ergo minha taça à morte que nos espreita e à ironia do destino, meu caro Frank!

Quem poderia resistir àquele jeito irreverente e àqueles olhos maliciosos? Ali está ela agora, bem pertinho, atrás do balcão *dele*. O lustre do corredor projeta em seu rosto claro a sombra mosqueada do véu. Esse champanhe tem o gosto de um beijo ardente que ele nunca ousará roubar.

10

14 de julho de 1942

Dois meses se passaram, e ninguém morreu — ao menos no Ritz. O aviador inglês foi exfiltrado, mas Fersen comunicou que não poderia mais intervir com tanta urgência. Como Süss previra, a demanda de documentos falsos é cada vez maior: desde o mês de junho, os judeus são obrigados a portar a estrela amarela.

No *front* russo, a Wehrmacht volta a avançar, favorecida pelo verão; mais ao Sul, em Bir Hakeim, o general Rommel derrotou os soldados franceses e tomou Tobruque. Às vezes Frank chega a desejar a vitória da Alemanha.

Que se acabe essa maldita incerteza!

O barman está esgotado. Ele, que não pode se confiar a ninguém, está quase se arrependendo do divórcio. Nem sabe onde Maria vive, e não tem mais contato nenhum com ela. Foi bom ter recebido uma carta de Jean-Jacques, que lhe causou muito prazer — enganou a solidão. O filho anunciou a chegada a Nice da prima Pauline. Os dois moram no mesmo apartamento e se ajudam mutuamente.

Pela segunda vez, as celebrações do 14 de julho foram proibidas no Ritz. As bandeirolas tricolores de cetim dormem há três anos em caixas de papelão. Esse 14 de julho a meio mastro não impede que o bar de Frank fique lotado. Barbara Hutton está estreando um colar. Suas pérolas têm um tamanho notável. *Essa mulher está cada vez mais magra. É demais.*

Dá medo. Ao lado dela, Laura Corrigan cantarola com sotaque nova-iorquino "Mon amant de Saint-Jean", o último sucesso de Lucienne Delyle. Acotovelado no balcão, Charles Bedaux, armado de um palito de dentes, tenta em vão agarrar a azeitona verde de seu Dry Martini, como aquele ministério que ele ainda não conseguiu fisgar. Traquinas, Guitry assobia a "Marselhesa" em surdina, limpando os óculos. Sua peça *N'écoutez pas, mesdames!** triunfa no Théâtre de la Madeleine. Na mesa atrás dele, dois jovens oficiais alemães recém-chegados jogam gamão e riem como crianças. Sozinha à sua mesa, Florence Gould escreve há mais de uma hora —*carta ao marido ou ao capitão Jünger?* Serge Lifar e Jacques Benoist-Méchin esmiúçam a decadência republicana e a falência moral. O jornalista ergue um brinde à saúde do Marechal, Bedaux aquiesce. Cocteau rabisca numa caderneta, enquanto Jean Marais e Marie Laurencin, rindo, de uma beleza de cortar o fôlego, brincam de adivinhar o que o mentor deles está desenhando. As risadas dos dois parecem exasperar o velho comandante da Wehrmacht que está bebericando uma taça de Veuve-Clicquot na ponta do balcão. Crânio calvo e liso, é a terceira vez que vem essa semana, sem nunca falar com ninguém. Frank tem certeza de que ele presta atenção a tudo o que se diz.

Não longe dali, Gabrielle Chanel está à mesa com seu tenente fardado e uma jovem cuja identidade Frank ignora. *Uma estranha boneca maquiada*. É uma mulher de cabelo escuro e pele clara, traços delicados, nariz aquilino e olhos cintilantes. No colo da desconhecida reina um gato *chartreux* de olhos acobreados, que ela acaricia com gesto lento. Frank aplica o ouvido e capta uma ponta de sotaque alemão em seu francês impecável. Ela conta que foi ver a exposição de Breker um pouco mais cedo e ri da peça que Josée de Chambrun pregou a alguns amigos em sua casa na terça-feira à noite. A filha de Pierre Laval afirmou aos convidados que Arno Breker "lhe dera um original" e mandou entrar na sala um atleta nu como Adão. Gabrielle Chanel morre de rir. A mulher do gato *chartreux* olha demoradamente para Frank.

---

* Literalmente: "Não deem ouvidos, senhoras!"

É a segunda vez. Quem é essa mulher, afinal?

Ele não vai ter a oportunidade de saber, porque o telefone do bar toca, e Luciano lhe faz um sinal.

— O Sr. Elmiger gostaria de falar já com o senhor na sala dele.

— Fechamos em menos de uma hora. Diga que passo por lá em seguida.

— Ele está insistindo. Quer falar com o senhor imediatamente, diz que é urgente.

O que é que pode ser assim tão urgente? Elmiger está na corda bamba há muito tempo, anda sem paciência e vê perigo em tudo.

— Entre! — grita o diretor quando Frank bate à porta.

O sobrinho do barão Pfyffer está lívido, com um cigarro na boca, enquanto outro se consome no cinzeiro.

— Sente aqui, Frank — diz ele apontando uma cadeira à sua frente.

Dessa vez, melou.

— O que aconteceu?

— Blanche Auzello acaba de ser presa pela polícia alemã.

O chão se abre sob os pés de Frank.

— Ela estava com a Kharmayeff — resume Elmiger. — Foram jantar no Maxim's. Pediram champanhe e lagostim. O garçom respondeu que tinha acabado. Dez minutos depois, um coronel alemão foi servido com uma bandeja de frutos do mar cheia de lagostins. Blanche perdeu as estribeiras, xingou o *maître*: "Nesta cidade, só tem para os boches" etc. Imagine a cena. Depois levantou o copo gritando: "Viva a França!".

— Meu Deus...

— Pediram que elas saíssem. Lá fora, dois caras da Gestapo estavam esperando. Foram metidas num furgão. Faz menos de uma hora.

Frank está abalado e tenta organizar as ideias.

— Claude Auzello foi informado?

— Não, ainda não.

— Como o senhor ficou sabendo?

— O *maître* do Maxim's ligou, consternado...

— E a Sra. Ritz?

— Também ainda não.

— E o Sr. Süss?

— Não se sabe onde está, e o tempo urge. Frank, você que a conhece, sabe de coisas sobre Blanche Auzello que possam nos pôr em perigo se ela abrir a boca?

Elmiger o examina com ansiedade, como se buscasse uma resposta no seu rosto. Depois, irritado, se levanta da cadeira sem esperar resposta.

— Frank, ela é judia, não é? Diga!

— Não!

A violência da resposta não parece convencer Elmiger, que dá de ombros.

— Ah, por favor, Meier. E aquela história de um inglês acoitado no sótão? A Sra. Delmas veio me falar das suspeitas sobre um aviador inglês escondido em nossa água-furtada, imagine só! A gente vasculhou tudo, e nada. Está sabendo de alguma coisa? A Sra. Auzello poderia ter se deixado levar pelas relações bolcheviques da amiga Kharmayeff.

— Eu não sei de absolutamente nada — diz Frank, concentrando-se para não piscar.

Pôr a realidade de lado, ater-se à lógica, servir ao freguês o que ele quer ouvir: Frank nunca havia considerado que uma vida de barman o prepararia para interrogatórios.

— A Sra. Auzello nunca ia pôr o marido em dificuldade — acaba dizendo.

Elmiger parece tomar tempo para pesar o argumento.

— Em todo caso, sou obrigado a pôr a Sra. Ritz por dentro do assunto.

— E se esperasse um pouco? — propõe Frank. — Elas estavam bêbadas, vão esfriar a cabeça, e os boches as soltam.

Elmiger dá um longo suspiro.

— Bom — diz despejando um bocadinho de White Horse no copo —, vá fechar o bar, veremos isso amanhã...

Saindo da sala, Frank sente as vísceras transpassadas pelo medo. Terror e raiva. Precisaria de um gim-tônica, mas nem pensar em voltar ao bar. Fica vagando pelos corredores, deixa-se cair num sofá de um dos andares.

Blanche em poder da Gestapo!

Lily Kharmayeff não podia ter levado aquele aviador inglês para a própria casa? A culpa é toda dela. E agora essa futriqueira da Delmas vem meter o bico. Por sinal, que ideia ir xingar os alemães no Maxim's! O que será que eles vão fazer? Torturá-la?

Frank nunca teria imaginado que o fim da história chegaria tão depressa.

11

17 de julho de 1942

Blanche foi solta nessa manhã. Frank ficou sabendo por Elmiger, na hora do almoço, entre quatro paredes, e ainda não assimilou direito.

Faz três dias que não dorme, e à noite precisava disfarçar. Diante dos fregueses — raros, felizmente. Diante de Luciano, que ele não queria assustar. Diante de Georges, que teima em elogiar o governo Laval. Foi Georges que lhe disse que os milhares de judeus presos ontem estavam aglomerados no Vélodrome d'Hiver.

Para onde vão ser mandados?

Para a Alemanha, segundo Georges.

— Laval negociou, Frank, e pronto. Está trocando trabalhadores por prisioneiros franceses, nada mais. E a maioria desses judeus é estrangeira.

— Trabalhadores? Está gozando da minha cara? Um moleque de oito anos segurando a mão da irmã de cinco para subir num ônibus lotado foi o que eu vi hoje de manhã. Isso me vira o estômago. Sabe de uma coisa? Estou cansado de você, Georges.

— Espere aí, essa coisa das crianças também me enoja!...

— Feche o bar por mim. Vou dormir.

Ainda está muito quente na rua deserta. Uma verdadeira noite de verão. O silêncio é tanto que Frank ouve, ao longe, o rangido do pedaleiro engripado de uma patrulha de bicicleta. Um soldado alemão cantarola

"Lili Marleen" com voz magnífica. Ele gosta dessa canção, e ouvi-la o deixa melancólico. Pensa nos milhares de infelizes amontoados debaixo do vidro azulado da cúpula do Vélodrome d'Hiver. Ele poderia estar lá no meio, aninhado à mãe, perdido e amedrontado...

O passado sempre acaba alcançando os exilados?

— Boa noite, Frank — murmura uma voz na escuridão.

Os olhos dele estão acostumados ao escuro. O vestido de adamascado azul de Blanche é esplêndido, mas o rosto dela está transtornado. Frank sente os olhos marejados, ao distinguir o rosto vincado e o sorriso pungente da mulher. Não consegue responder, tão contente está a fixá-la, como quem olha para alguém que teve medo de nunca mais rever.

— Está chorando, Frank? Quer um gole de gim?

— Não, obrigado.

— Aceite — insiste Blanche. — Esta noite sou eu que toco o bar.

Um banco público, Blanche Auzello e um frasco cheio de Gordon's, uma noite de julho em Paris. De repente, Frank tem trinta anos, dezessete anos, ri entre lágrimas, imaginando a cena. Ele se sentaria ao lado de sua bem-amada, eles contemplariam as estrelas juntos, ele passaria a mão pelos cabelos dela, mergulharia o rosto na concavidade de seu pescoço, cheiraria seu perfume inebriante, acariciaria o tecido de seu vestido, a beijaria e a estreitaria nos braços... Mas ele já não tem dezessete anos, nem mesmo trinta, e o gim morno não é de boa qualidade. Eles estão em Paris no mês de julho de 1942, dois judeus sem estrela amarela, esgotados e aterrorizados pela imensa caçada que acaba de sacudir a cidade.

— Dizem que são pelo menos dez mil — diz Blanche, olhando à frente. — Dez mil, sem contar as crianças. E todos presos pela polícia francesa. Em Belleville, há vários dias corria voz de que haveria uma blitz, mas ninguém acreditou.

Blanche continua o relato, e Frank ouve. Será que ele teria acreditado nesses rumores se fosse um daqueles judeus de Belleville ou do Marais? A voz de Blanche está entrecortada. Frank ouve essas dificuldades de elocução que conhece bem demais.

Será que voltou à morfina?

— O que foi que lhe deu, terça-feira à noite?

Ele mesmo se surpreende com a intimidade da pergunta. Tanto quanto a resposta que brota de repente:

— Eu me descontrolei. Estava exasperada e um pouco bêbada. Mas, fique tranquilo, Frank, esses três dias e três noites botaram juízo na minha cabeça. De madrugada, na cela, Lily me fez uma pergunta muito esquisita.

— Que pergunta?

— "Se Deus existir, Blanche, o que você gostaria que ele lhe dissesse quando você chegasse diante dele?" Engraçado, não é? E você, o que gostaria de ouvir de Deus, quando soasse a sua hora?

— Bom... eu gostaria que ele me dissesse: "Está lotado, Frank, volte mais tarde." Acho que isso cairia muito bem.

A jovem ri.

Essa risada aquece o coração de Frank, que está gelado, apesar do verão tórrido.

— Então quer dizer que você ia querer fazer hora extra?

— De certo modo, sim. E a senhora?

— Eu gostaria que Deus dissesse: "Você fez o que pôde, Blanche, entre agora."

— Sua resposta é mais sensata que a minha, embora tenha sido apanhada pela Gestapo por provocação e esteja sentada sozinha num banco público às onze horas da noite com uma garrafa de gim, em pleno toque de recolher.

— Ah, não me venha com sermão, por favor! Estou esbodegada...

— Venha, levante-se — acrescenta Frank, oferecendo-lhe o braço. — Eu a acompanho até o Ritz.

Ela se agarra a ele, recusando-se a encarar seu olhar. Frank a sente de novo à deriva. Ela lhe lembra aquele crescente de lua que mal se adivinha no céu: uma fina fatia de Blanche Auzello cintila na noite, como uma ilusão. O resto está mergulhado na escuridão, e ninguém sabe o que nela se trama.

A alguns metros da entrada do Ritz, Blanche se detém com o olhar fixo na calçada.

— Diga uma coisa, você saberia onde encontrar uma dose para esta noite?

Ele teria apostado. A morfina venceu.

— Não, Blanche, isso não seria lhe prestar um favor.

Ela o olha nos olhos pela primeira vez nessa noite.

— Ah, não me chame pelo meu primeiro nome, já não sou criança!

Os dois elevam a voz. A frágil intimidade que havia entre eles dissipou-se no céu de Paris. Um policial se detém ao lado deles.

— Está tudo bem, senhora?

— Muito bem, sim — diz Frank. — Boa noite.

— Os dois salvos-condutos, por favor?

— Está aqui — diz Frank entregando seu passe. — Estou acompanhando a Sra. Auzello ao Ritz.

— Bom, parece que a senhora chegou. O senhor Meier deveria ir para casa, é tarde.

— Claro. Boa noite, minha senhora.

Blanche olha para ele com a mesma expressão exasperada do verão de 1939, quando já não suportava o fato de ele ter-se tornado o espelho de sua decadência. Nesses momentos, ele sabe, ela o odeia. Frank não cedeu e, mesmo assim, se sentiu ridículo. E agora está transido de tristeza e apreensão. Essa droga, se voltar a ser a obsessão de Blanche, vai despertar nela o demônio que a impele diretamente para o pior.

Quem sabe que nova loucura ela poderia cometer da próxima vez?

Nessa noite, sobre aquela calçada da rua Cambon, sob a luz fraca dos postes pintados de azul para enganar os Spitfires britânicos, Frank Meier enxerga sua sombra diáfana se afastar sobre o calçamento.

QUINTA PARTE

Guerra total

MARÇO—JULHO DE 1943

1

Nice, 31 de janeiro de 1943

Papai,

    Recebi hoje sua carta e sua ordem de pagamento, pelo que agradeço. Posso lhe dizer que vem bem a calhar, pois não tenho mais um tostão. Com a instalação das tropas da Wehrmacht em Nice, fui demitido. O Negresco foi requisitado pelo estado-maior alemão, e todo o pessoal do hotel foi dispensado. Depois de tudo, volto à estaca zero. Estou na pendura, papai: segundo um boato cada vez mais insistente, Laval vai obrigar os franceses na minha situação a trabalhar na Alemanha. Mas eu me recuso. Preciso lhe pedir um favor, e não vou esconder que é também a razão desta carta. Gostaria de ir morar com você em Paris, talvez aí eu encontre trabalho com mais facilidade. E também seria a oportunidade de compensar um pouco o tempo perdido. O que me diz? Eu sei que as nossas relações nunca foram afetuosas nem tiveram cumplicidade, mas nunca é tarde demais, como sempre diz Pauline. Aliás, sua sobrinha iria comigo, se você concordar, claro. Ela era secretária do diretor, também foi demitida. É uma moça dedicada e íntegra. Você irá gostar dela. E ela ficaria felicíssima por te rever, pois faz tanto tempo que não nos reunimos todos… Você teria espaço para nos abrigar? Seríamos discretos. Prometo. Desejo de todo o coração que minhas palavras encontrem eco em você. Sou seu filho, papai, peço-lhe um pouco de ajuda. Espero o melhor para você neste mundo tão estranho. Quando tudo isto vai terminar? Pauline e eu lhe mandamos um abraço e esperamos notícias.

Afetuosamente,
Jean-Jacques

Estupefato, Frank tem os olhos cheios de lágrimas. Não esperava a possibilidade do retorno de Jean-Jacques à sua vida. Nessa existência solitária, orquestrada pelos alemães e sempre à mercê dos acontecimentos, ser de repente chamado de "papai" deixa-o comovido. A ideia de reatar laços com o filho alegra-o profundamente. Quanto a Pauline, não vê sua "sobrinha querida" há mais ou menos vinte anos, mas gostava tanto daquela criança... Olhar doce e altivo. Vontade de ferro. Frank sorri, ter os dois por perto seria um verdadeiro luxo. Põe a carta na mesa e olha pela janela. A rua está tomada pela escuridão cinzenta de fim de tarde.

Uma mulher idosa avança devagar pela calçada da frente. Treme num casaco fino demais e aperta um cachecol em torno do pescoço. Frank desvia o olhar. Pode-se dizer que seu aquecedor a carvão funciona bem demais, o calor o incomoda. "Também seria a oportunidade de compensar um pouco o tempo perdido."

Sente crescer no íntimo uma ligeira irritação. Seu filho sempre soube tocar a corda sensível quando precisava de alguma coisa. *É bem o filho de sua mãe, tem muita lábia.* Logo se recrimina por esse pensamento maldoso e um pouco tolo. Depois de reler três vezes a carta, pega sua caneta Montegrappa, que está na mesinha da entrada, e procura uma folha de papel. Vai responder já esta noite. *Jean-Jacques e Pauline vão morar no apartamento dos Birenbaum, no 6º andar, eis uma boa ideia.* Assim, a invasão da zona não ocupada pelas tropas da Wehrmacht no outono passado lhe oferece o retorno desse filho perdido há tanto tempo. *Além disso, Pauline vai servir de amortecedor entre nós.* Sem saber por quê, essa presença feminina o tranquiliza um pouco, e ele se põe a deitar tinta preta na folha branca à sua frente.

2

5 de março de 1943

A Wehrmacht está atolada como o Grande Exército napoleônico na neve e no frio. Em Stalingrado, a arrogância teutônica levou um golpe que reverberou até o Ritz. As tensões crescem, a violência também. Stülpnagel, o Jovem, é o mais afável dos fregueses quando desce ao bar, mas não tem outra escolha, senão executar as ordens de Hitler. Todos os judeus presos em julho em Paris foram deportados para a Polônia. As crianças menores de doze anos também, por ordem de Pierre Laval. *O carvoeiro* não quis separar os pimpolhos de suas mães; tá brincando, que cinismo.* No bar do Ritz, todo mundo sabe disso, mas ninguém ousa mencionar o destino desses condenados. *O que pensará Stülpnagel bem no fundo?* Frank o sente reticente; no entanto, o general não solta uma única palavra sobre seu estado de espírito. As paredes têm ouvidos, principalmente no Ritz, e o menor sinal de fraqueza pode ser punido de imediato.

Hitler precisa de tropas frescas no Leste. Faz um mês, o Reich catapulta para o *front* soviético um fluxo contínuo de oficiais lotados em Paris. Ontem, o "capitãozinho" da menina Sénéchal fez as malas e partiu para Kharkov, onde as tropas de Manstein lançaram uma contraofensiva. A

---

* Na verdade, aqui se usa uma expressão pejorativa: *bougnat*. Esse, que era um dos apelidos de Pierre Laval, fazia referência tanto à sua origem provinciana (ele era auvérnio, ou seja, nascido na Auvergne, aport. Auvérnia), quanto à atividade predominante na região, a carvoaria. [*N. da T.*]

infeliz empregadinha derramava lágrimas candentes na rua Cambon, alternando no nariz um lenço branco e um cheirador. O seu Karl devia ter posto lá algumas fragrâncias de Guerlain.

Nas calçadas, crescem filas diante de vitrines vazias. Agora já não se encontram manteiga, queijo, ovos. As mães de família armam-se de banquinhos, já que é interminável a espera por um miserável naco de pão ou uma fatia fina de toucinho. Teatros e cafés-concertos, porém, estão sempre cheios. Todas as noites, no Casino de Paris, Mistinguett entoa seu sucesso de antes da guerra, "Je cherche un millionnaire".* No meio da canção, ela sussurra no microfone que também está procurando um pernil de carneiro e dá seu endereço no 9º *arrondissement*. A sala ri, mas Sacha Guitry contou a Frank ontem à noite que alguns admiradores lhe mandam carne por baixo do pano.

Jean-Jacques e Pauline agora estão morando no apartamento vazio dos Birenbaum, acima do de Frank. A moça, que tem boa aparência, encontrou emprego de vendedora na Louis Vuitton. Para o filho, é mais complicado, mas Frank está procurando.

No bar, também, os equilíbrios mudam. Georges está menos apaixonado por Pierre Laval e pelo Marechal desde a instauração do Serviço de Trabalho Obrigatório.** E Luciano, embora tenha aprendido a dominar suas emoções atrás do balcão, nem por isso deixou de sentir raiva.

— Vagabunda.

— Ei, Luciano! O que foi que te deu?

— Nada, é essa vagabunda da Marie Sénéchal...

— Cale a boca, faça-me o favor! — intima Frank com secura. — O que aconteceu?

— Acabo de cruzar com ela na entrada dos vestiários. Ela estava chorando feito uma Madalena arrependida, dizendo que tudo é culpa dos judeus e dos comunistas, que eles devem ser exterminados. A única coisa que ela quer é voltar para a cama do seu Fritz. Eu sei que ela dormia com o

---

* Literalmente, "Procuro um milionário". [*N. da T.*]
** Recrutamento e deportação de milhares de trabalhadores franceses para a Alemanha nazista, a fim de compensar o esforço de guerra. [*N. da T.*]

ajudante de ordens de Stülpnagel, eu vi os dois na esplanada do Trocadéro no dia de Ano-Novo. É por isso que ela começa a chiar logo de manhã. Eu não me segurei e disse que ela não passa de puta de boches.

— Você não fez isso?!

— Fiz.

— Você é mesmo um idiota! — lança Frank num tom que assusta o aprendiz. — Não provoque a raiva de ninguém, nós não podemos nos dar a esse luxo. Está ouvindo?

Luciano funga como um menino teimoso.

— Amanhã, você vai pedir desculpas! Você vai fazer o que eu estou dizendo e calar o bico. Controle-se, caramba, essa é a regra absoluta. E agora, ao trabalho!

Insultar a menina Sénéchal, que besteira! Vai saber se ela não resolve se vingar?

Frank sabe que o garoto logo vai voltar à razão. É uma fase exasperante, ele frequenta a cozinha dos rapazes mais velhos e às vezes arremeda atitudes viris, mas conserva uma boa essência.

Luciano se postou à porta, amuado. Mas logo seu rosto se ilumina.

— Senhor! Capitão Jünger chegando — anuncia.

Faz quase seis meses que ele partiu para a Rússia; Frank começava a se perguntar se o escritor não teria morrido no *front* e seu cadáver estaria congelado no gelo das estepes.

— *Guten Abend*, Herr Meier!

— Boa noite, Herr Jünger. Bem-vindo à sua casa.

Jünger parece radiante, tem os olhos buliçosos e um sorriso de canto, de quem sobreviveu.

— Muitíssimo obrigado pela garrafa que me enviou, Frank. Foi muito atencioso e delicado.

— Não há de quê.

— Graças a você, eu deixei embasbacada a galera de generais do *front*. De vez em quando, eu servia a eles dois dedos de *calvados* depois do jantar. Uma pitada de Ritz nos arrabaldes de Vorochilovsk. Pode acreditar, foi uma maravilha.

— Conte como estavam as coisas lá — pede Frank, desarrolhando com habilidade a garrafa de Perrier-Jouët.

Jünger solta um longo suspiro.

— Estávamos à beira do aniquilamento. Arrancamos as últimas forças de nossos soldados, o corpo deles já não tem a menor reserva. Uma bala de raspão é morte.

— Pior que em Verdun e Péronne?

— Bem pior, soldado Meier. Nos dias de hoje, a guerra é dirigida por técnicos que veem os semelhantes como bichos. Estamos afundando na esfera dos insetos. Herr Meier, a vida humana não vale mais nada.

Um silêncio de tempestade os cerca por um instante.

— E no Ritz, Frank, quais são as novas do *front*?

— Os últimos meses foram bem calmos. A não ser pela prisão de Charles Bedaux...

Os olhos de Jünger se acendem.

— Bedaux? Preso?...

— É, sim — confirma Frank, satisfeito com o efeito produzido. — Foi mandado para a Argélia. Tinha recebido do governo a missão de construir um oleoduto lá, mas os ingleses e os americanos desembarcaram no Norte da África, e Bedaux ficou enredado. O mais engraçado é que, por ter passaporte americano, ele foi acusado de alta traição. Na minha opinião, isso vai acabar mal.

— Cruel ironia do destino. Só podemos lastimar esse infeliz Sr. Bedaux. Tanto esforço para se pôr a serviço do governo de Vichy e ser apanhado na primeira oportunidade...

Frank gosta do olhar do escritor para o mundo. Lembra o de Fitzgerald. Assim como Fitzgerald, Ernst Jünger aquilata os homens sem os julgar, sempre curioso de saber que motivações ocultas da alma animam as pessoas que estão à sua frente, seja qual for a posição social delas. E pensar que ontem mesmo, cansado de precisar tomar cuidado com tudo, Frank sonhava com um emprego tranquilo em algum barzinho de Batignolles.

Mas, quando Ernst Jünger passa pela porta, como renunciar ao Ritz?

3

1º de abril de 1943

Finalmente uma noite livre! Frank convidou Jean-Jacques e Pauline para jantar em sua casa. Cozinhou pernil de cordeiro com feijão-da-espanha. Conseguiu de graça, com o *chef*, um camembert e uma garrafa de Gevrey-Chambertin aberta na noite anterior. *Nada de desperdício.* Vão pelo menos tomar uma taça de vinho cada um — as vantagens do Ritz. No entanto, esse luxo tem um preço, que a Frank custa cada vez mais pagar. Nessa tarde, no bulevar Capucines, ao voltar, viu um velho de terno recolhendo uma bituca na sarjeta. Seus olhares se cruzaram. Envergonhado, o homem baixou os olhos. Frank pensou em lhe oferecer um cigarro, mas logo depois se sentiu constrangido, apanhado em flagrante delito de privilégio. Preferiu se abster. *Como um covarde.*

Esta noite, no velho aparelho de galena, o jornalista da Rádio Paris anuncia que Léon Blum, "ex-presidente do Conselho, responsável pela derrota", foi transferido ontem para uma prisão alemã, como refém político.

Entregar Blum aos boches? Nós chegamos a isso? Que vergonha!

O relógio acaba de soar sete e meia, e Jean-Jacques e Pauline ainda não chegaram. Tinham combinado às sete e quinze. Nos tempos que correm, a cada atraso de um parente, todos se preocupam, principalmente desde que o Serviço de Trabalho Obrigatório foi modificado. Agora podem ser requisitados todos os rapazes nascidos entre 1920 e

1922, seja qual for a profissão. Policiais e milicianos caçam os refratários e fazem batidas na saída dos metrôs. Frank deu a Jean-Jacques uma carteira falsa de trabalho, *mas esse cabeça de vento pode muito bem tê-la esquecido*. Conta-se que, em caso de controle, quem não consegue justificar um emprego é logo despachado para a Alemanha, sem nem ter tempo de passar por casa. Se isso acontecesse, Frank sempre poderia pôr em ação as suas relações no Ritz, mas é melhor não queimar cartuchos...

Às quinze para as oito, eles finalmente chegam. Jean-Jacques mal se desculpa pelo atraso:

— Nós fomos ao cinema, a sessão demorou. Fomos ver *O assassino mora no 21*! Maravilhoso.

— Você conhece a atriz, não? Suzy Delair? — pergunta Pauline ao tio.

— Na verdade, não. Digamos que ela às vezes vai ao bar. É uma convencida.

— Ah! Estou pouco ligando! — exclama Pauline. — No filme, ela é alegre e franca.

Alegre e franca, como Blanche, antigamente.

— Venham, vamos comer. Senão, fica cozido demais.

Cortando o pernil, ele pensa nos trinta anos de Pauline, no fim do mês. Os meninos merecem alguma coisa. Um bom jantar do mercado negro, por exemplo. E um pouco de dinheiro. Mas Jean-Jacques vê as coisas de outro modo:

— Na volta, nós vimos umas inscrições a giz nos muros da rua Cardinet. Estava escrito "1918" ou "Stalingrado". O clima está mudando. É preciso pensar no futuro, papai.

Frank pousa o garfo.

— O que você está querendo dizer?

— Quero dizer economizar. Ficar um pouco longe dos boches também.

— No Ritz, você deve admitir que é complicado.

Um grande suspiro faz o pernil esfriar de repente. Frank percebe que Jean-Jacques anda ruminando temores há muito mais tempo do que o início daquela conversa. E essa constatação o deixa alegre: seu filho se preocupa com ele.

— Abra o olho, papai. Se as coisas vierem a mudar, você vai ficar numa posição difícil.

— Eu sei, filho. Eu vou tocando cada dia como posso. Impossível sacrificar o presente em nome do futuro, e isso faz três anos. É preciso desconfiar de todo mundo.

— Ah, sim, até da própria mulher — intervém Pauline.

Frank se volta para ela, sem entender.

— Hoje me contaram uma história horrível na Louis Vuitton — diz ela. — A secretária de um dos meus patrões ficou sabendo que o marido ia ser finalmente solto, então mandou para ele, na Alemanha, uma última remessa de alimentos, como prova de amor. Mas o fulano voltou antes do previsto. Quando apareceu em Batignolles, a mulher dele estava na cama com um alemão. Enquanto isso, na Alemanha, os companheiros de prisão do marido dividiam a cesta de comida. Houve quatro mortos: na manteiga, a secretária tinha posto arsênico...

Nossa época está podre por dentro.

Frank reflete um instante e volta-se para o filho.

— Uma coisa é certa, de fato: se os boches tiverem de dar no pé, vai haver vinganças terríveis em Paris.

— É por isso que você precisa pensar em se garantir, papai.

Frank não vê muito bem o que poderia fazer por enquanto. Mas promete que vai pensar no assunto. Um dia, sim, pensará.

Quem sabe o que vai acontecer?

Como eu posso me retirar do Ritz? Abandonar Blanche?

Frank pouco a viu desde aquela noite de julho; não conversaram nada, além de cortesias que lhe partem o coração. No Ritz se diz que ela é alcoólatra, irascível e deprimida, que está novamente reclusa em seu apartamento.

A morfina.

O marido é cego ou também um grande ator?

Frank observa o filho e a sobrinha dividindo o camembert, e a mera presença dos dois o comove. É uma companhia que se torna salutar para ele. Está dormindo melhor. Blanche não dispõe desse luxo: não tem nenhuma diversão, a não ser o álcool ou a morfina. Ela rompeu o pacto dos bem-sucedidos que ambos são: o da disciplina imposta pela clandestinidade social.

4

13 de abril de 1943

— E aí, garoto, está chovendo canivete, como é que você volta para casa?
— De bicicleta, senhor.
— Tenha cuidado, Luciano, o chão deve estar escorregadio.
— Não se preocupe. Boa noite, *seu* Meier.

Agora todo parisiense tem bicicleta. Com a primavera chegando, todo mundo circula em velhas bicicletas meio capengas, os homens com o tronco para a frente, as mulheres de pernas descobertas, com um traço preto desenhado na panturrilha para fazer de conta que é a costura das meias.

Que carnificina se uma bomba inglesa caísse sobre esses enxames de ciclistas.

Silvos, corpos despedaçados no chão e o império do pânico — como nas fábricas da Renault de Billancourt, na ponte de Sèvres ou no hipódromo de Longchamp no último fim de semana. Três esquadrilhas em pleno dia, mais de trezentos mortos. Por acaso, Jünger estava no hipódromo com a amante. Contou que, na saída das bocas do metrô, quem tinha ido passear no domingo topava com grupos de feridos esbaforidos, de roupa esfarrapada, uma mãe apertando contra o peito uma garotinha ensanguentada...

— Boa noite, Frank...
— Senhor Auzello! Que surpresa.

Desde o início da guerra, ele não havia transposto a porta do bar.

Antigamente, nós tínhamos o costume de conversar no fim da noite.

— Uma catástrofe, Frank...

— O que aconteceu?

— A Gestapo acaba de prender Blanche.

— De novo?! Qual o motivo? Mais um lance da Kharmayeff?

— Está sendo acusada de deixar as luzes da cozinha acesas ontem à noite, dizem que para ajudar os aviões britânicos a mirar o centro de Paris...

— Meu Deus...

Os pensamentos de Frank se entrechocam num tumulto incontrolável.

— Como ela está? Para onde foi levada? O senhor acha que ela é capaz de ter feito isso?

— Eu não sei mais nada! Não a entendo mais, Frank. Blanche parece desafiar a vida com uma espécie de arrogância que eu não conhecia. No entanto, eu lhe garanto que estou fazendo tudo o que é possível para ajudá-la. Quando aqueles desgraçados vieram buscá-la, foram bruscos e agressivos. Eu fiquei aturdido, em pânico. Ela permaneceu calma e resignada. Deu um tapinha na minha cara e garantiu que tudo correria bem. Estava bêbada. Acho que você sabe que ela bebe demais.

A voz de Auzello fica entrecortada. Frank lhe estende um triplo seco, que ele emborca.

— Quem está sabendo?

— Elmiger e a Sra. Ritz. Eles chamaram Stülpnagel imediatamente no quarto. Mas a SS não está subordinada a ninguém, só ao próprio Himmler. Ele não pode fazer nada.

Os dois se calam durante longos segundos. A ausência de Blanche parece encher o aposento inteiro.

Claude finalmente rompe o silêncio:

— Se ela falar, eu estou fodido. Ah, a você eu posso dizer tudo. Estou sabendo que você arranja documentos falsos para os judeus. Então, se você me entregar, eu te deduro.

Uma sensação de frio intenso invade as vísceras de Frank.

— Não faça essa cara, Frank. A gente conhece esta biboca. Neste hotel, tudo se sabe, mas ninguém abre o bico. É a lei, não? Elmiger está convencido de que eu me desdobro para abastecer a cozinha de frutas e verduras, mas na realidade eu informo os ingleses sobre as idas e vindas de nossos hóspedes.

Frank fica atônito pela segunda vez na noite. Como ele, barman do Ritz, pode ter ignorado uma coisa dessas, que acontecia debaixo do seu nariz?

— Eu atribuí nomes de frutas ou hortaliças a generais da Wehrmacht e a alguns dirigentes nazistas. Eles acreditam que estou fazendo pedidos. Na verdade, estou ao telefone com um amigo ferroviário na Suíça. Eu passo informações sobre os horários e as datas da presença de uns e outros.

Diante do aturdimento de Frank, um sorriso sem graça retorna aos lábios de Claude Auzello.

— Se anunciam que Göring vai passar três dias no Ritz, na véspera da chegada eu peço três caixas de nabos. Se Jünger reservar uma mesa para o jantar, na manhã desse dia peço uma caixinha de aspargos. E se o grande escritor prevê convidar o amigo Stülpnagel, acrescento um caixote de couve-flor.

— Eu bem que desconfiava...

— De quê? — pergunta Claude, brincando com o copo vazio.

— De que havia outra coisa por trás da sua história de atacadistas e primícias. Agora o reconheço. Sua esposa nunca o entregará. É uma mulher honrada.

Claude gira as mãos abertas para o céu.

— E nós sabemos do que seríamos capazes, você e eu, sob tortura?

Um calafrio percorre a espinha de Frank. Ele gostaria muito que Claude se calasse — no entanto, sabe que ele tem razão. Blanche poderia ser interrogada e torturada.

Então, por trás de suas pálpebras surgem imagens insuportáveis. O rosto fino tumefato, o corpo delicado arrebentado. Quem pode resistir à tortura da Gestapo?

Ela já disse ao marido que falsifico documentos.

Pode dizer também à Gestapo. O que fazer? Declarar lealdade a Lafont, esperando uma intervenção dele junto a seus amigos SS? Mas, se isso furar...
O que vai acontecer com Jean-Jacques e Pauline?
E Blanche? Ela não pode desaparecer... Não, Blanche não.

Diário de Frank Meier

Dessa vez, eles te engaiolaram pra valer.
Faz uma semana que você desapareceu. Onde está você, Blanche? Blanche!
São seis dias que não durmo. Fico me revirando debaixo dos lençóis.
Assim que cochilo, aparece o teu semblante martirizado.
Vejo as maçãs do rosto inchadas, os lábios ensanguentados, a testa coberta de equimoses.
Ou então, de repente, ouço a tua voz. Ela dilacera minhas noites e me pede socorro.
Quando fico sem forças, às vezes adormeço.
E aí você grita meu nome. Suplica.
Eu acordo sobressaltado.
Durante o dia, consigo me iludir, ocupo as mãos e a mente. Mas, quando a noite cai... a noite te pertence.
Fico acordado, prostrado na cama, hesito em rogar a não sei quem.
Fico à espreita da aurora, ao som de teus gritos atrozes.
Estou impotente.
Tenho medo.

5

27 de abril de 1943

— Senhor Meier. Entre.

Frank compreende que o momento é grave antes mesmo de entrar na sala da Viúva. Elmiger tem o rosto desfigurado; Süss, os olhos empapuçados. Marie-Louise Ritz, de semblante emaciado, continua ereta como uma estaca, sempre impressionante na adversidade.

Quanto piores as coisas, melhor ela se comporta.

— Senhor Meier — diz ela, exibindo um sorriso breve, que ele não consegue interpretar —, sente-se, por gentileza. Quer fumar?

— Pode ser, minha senhora, agradeço.

Sempre houve dois seres em Frank Meier. O que se refugia na autoridade e na disciplina e o outro, sempre tentado pela irreverência e pela liberdade. Não é o único, sabe muito bem. O cotidiano tóxico no qual o destino o mergulhou há três anos só fez exacerbar esse velho conflito. Um dia, ele presta serviço aos alemães. No dia seguinte, ajuda famílias judias a fugir.

A atmosfera está pesada na sala de César Ritz, onde agora todos sabem que podem ser presos.

Elmiger começa:

— Frank, recebemos uma notícia muito desagradável que nos afeta a todos: Blanche Auzello foi condenada hoje à tarde a oito meses de prisão pela justiça militar alemã.

Oito meses. Uma eternidade.

Frank tenta não fraquejar.

— Sob qual acusação? — consegue perguntar.

— Relações com comunistas.

— É absurdo! — insurge-se o barman.

— Nem tanto, Frank. Também prenderam a Srta. Kharmayeff. Anteontem, os jornais de Moscou se alarmaram com "a prisão de uma grande bailarina russa em Paris". Foi o que bastou. O pobre Claude, chocado, se trancou no apartamento. Deus seja louvado, ele se manteve calmo, pois sabe que o interesse superior do Ritz o obriga a ser discreto. E a esposa dele, se tiver bom comportamento, pode ser que esteja de novo entre nós para as festas de Natal.

Natal, ainda existe Natal, neste mundo?

— Estamos numa posição muito incômoda — continua Elmiger. — A Gestapo está mais do que irritada com aquela história das luzes acesas na cozinha. Consideram isso um ato de sabotagem. Portanto, agora somos suspeitos, e vamos precisar dar provas rapidamente...

— Em que isso me diz respeito? — pergunta Frank.

— Vou chegar lá. Henri Lafont acaba de ser nomeado Hauptsturmführer da SS, e hoje de manhã nos comunicou que gostaria de festejar seu novo posto no Ritz. Se me permite, vejo nisso uma ótima oportunidade. Estivemos pensando se o senhor não poderia pôr seu bar à disposição para provar a ele a nossa cordialidade.

Desconcertado, Frank Meier fica mudo.

Entregar o bar do Ritz a Lafont. O meu bar.

— É um homem que tem influência junto às autoridades nazistas. Cuide de tudo; como contrapartida, nós lhe oferecemos dez por cento sobre o faturamento da noite. Isso pode significar uma bela quantia. Faça de tudo para impressionar. Vai estar lá toda a turma de meliantes e...

— Hans! — intervém a Viúva. — A companhia do Sr. Lafont é melhor que isso.

— Peço desculpas, senhora. Tem razão. Eu me corrijo, trata-se de organizar uma recepção esplendorosa para Henri Lafont e "seus preciosos amigos". Também deverão ser recepcionados vários oficiais da SS, entre os quais Helmut Knochen, o Standartenführer da Gestapo na França. De altíssimo calibre. Ele deverá se sentir em casa, entende?

O Ritz inteiro está capitulando. Isso não é uma noitada, é uma invasão. Mas, com Blanche em poder da Gestapo, haverá escolha?

— Lafont falou em data? — pergunta Frank.

— Sábado, 15 de maio.

Quatro anos depois do rompimento decisivo das defesas francesas pelos panzers, em 1940.

Frank suspira.

— Tudo bem.

— Não tínhamos dúvida de que aceitaria, Frank. Principalmente porque nossa proposta é mais que honesta. Todo mundo precisa de dinheiro nestes tempos...

— É verdade. Aliás, quero quinze por cento.

A Viúva quase se engasga.

— Como?!

— Quero associar meus ajudantes. Acho que eles ficarão mais dispostos a servir agentes da Gestapo se eu prometer botar mais mês no salário deles.

— Você está muito cheio de si, Meier! — protesta a Viúva, sem grande convicção.

— Eu acho que Frank tem razão, senhora — afirma Elmiger. — Devemos pôr todas as probabilidades de nosso lado. E vamos oferecer a esse Lafont algo inesquecível.

— Se é o senhor diretor que diz... — responde a Viúva, irritada.

— Negócio fechado, Frank?

— Negócio fechado, Sr. Elmiger.

A viúva Ritz dá uma olhada no relógio.

Se você soubesse, Velha, tudo o que se trama debaixo do seu teto!

Frank observa Elmiger. *O que terá ele percebido nesses meses todos de circo?* Nada, talvez. Ou talvez tudo. Frank prefere não saber.

6

5 de maio de 1943

Há dias, Frank andava intrigado com a presença de velhas bicicletas montadas em calços nos fundos do salão de cabeleireiro. Um mensageiro acaba de explicar: Elmiger contratou uma equipe de ciclistas para aquecer as máquinas de permanente por ação de panturrilhas e dínamos. *Um verdadeiro lance de gênio.* Os cortes de energia têm sido incontáveis em Paris, mas as clientes poderão fazer *mise-en-plis*. Lá fora, caçam judeus, fuzilam rapazes no monte Valérien, morre-se de fome, mas um hotel precisa ser impecável em matéria de rolos de cabelos.

Ritz, lugar de ilusões.

Süss, à frente, afunda nas trevas. No seu encalço, Frank avança com dificuldade pelo subsolo do Ritz. Por que, afinal, o Visconde marcou encontro com ele no porão de bagagens? Parecia preocupado ontem à noite ao telefone, mas não deu nenhuma explicação — *exceto que é preciso ser o mais discreto possível.*

— Sr. Süss? — chama, abafando a voz com a mão. — Não estou vendo o senhor. Está aí?

Que lugar estranho, por sinal. Sinistro e sereno. Nenhum ruído de fora, atmosfera seca, penumbra e paredes espessas. Parece até uma cripta funerária. Todos esses baús e maletas empilhados lembram ataúdes. Pertencem ao mundo de ontem — alinhados, etiquetados e organizados em ordem alfabética. Um cemitério de lembranças. Há anos essas malas não são abertas. O que aconteceu com os donos? Onde vivem hoje? Em Nova York, no Rio ou em Londres? Morreram ou estão vivos? Muitos hóspedes fugiram de Paris precipitadamente na primavera de 1940, deixando suas coisas para trás. Será que virão buscá-las algum dia? Os alemães, em todo caso, ainda não vieram xeretar esses tesouros do passado.

Aqui, pelo menos, a guerra não existe. Nunca existiu. Que paz... Na superfície, pilha-se, prende-se, mata-se; nos subsolos do Ritz, o passado dorme tranquilo.

Süss o leva em direção à porta disfarçada, na entrada do subterrâneo. Na luz de sua lanterna, Frank conseguiu entrever que o Visconde está ainda mais lívido do que na semana passada. Assim que chega, ele desabafa:

— Estou numa encrenca danada, Frank. Fiquei sabendo de fonte segura que há três semanas a Gestapo está fazendo uma investigação contra mim.

Tudo está explicado.

— Por qual motivo?

— A SS suspeita que eu seja um espião infiltrado a serviço dos britânicos.

— Mas... não é verdade, certo?

— Eles acham que a minha proximidade de Göring dissimula um jogo duplo. Depois de tudo o que eu fiz para aquele porco...

— As pessoas que cercam Göring estão tentando se livrar do senhor?

— Até pensei nisso. Na realidade, não sei.

— Por que não foi preso?

— Eles estão esperando para pegar mais gente. Os SS estão convencidos de que o Ritz abriga toda uma rede.

Frank pensa rápido. Não há nada de bom nessa história.

— Como sabe de tudo isso? — pergunta.

— Por Bedaux.

— Charles Bedaux?!

— Ele está negociando a própria libertação com os Aliados em Argel. Está colaborando — esse deve ser um traço de caráter dele.

— E o senhor confia nesse cara?

Süss esboça um meio sorriso que faz Frank perceber que ainda precisa aprender muito sobre as coisas que ocorrem fora do bar.

— Estamos em contato desde o verão passado. Ele comprou umas dez obras de arte de famílias judias, pelo preço de mercado, sem desconto. Foi muito útil para mim. Pagava uma nota sem reclamar. A prisão dele é um verdadeiro contratempo.

— Mas Bedaux detesta os judeus!

— Digamos que ele tomou suas precauções. Isso prova que ele não estava errado.

— Estou enojado...

O sorriso desesperado de Süss se alarga ligeiramente.

— Como é possível que a injustiça deste mundo ainda o afete, Frank? O fato é que Bedaux me alertou que a Gestapo está nos espionando.

Decididamente, a gente nunca vai se livrar dessa guerra.

— Meier?

— Quê?

— Está me ouvindo?

— Sim, claro.

— Vá para perto da coluna. Abaixe-se do lado esquerdo.

Frank amaldiçoa suas articulações cada vez menos flexíveis.

— Ali, bem embaixo, está vendo o tabernáculo incrustado na pedra?

— Estou.

— Abra.

Frank não tinha identificado aquela abertura embutida na coluna de arenito. É verdade que a luz é fraca, e o tabernáculo está bem escondido. A porta é de bronze e latão dourado. No centro, distingue-se um relevo de Cristo Pantocrator que parece datar dos tempos bíblicos.

— E aí, o que está vendo?

— Há uma echarpe de seda.

— Eu vou levá-la em caso de fuga. Se eu desaparecer, Frank, venha verificar. Se a echarpe não estiver aí, você vai saber que estou vivo e fugi pelo subterrâneo. E também que precisa tomar muito cuidado.

— Para onde vai?

— É melhor para nós dois que eu não diga mais nada. Outra coisa, Frank. Foi mesmo Blanche Auzello que deixou as luzes da cozinha acesas. Eu a peguei em flagrante.

— E a entregou? — pergunta Frank sem acreditar.

— Claro que não! Que interesse eu teria? Estou cercado, e, agora que Blanche está nas mãos dos boches, é uma granada pronta para explodir.

— Mas, então, quem a denunciou?

— O que acha?

Frank hesita.

— A Velha?

— Tenho quase certeza.

Diante do tabernáculo, Frank implora, no íntimo, que Blanche aguente firme.

Ela, que sonhava ser uma heroína, agora tem a oportunidade de mostrar ao mundo do que é capaz. Se superar essa prova, tenho alguma chance de me safar. Se não...

— Trabalhe com afinco para a noite de Lafont — intima o Visconde. — Demonstre entusiasmo, seja sedutor. Eles estarão todos lá. Você não terá essa oportunidade duas vezes. Declare lealdade a todos. Proteja-se, Frank!

Enquanto olha Süss pendurar cuidadosamente à parede uma pequena lamparina, Frank compreende que a decisão do Visconde já foi tomada. Ele não está dando simples conselhos. Está dizendo adeus. A emoção o invade.

— Obrigado, senhor Süss. Foi grande o seu socorro moral. Mostrou-me um caminho no meio do caos.

Süss esboça um sorriso ao subir de volta para a cozinha do Ritz.

— É a solidariedade das almas errantes, Frank.

7

15 de maio de 1943

Logo serão dez da noite, e o mais pesado está feito. A festa de Lafont está no auge, o bar do Ritz está dedicado a ela, e o novo SS francês se pavoneia, enquanto sua horda se regozija no meio de dálias pretas e orquídeas. Exagerar foi a maneira mais discreta que Frank encontrou para escarnecer do herói do dia. Tão logo soube que o ex-mecânico tinha paixão por flores, colocou-as em toda parte. E, como o ouviu declarar várias vezes amor a Hitler, apressou-se a pendurar o retrato do Führer na parede.

O barman, em seu papel, criou alguns coquetéis. Mas, embora Benoist-Méchin tenha indagado os segredos do Siegfried, todos, ou quase, foram movidos à base de champanhe. Frank Meier serviu, Frank Meier sorriu.

Süss tinha razão, não está faltando ninguém: Knochen, o chefe SS cercado de sua matilha negra, o chefe de polícia Bussière, François Chasseigne, o ex-deputado socialista que virou miliciano, Jean Luchaire, o presidente do sindicato da imprensa, e até Jacques Benoist-Méchin, o intelectual que se tornou secretário de Estado, cortesão fanático pelo Führer. A fina flor dos colaboracionistas misturou-se ao clã dos meliantes: Joanovici, o sucateiro, Bonny, o policial venal e sádico, Paul Clavié, o sobrinho extorsionário, Alexandre Villaplane, ex-futebolista e torturador, Abel Danos, o malfeitor, Pierre Loutrel, o assassino destrambelhado, Émile Buisson, o assaltante histórico, e Jean Sartore, o desmembrador de judeus. Sozinho, dizem por aí, ele lhes confiscou cem milhões de francos. Lá também estão algumas "condessas", claro, mas deixaram o título no vestiário e as meias rendadas em casa.

Frank observa Georges, que não parece à vontade no meio daqueles meliantes que havia transformado em ídolos um pouco cedo demais.

Ele sonhava em se parecer com eles, mas é incapaz.

É freado pela moral — e por um fundo de covardia também, talvez. Georges não é feito para a lei do mais forte. Frank sente a vergonha e a frustração do amigo. Está bem contente com o fato de Georges ter finalmente entendido, ainda que às suas custas, que esse mundo é muito mais podre que o anterior. Essa gente não rouba, "confisca". Não arromba, "faz busca e apreensão". Não extorque, "lavra auto de infração". Até as palavras foram espoliadas.

— Senhor?

— Sim, Luciano.

— Na entrada, uma mulher sem convite diz que é convidada. Já veio uma vez — explica Luciano. — Na mesa da Srta. Chanel. Está com um gato no colo.

— Ah! A estranha boneca maquiada...

— Quem?

— Ninguém. Pergunte ao Sr. Lafont, é ele o chefe hoje.

O que uma mulher como essa vem fazer no meio de uma noitada assim?

— E dois lugares no balcão, por favor!

Henri Lafont é todo sorrisos, está orgulhoso e radiante por receber a recém-chegada. Frank precisa reconhecer que a jovem é ainda mais espetacular do que em sua lembrança. Cabelos escuros e acinzentados, reflexos irisados, tez leitosa, olhos opalinos, corpo exuberante. O vestido de cetim verde acinturado desenha uma silhueta de cabaré com classe deslumbrante. *Uma gazela entre lobos, que os mantém a distância.* Ronronando sob sua luva de seda cor de manteiga, o *chartreux* também é tão hierático quanto sua dona.

Quem será ela?

— Frank, meu amigo, sirva uma taça de Roederer à *Fraülein*!

— É pra já, senhor Lafont.

Ele roça a mão na parte de baixo das costas dela.

Ela não reagiu. Seriam amantes?

— Seu champanhe, senhorita. Coloquei uma framboesa, deixe que ela se impregne de álcool, deguste no fim. Vai ver que é divino.

Ela estende a mão para a taça castanho-avermelhada com uma delicadeza extrema.

— Obrigada. Gosto dessa sobriedade. A marca da elegância.

— Eu me sinto lisonjeado. Como se chama seu gato?

— Raimund. Como Ferdinand Raimund. Um dramaturgo austríaco do século passado. Vendedor de guloseimas que se tornou literato e se suicidou com quarenta e seis anos, convencido de ter sido mordido por um cão raivoso. Gosto de imaginar que ele reencarnou como gato.

O olhar da jovem é hipnótico, e seu decote, perturbador — sentado no colo dela, o gato parece pronto a mostrar as garras.

Domine-se, meu velho, pensa Frank, enquanto Lafont vem de volta.

— Querida Inga, apresento-lhe Helmut Knochen, o chefe da Gestapo em Paris.

— Muito prazer, *mein Standartenführer*. Inga Haag. Sou secretária e sobrinha do almirante Canaris.

Almirante Canaris, o chefe dos espiões alemães! O que a sobrinha dele veio fazer aqui?

— Seu tio nos presta um auxílio valioso na perseguição aos terroristas que vêm disseminar sua propaganda na França — afirma Knochen.

— Ele trabalha nisso dia e noite, posso garantir.

— Os franceses não são suficientemente impermeáveis às manipulações britânicas. Precisamos ficar vigilantes, tanto quanto em nossa pátria, para controlar a psicologia das populações civis.

Inga Haag lhe lança um sorriso provocador.

— Brindemos à vitória do Terceiro Reich! — propõe imediatamente Lafont.

— Deus o ouça, Lafont. *Heil Hitler!*

— *Heil Hitler!*

Qual será o jogo dessa beleza fatal?
Atrás deles, a matilha, ficando sem seu chefe, começa a se impacientar. Os meliantes exigem uma passada pelo One Two Two, o bordel favorito de Lafont.

O Standartenführer finalmente dá o sinal de partida:

— Herr Meier, obrigado por essa excelente noite.

— Foi um prazer, Herr Knochen.

Lafont se levanta.

— Frank, estava perfeito.

— Obrigado, senhor Lafont.

Frank sentiu-se alvo do olhar de Inga Haag.

De repente, ficou incomodado por se mostrar tão íntimo daquele homem que despreza tanto.

— Fraülein Haag, tenha um bom fim de noite.

— Obrigada, Frank. Ah, diga uma coisa, parece que o senhor tem excelentes conselhos para as corridas de cavalo, poderia me ensinar? Sou louca por turfe.

— Com prazer, senhorita.

Essa mulher está procurando alguma coisa, é evidente.
Nem por isso Frank deixa de se sentir perturbado pelos encantos dela.
Sossega, Frank.
A festa transcorreu bem, Lafont e Knochen estão indo embora encantados, missão cumprida.

— Luciano! Acompanhe o Sr. Lafont ao carro dele!

— Sim, senhor.

No bar do Ritz só ficaram dois ex-combatentes exaustos. Georges está emburrado. Seus sonhos de mau rapaz se afogaram no charco dos verdadeiros canalhas. Pétain lhes prometera o soerguimento da França e a pôs nas mãos de bandidos e proxenetas.

Nós, soldados de Verdun, fomos traídos pelo Velho como por mais ninguém.

Frank põe uma das mãos no ombro do velho camarada. Olham-se, contemplam juntos o bar, com sua nuvem de dálias malvas e o retrato de Hitler em majestade, e caem na risada.

— Vamos fazer as contas? — propõe Frank, como que para elevar o próprio moral.

Eles alinham as notas no balcão, como faziam no início, põem de lado a parte de Luciano, deixam na caixa o que caberá ao hotel e dividem equitativamente entre si o restante do butim — em nome do que os dois viveram, há muito tempo.

Dinheiro. Resta-lhes pelo menos isso.

8

3 de junho de 1943

Sentada diante de Frank, Inga Haag está sozinha no bar. *Uma dádiva.* Nesta noite ela está usando um deslumbrante vestido de verão cor de mimosa, em tecido de algodão e xadrez branco. O corte ajustado realça sua silhueta sedutora de bailarina, e a lapela com entalhe lhe dá uma ligeira aparência de oficial inglês. Inga e Frank estabeleceram um ritual. Assim que ela transpõe a porta do bar, ele lhe prepara uma taça de Roederer com uma framboesa. Depois, contorna o balcão e vai lhe segurar a mão para que ela se erga até o banco. Seu belo gato encontrou um lugar próprio — enroscado contra a caixa registradora, cochila com um olho e, com o outro, tolera o barman. Faz vinte minutos que, extasiado, Frank ouve sua freguesa alemã contar casos de sua juventude em Berlim, da escola burguesa em Londres, da beleza inigualável da mãe ou então falar do pai adorado, banqueiro de investimento e colecionador de incunábulos. Ao sabor de suas lembranças, Inga brinca com o indicador esmaltado na borda da taça vazia. Frank está enfeitiçado, invadido por um desejo irreprimível. *E Blanche? Blanche, que nesse momento talvez viva o pior...* Enquanto ele serve outro champanhe, Inga olha para o retrato emoldurado de Fitzgerald.

— Eu adoraria ter passado uma noitada com ele — sussurra a moça.

— Não faz tanto tempo, ele estava sentado no seu lugar...

Inga parece pasmada, Frank não cabe em si de orgulho.

— O senhor o conheceu bem? — pergunta ela.

— Acho que posso dizer que éramos amigos.

— Que chique!

— Sinto saudade dele...

Inga Haag franze os lábios, com expressão comovida. Depois fala de sua paixão secreta pela literatura americana. Antes da guerra, devorou todos os romances de Fitzgerald. Frank está aparvalhado, não são tão numerosos, em Paris, os leitores de *Gatsby*. Saber que essa mulher sublime conhece a obra de Fitzgerald deixa-o ainda mais perturbado do que os sorrisos insistentes dela. Seu desejo dispara. Ele a observa levando o copo aos lábios.

Gostaria de tê-la nos braços, apertá-la com força a mim para sentir seus seios redondos contra meu peito, descer por seu pescoço para me embriagar com sua pele dourada.

Deixe-se levar, meu Deus.

Blanche não é para você. É uma mulher casada. O que está esperando?!

O nervosismo de Frank é palpável, e Inga Haag parece ter percebido a perturbação dele.

Há quanto tempo não me deito com mulher?

A jovem alemã sorri para ele e passa delicadamente a mão pela cabeça do gato.

— Sabe como aprendi francês? — solta Frank, um tantinho fanfarrão.

— Não, diga lá.

— Lendo e relendo *Le rouge et le noir*, de Stendhal.

— Veja só!

— Eu admiro a audácia de Julien Sorel.

— Vocês, homens, tomam esse Sorel por modelo, mas não é a história de um malogro?

— Talvez, sim...

As palavras de Inga desabam nele como uma cascata, ele fica abalado. *Um malogro.* Nunca tinha pensado nisso. O fracasso doloroso do herói de Stendhal teria agido sobre ele nos últimos trinta anos como um armadilha mental?

No momento, eu gostaria de ter a coragem de Sorel diante da Sra. de Rênal e, assim como ele, segurar sua mão.

O relógio do bar soa. São vinte e uma horas.

— Senhor!

Frank se assusta.

Aturdido pela excitação, ele tinha se esquecido de Luciano, em seu posto de vigia, na soleira da porta.

— O Sr. Lafont vem chegando.

— Sozinho?

— Não, está com dois oficiais alemães. Gestapo.

Inga Haag logo joga seu maço de cigarros na bolsinha de couro, levanta-se, segura o gato debaixo do braço e dá uma piscada para Frank.

— Não vou me demorar, Frank, está um pouco tarde.

— Está bem, senhorita.

Lafont entra no bar, fanfarrão e escarnecedor.

— Boa noite, Frank! Ora, Sra. Haag, que bela surpresa!

— Boa noite, Henri.

— Já está de saída?

— Infelizmente, sim. Mas nos vemos terça-feira, na casa do almirante Canaris.

Frank, por sua vez, percebe que a moça ficou embaraçada. Está fugindo. *De quem ela tem medo? De Lafont ou dos seus dois cérberos?*

Os dois oficiais da Gestapo não soltaram uma palavra. Inga Haag cumprimenta Luciano ao sair, enquanto os três homens se erguem nos bancos e já estão sentados junto ao balcão.

— Três Martinis, Frank.

Lafont banca o chefe.

— Pois não, senhor.

— Então é amigo da Sra. Haag?

— Ela me dá essa honra — responde Frank, prudente.

A risada vulgar de Lafont o assusta.

— Cuidado, Frank, o marido dela poderia levar a mal. Um oficial da Wehrmacht...

Casada? Mas...

Ele não se conforma.

Ela, que se deixa tratar de Fraülein, *que se mostra tão sedutora...*

De repente, Frank sente um aperto no coração.

Blanche. Onde estará a esta hora?

Num porão escuro, em poder de sujeitos como esses três ordinários...

Frank vacila, esmagado pela culpa, atormentado pela vergonha de ter desejado Inga. Teria coragem de interrogar Lafont, mesmo com jeito de quem não quer nada, sobre o destino reservado a Blanche?

Inga, Blanche... Blanche, Inga...

Os rostos das duas mulheres se sobrepõem em sua mente; Frank balança a cabeça, como que para apagar essas imagens.

Seu amor por Blanche lhe volta em cheio.

Inga estava certa, Le rouge et le noir *é a história de um malogro.*

9

12 de julho de 1943

O telefone do bar não para de tocar, e Frank se recusa a atender. Sabe que é Elmiger. Sabe por quê, e não sabe o que dizer.

Süss desapareceu.

Frank desconfiava disso desde ontem à noite. Há pouco, chegando ao Ritz, foi verificar: a echarpe de seda vermelha já não está no tabernáculo.

E já não há nenhuma lanterna pendurada na parede.

O Visconde arrependido retomou a fuga pelas rotas do exílio.

Fuga que não tem chance de acertar as relações do Ritz com a Gestapo. Frank teme ser interrogado. Tem a alma pesada, o miocárdio oprimido e, na reentrância do ombro esquerdo, impaciências que doem. Seu sonho é andar sem destino no verão pelos cais do Sena: aspirar o ar de Paris ao entardecer e não pensar em nada. Não ter mais medo. Mas está encurralado atrás desse balcão, o bar vai abrir em dez minutos. Soa um novo toque agudo. Ele tem vontade de esfrangalhar o telefone na parede.

— Não vai atender, Frank?

— Meu Deus, Sacha! Você me assustou...

Guitry aponta para o telefone com ar divertido.

— Mas quem é que está do outro lado para você evitar desse jeito?

— O diretor, na certa. O adjunto anda desaparecido desde ontem à noite, ninguém sabe onde está.

— O inapreensível Sr. Süss evaporou?! Você me parece ansioso, Frank. Eram chegados, você e ele?

— Digamos que nos familiarizamos nestes últimos meses.

Guitry dá um tempo antes de se sentar.

— Imagine que seja Süss ligando para comunicar que está a caminho de Lisboa, onde é esperado por uma caravela que o levará a Caracas...

A ideia arranca um sorriso de Frank.

— Você me deixa pasmo, Sacha. Como é que consegue ver as coisas de modo diferente?

— Ah... Seja leviano, Frank, a frivolidade é o início da sabedoria. É meio cedo, então me sirva um gim-tônica. E vamos brindar à libertação da Sicília antes que os fardados cheguem...

Decididamente, Guitry tem presença de espírito.

E, de repente, Frank pensa de novo em Süss. Esteta autodidata e espírito livre. Sabe que vai sentir falta do Visconde, com sua maneira de pensar, ao mesmo tempo pragmática e lúcida. E dizer que já está pensando nele no passado...

O telefone volta a tocar. Guitry acaba de olhar para Frank com insistência. O barman entende a mensagem. Dessa vez, vai atender.

— Alô, Frank?! É Elmiger, onde é que você estava, cáspite?!

— Na adega, acabando um inventário com Luciano.

— Tem notícias de Süss?

— Não, nenhuma.

— Que praga! A Gestapo está irritada com o desaparecimento dele. A suspeita é de que ele logrou Haberstock. Está sabendo de alguma coisa?

— Eu? Não, nada.

— Fui intimado a comparecer na avenida Foch amanhã de manhã, às nove horas. Ligue, se souber de qualquer coisa.

— Sem dúvida, senhor. E boa viagem.

— Como?

— Desculpe, eu estava cumprimentando um freguês que vai para Lisboa.

10

26 de julho de 1943

Como Luciano ficou sabendo da notícia?
Frank não perguntou, estava feliz demais por se regozijar com ele. Benito Mussolini foi derrubado pelas elites tradicionais italianas, amedrontadas com o avanço das tropas aliadas na península.
O Duce foi preso por ordem do rei.
O primeiro choque no campo fascista.
Luciano estava comovido a ponto de chorar, só de pensar que poderia rever a mãe antes do fim do ano. Já faz cinco anos que mora ali — uma eternidade quando se tem vinte anos. Uma eternidade também para uma mãe que está sem o filho. Frank apertou Luciano nos braços pela primeira vez, e seus olhos se encheram de lágrimas. Prometeu que tomariam uma taça de Veuve-Clicquot à noite, depois do serviço. Até autorizou o moço a entrar uma hora mais tarde, para poder dividir esse momento com um ajudante de cozinha napolitano, de quem se tornou amigo.
Não se esqueça de que você é suíço de Lugano!, quis dizer, mas Luciano já estava longe. *Esse amigo napolitano acredita nessa história?* Não importa, os dois têm o mesmo ódio ao ocupante, e, longe de casa, a língua materna serve de pátria.
Mussolini na prisão.
Frank ainda mal pode acreditar.

Será que Hitler e Pétain um dia vão ter o mesmo destino?

O clima pode se abrasar. Já ao meio-dia, uma fumaça escura e espessa escondia o céu azul acima da Concorde. Dezenas de curiosos se amontoavam atrás das grades das Tulherias. Elmiger lhe disse que os alemães estavam queimando quadros confiscados no jardim do Jeu de Paume — "obras de pintores degenerados, que precisam ser expurgados das terras da França", dizem eles. Frank pensou no Picasso que Süss tinha comprado do mestre espanhol.

Será que também foi queimado?

Será que vão queimar tudo antes de irem embora, como uma derradeira punição, uma derradeira expiação?

Enquanto isso, haverá outros dias de dúvida, outros dias de angústia. E outros dias com Inga Haag. Que acaba de chegar com o gato nos braços.

— Querido Frank, bom dia, será que você tem uma tigela de água fresca para o Raimund?

— Claro. Infelizmente não recebi framboesas hoje de manhã.

— Não faz mal. Hoje, tenho vontade de tomar um Dry Martini.

— Preparo já, já.

Inga Haag está sublime nesse vestido transpassado de verão, de corte evasê que valoriza suas formas sem ceder ao despudor. *Um modelo novo de vestido, nunca vi igual.* Ele se concentra na coqueteleira e busca uma distração. Poderá falar com ela sobre a prisão do Duce? *O que será que ela pensa a respeito, aliás?* Nessa semana, Jünger lhe ensinou um truque para sondar a alma de quem está à sua frente. "Não tenha medo de abordar um assunto sensível, dizia. O impasse do exército alemão em Kursk, por exemplo. Se a pessoa achar que a situação é remediável ou falar em 'pausa tática', então você sabe com quem está tratando e pode se restringir polidamente a lugares-comuns. Em caso contrário, digamos que é uma etapa preliminar de eventual conivência. Se bem que sempre é preciso desconfiar de falsas aparências."

— Seu Dry Martini, senhora.

— Agradeço.

Frank continua observando a maneira como Inga Haag leva a taça aos lábios. Isso o deixa perturbado, e ela sabe. Já está mais do que na hora de descobrir qual é o jogo dela.

— Qual é o seu segredo, Frank?

— Como assim?

— Eu nunca saboreei um Dry Martini tão delicioso em nenhum lugar do mundo. Você tem um truque, não tem?

Aliviado, Frank concede seu mais belo sorriso.

—Ah, bom... Tudo está no gelo. Os cubos precisam ser postos no copo em temperatura muito exata: entre dezesseis e dezessete graus abaixo de zero, exatamente como estes. Isso ativa o gim, a manha é só essa.

— Fantástico. Você é um artista.

Quanto mais ele inventa, mais acreditam nele. Quem pode imaginar por um instante a possibilidade de manter cubos de gelo em temperatura constante num balde de cristal? Inga Haag não é sua única vítima. De algumas semanas para cá, Frank está se tornando expert em lorotas — é treino para os interrogatórios.

Está pensando em comentar a vitória surpreendente de Sémillante ontem, no hipódromo de Vincennes, quando Georges entra de repente no bar, com o rosto vermelho e suado.

Mas é dia de folga dele.

— Eu-vim-o-mais-de-pressa-que-pude, Frank! — gagueja, ainda ofegante.

— Calma, o que aconteceu?

— Preciso falar com você. É urgente!

Frank se dirige a Inga, pedindo que lhes dê licença. Ela faz um sinal vago com a mão e acende um cigarro. Frank leva Georges para o depósito.

Ele parece tão desvairado que dá para jurar que viu o diabo.

11

— Cadê o Luciano?
— Na cozinha, com Gianni. O que aconteceu, Georges?
— Um cara do bando do Lafont acabou de me avisar. Alguém do hotel foi dedurar na Gestapo que o Luciano é judeu. Estão vindo aqui pra verificar. Vão mandar ele abaixar as calças.
— O quê?! Quem fez isso?
— Foda-se quem fez, Frank! Se mexe, vai avisar o guri. Ele precisa dar no pé, senão vai ser engaiolado. E você junto, velho!
— Mas como...
— Anda logo, já falei! Vai, eu fico no balcão.
Frank se recobra.
Respire, endireite-se, sorria, Frank!
O cadarço do sapato esquerdo está desamarrado, ele para e o amarra devagar. Não se precipitar. Parecer normal. Pensar no que vem depois. Andar. Não correr. Respirar. *Merda, eles já estão aí.* Três homens com capa de couro preto e cabelos besuntados de brilhantina apareceram, caminhando em sentido contrário, na Galerie des Merveilles. Vieram prender Luciano, sem nenhuma dúvida.
Sorria, Frank.
— Boa noite, senhores.

— Boa noite.

— Em que posso ajudar?

— Estamos procurando o bar do Sr. Meier.

— Frank Meier sou eu. Muito prazer. O bar fica no fim do corredor, depois das vitrines da joalheria Cartier, à direita. Fiquem à vontade, já volto.

E pensar que Luciano poderia estar postado na entrada do bar. Talvez a vida dele seja salva graças à queda de Mussolini.

Se quiser evitar ser apanhado também, Frank não poderá ser visto com Luciano hoje. Então, impossível entrar na cozinha. Ele decide se refugiar no vestíbulo da lavanderia e ficar espreitando a passagem do aprendiz pela porta entreaberta. Assim, poderá jurar para Elmiger e os três caras da Gestapo que Luciano não foi trabalhar hoje. Quanto dinheiro vivo tem no bolso essa noite?

Mil e quinhentos francos, já é alguma coisa. Contanto que o garoto esteja com os documentos. Contanto que...

— Luciano!

— Senhor? O que está fazendo aí?

— Xiu! Venha, entre, se esconda. A Gestapo está no bar. Vieram ver se você é circuncidado. Você precisa fugir, meu filho, e já! Tenho um jeito de te fazer sair daqui sem ser visto. Está com os documentos aí?

— Sim, senhor, sempre...

— Graças a Deus! Bom, escute. Não podemos ser vistos juntos. Saia um pouco antes de mim, a gente se encontra na entrada do depósito de bagagens, no subsolo.

Luciano está atordoado, olha para Frank sem entender.

— Passe pelos fundos do salão de cabeleireiro, não vai encontrar ninguém a esta hora. Entendeu?

— O... o salão de cabeleireiro. O depósito de bagagens.

— A gente se encontra daqui a cinco minutos. Vai, depressa!

— Está bem, senhor.

— Luciano! Não corra. Ande normalmente. Até daqui a pouco.

O pavor do garoto lhe parte o coração. *O que vai ser de você, Luciano?* Impossível abrigá-lo em casa, seria arriscado demais com os vizinhos.

Sete e quinze. E me aparece Marie-Louise Ritz descendo a grande escadaria. Que azar. Sorria, Frank.

— Boa noite, senhora.

— Não está atrás do balcão, Meier?

— Vou dar uma passada pela cozinha, estou sem framboesa.

— Recebemos seis caixotinhos hoje de manhã, acho que nem tudo foi usado. Volte depressa para seu posto e veja se melhora a aparência, meu Deus, vai assustar os fregueses com essa palidez.

Vou precisar lembrar de passar pela cozinha e pegar essas famigeradas framboesas. Frank morde a carne do pulso para não esquecer. Machucou-se. Está com o estômago virado, as mãos úmidas e um aguilhão no coração.

Quem será que dedurou o garoto? Mas agora não é hora de pensar nisso, é melhor pegar uma lamparina no depósito...

Pronto, já sei! Luciano vai para a Biarritz.

Lá mora Charles, seu amigo. Charles poderá lhe dar uma mãozinha.

— Ah! Você já está aí. Perfeito. Venha comigo.

Luciano se mantém ereto no meio do porão, mas está branco como um fantasma.

— Quem avisou, senhor?

— Georges.

— Foi Marie Sénéchal, tenho certeza. Aquela puta.

— Por que está dizendo isso?

— Ela botou outro boche no meio das pernas e faz uma semana que me olha atravessado.

— E por quê?

— Alguém desenhou um K na porta do armário dela.

K de Kollabo, colaboracionista. Frank logo entende.

— Não me diga que...

— Impossível ela saber, ninguém me viu.

Luciano cai no choro.

— Meu filho, não temos mais tempo para perder. Olhe, é bem aqui. Atrás da coluna, está vendo a porta escondida?

— Estou.

— Vá rente à parede e empurre a porta. Vá!
— Não consigo. Está bloqueada...
— Como assim, bloqueada? Empurre com força!
— Impossível, está fechada por dentro...
— O quê? Saia da frente.

Frank acende a lamparina e a aproxima da fechadura. O garoto tem razão: um trinco desceu do outro lado. Mas eles não têm escolha. Luciano não pode correr o risco de subir de volta. Quanto a se esconder aqui, impossível: se eles vierem vasculhar o porão, ele vai ficar encurralado como um rato.

— Estou com o canivete suíço da minha mãe. Posso tentar introduzir a lâmina no espaço entre a porta e o batente para erguer o trinco...
— Boa, filhinho. Vá em frente, faça uma tentativa.

Jünger por acaso não disse que um canivete pode salvar uma vida?

A esmo. Alto demais. Baixo demais. A lâmina só dá no vazio, quando, finalmente, a porta acaba cedendo.

— Bom trabalho, garoto!
— O que eu faço agora? — balbucia Luciano.
— Você se enfia aí dentro, segue o canal. Vai desembocar debaixo do Jeu de Paume, no jardim das Tulherias, está entendendo?
— Estou.
— Bom. Depois, fica esperando a noite cair, certo?
— Certo.
— Se houver algum guarda noturno, fique esperando até de manhãzinha. Se não houver, não fique esperando, saia imediatamente. Quando estiver lá fora, atravesse o jardim e pule a grade do lado da Orangerie, sem se deixar apanhar por uma patrulha. Pescou?
— Sim.
— Depois, dê um jeito de descer até Biarritz, nem que seja a pé, está ouvindo?
— Certo.
— Chegando lá, pegue a direção do hotel Palais. Vá até o bar e peça para falar com Charles, é o chefe. Ele foi meu aprendiz. Diga que vem

de minha parte. Se ele exigir uma garantia, dê a ele a receita do Happy Honey, foi ele que a inventou. Está guardando tudo o que estou dizendo?

— Hmm... Estou.

— Está lembrado da receita do Happy Honey?

— Duas doses de brandy, uma de suco de toranja e meia de xarope de mel de acácia. Ah! E duas gotas de Tabasco.

— Perfeito. E nunca diga que é judeu. Nem a ele nem a ninguém! Entendeu?

— Entendi.

— Em seguida, peça a Charles ajuda para embarcar num barco de pescadores para a Espanha ou para Portugal. Diga a ele que lhe retribuo esse serviço. Desça para o sul, encontre um meio de ir para a Argélia ou o Marrocos. Você vai fazer tudo o que estou dizendo, hein?!

— Vou, sim, senhor.

— Se, pelo caminho, for apanhado por boches, apresente seus documentos, eles estão em ordem. Diga que trabalhava em Paris, mas é suíço de Lugano e está voltando à Itália para ajudar o Duce a retomar o poder, pescou?

— Sim.

Frank vasculha o bolso do paletó.

— Olhe aqui, mil e quinhentos paus, é tudo o que tenho. Economize o máximo possível para entrar na Argélia. Se precisar de um pouco mais, pode pedir a Charles. Quando estiver com ele, peça-lhe que me mande um cartão-postal com uma receita de coquetel. O mínimo de palavras possível, nunca se sabe. E você, não me escreva enquanto os boches estiverem em Paris, certo?

— Certo.

— Olhe, pegue também minha pinça para notas. Comprei em Nova York quando tinha a tua idade. Entregue a Charly, ele a adorava. Diga que é uma garantia.

Pelas faces de Luciano correm muitas lágrimas, e ele fica parado, imóvel.

— Não chore, menino. Se correr depressa de madrugada, prometo, a gente volta a se ver. Vá, não olhe para trás, seja mais forte que eles. Vá, fuja! Fuja!... Fechou bem a porta depois que passou? O trinco?

— Sim, senhor — responde a voz abafada de Luciano do outro lado.
— Boa viagem, Luciano. Vou estar sempre com você, nunca se esqueça. Nunca! Adeus, filho.

Ele ouve um murmúrio indistinto e passos se afastando, ou melhor, acredita ouvi-los. Depois, mais nada. Luciano enveredou pelo túnel.

Frank não tomou o garoto nos braços.

Frank perdeu Blanche. Perdeu Süss. E agora perde Luciano. Mas é preciso subir de volta, avançar, fazer um sinal a Georges, encarar o olhar de Inga Haag. Não deixar transparecer nada.

Frank Meier nunca teve tão pouca vontade de voltar ao seu bar.

12

27 de julho de 1943

Avenida Foch, 31 bis. Agência de Assuntos Judaicos, 16º *arrondissement*. Um barman de cinquenta e nove anos e alma devastada vai enfrentar seu primeiro interrogatório da Gestapo. *Sou Frank Meier, barman-chefe do Ritz há vinte anos, ex-combatente em Verdun e judeu asquenaze.* Tirou do armário o melhor traje: terno preto de alpaca, camisa branca com peitilho, gravata cinzenta de seda, abotoaduras de madrepérola, sapatos de verniz. Aí está ele na primeira fileira do *front* dessa estranha guerra. Jean-Jacques lhe perguntou de manhã se ia a um enterro. Ele pensou em mentir ao filho. Mas ele e a sobrinha precisavam saber. Quando proferiu a palavra "Gestapo", o filho desabou, e Pauline começou a chorar. Frank os tranquilizou como pôde e prometeu dar notícias na hora do almoço.

São onze e dez, e ele está esperando sua vez. Digno. De pé. Pensa em Elmiger, que entrou antes dele na sala do interrogatório. Coitado: não é a primeira vez que é convocado, embora decerto ignore todos os segredos de seu hotel. *Talvez seja melhor assim.* Faz uma hora que está lá, e Frank teve tempo de observar, pela imensa janela de caixilho dourado, os pássaros empoleirados nas árvores do parque. Avistou um casal de rolas-turcas, uma pomba-torcaz, três tordos-músicos, alguns tentilhões, um chapim, estorninhos e uma ferreirinha. Infância no campo é coisa que nunca se esquece. A espera decerto faz parte do interrogatório, para enfraquecer as defesas. Mas aqueles pássaros lhe deram força. São livres, imunes aos nazistas, inconscientes da guerra. Com o nariz na janela, Frank se pergunta onde pode estar Luciano nesse instante. Seu coração se aperta.

— Herr Meier?
— Ja.
— Guten Morgen. Komm bitte rein.
— Danke schön.*

Jean-Jacques avisou que eles o interrogariam em alemão — a língua do Reich, *Ich bin Frank Meier, Chef Barkeeper im Ritz seit zwanzig Jahren, Veteran von Verdun und aschkenasischer Jude.*** Frank gostaria de ver Elmiger antes de entrar, para captar algum indício, alguma coisa em seu olhar, mas o aposento está vazio quando ele entra. O diretor do Ritz deve ter saído por outra porta.

Numa olhada rápida, Frank registra a mobília: uma estante de cerejeira envidraçada Luís XV, uma luminária *bouillotte* com quebra-luz de metal laqueado, uma mesinha de três pés de metal patinado, um grande tapete de lã com círculos vermelhos sobre fundo verde, uma mesa baixa com tampo de mármore cinzento venado: um verdadeiro salão de burguês parisiense, se atrás daquela bela escrivaninha Sormani não houvesse um tenente-coronel da SS, franzino, cabelo rente, rijo como um poste.

— Por favor, Herr Meier, sente-se. Eu sei que o senhor fala perfeitamente alemão, mas prefiro conversar em francês. Vê algum inconveniente nisso?

— Não, como quiser.

Se a conversa é em francês, na certa deve estar sendo ouvida por gente da Gestapo que não fala nem uma palavra de alemão. Quem estará espionando?

O próprio Lafont? Vai saber. Ele deve estar furioso comigo; sua grande festança SS com um judeu como garçom, ele deve ter ficado indignado.

— O Standartenführer Knochen o estima muito, Herr Meier. Pediu-me que lhe mandasse lembranças.

---

* "Senhor Meier?" / "Sim."/ "Bom dia. Entre, por favor." / "Muito obrigado." [*N. da T.*]
** Eu sou Frank Meier, barman-chefe no Ritz há vinte anos, veterano de Verdun e judeu asquenaze. [*N. da T.*]

Sou Frank Meier, barman-chefe do Ritz, ex-combatente em Verdun e judeu asquenaze.

— Isso muito me honra. Transmita-lhe meus cumprimentos.

— No entanto, ele se preocupa e quer saber se o senhor estava a par de que abrigava um perigoso judeuzinho em seu bar.

— Se está falando do meu jovem garçom, ele não é judeu. E não é perigoso.

— Como conheceu esse moço?

— Conheci a mãe dele há muito tempo, em Nova York. Ela se chama Sofia Baresi. Pode acreditar, é católica, o rapaz não tem uma gota de sangue judeu.

— No entanto, ele se chama Luciano Levi.

— Não, o nome dele é Luciano Baresi. Ele não conhece o pai.

— É seu filho?

Frank se mantém ereto na cadeira, pronto para a batalha.

— De jeito nenhum. Era meu aprendiz.

— Onde mora a mãe dele?

— Em Lausanne, é governanta de uma casa burguesa.

— Ela não vê o filho há cinco anos, é bem estranho, não?

— Estamos em guerra, coronel.

— Eu vi minha filha na Páscoa. Estamos em guerra, sim, mas nada impede essa mulher de vir a Paris passar um Natal com o filho. A menos que seja muito grande o risco de ser desmascarada na fronteira...

O tom com que o tenente-coronel conduz o interrogatório não deixa dúvidas sobre suas intenções. Frank resiste ao assalto.

— Sofia e eu estamos a serviço dos outros. Temos pouquíssimo tempo livre. Veja, estou a serviço do Ritz há mais de vinte anos. Esse hotel é minha vida, meu sacerdócio. Gosto de servir.

— Servir, sim... O senhor foi naturalizado em 1923, é isso mesmo?

— Não. Em 1921.

— Nasceu na Áustria, em...

O SS faz de conta que procura algo na papelada que cobre a escrivaninha.

— ... Kirchberg, 3 de abril de 1884.

— Exato.

— Em 1º de agosto de 1914 foi incorporado no 1º regimento estrangeiro, no Marrocos. Alistou-se como voluntário contra a Alemanha... Para servir a França. Tenho aqui um dossiê em seu nome. Uma investigação policial feita em agosto de 1941. Sua profissão de barman no Ritz o põe em contato com nossos mais altos dirigentes e oficiais de estado-maior, queremos estar seguros de sua confiabilidade.

— Eu compreendo.

— Para dizer a verdade, estamos um pouco espantados com o fato de um austríaco ter escolhido a França em 1914. Tivemos a desconfiança de que o senhor mesmo possa ser judeu...

O batimento do coração de Frank é tão forte que ele tem a impressão de que ressoa pela sala.

— Desculpe, o que disse?

— O senhor é judeu, Herr Meier?

— Sou católico, batizado por um padre tirolês.

— Ocorre que seu nome não aparece em nenhum registro paroquial austríaco. Nem em Kirchberg, nem em Viena. Engraçado, não?

— Não sei o que dizer...

— Em compensação, o senhor também não aparece nos registros judeus do Tirol. Em vista de sua notoriedade, nós lhe concedemos o benefício da dúvida nos últimos dois anos. Entenda que essa questão do aprendiz judeu mudou a situação.

Frank deixa transcorrer um segundo de silêncio, depois tenta uma nova tática:

— O senhor acha que sou idiota para empregar um israelita no meio dos generais do exército alemão?

— Então, por que ele fugiu? — pergunta o oficial à queima-roupa.

O jogo de xadrez começou.

— Eu nem imagino, deve ter ficado com medo.

— Medo de quê, Herr Meier? Só quem não está de acordo com a lei teme a polícia, não?

Frank o olha sem responder.

Sou Frank Meier, barman-chefe do Ritz, ex-combatente em Verdun e judeu asquenaze.

— Quando o viu pela última vez?

— Ontem, no começo da tarde. Preparamos o serviço da noite.

— E depois ele bateu asas... Imagino que alguém o avisou de nossa visita. Sabe quem?

— Não.

O oficial o examina por um instante. Depois, percorre as folhas que tem diante de si.

— E esse senhor... Süss. Eram bem chegados, creio eu...

— Não, na verdade, não.

— Teve notícias dele?

— Nenhuma.

— Mais um judeu?

— Não, não acredito que seja.

— O senhor está cercado de muitas suspeitas, Herr Meier.

Silêncio, de novo.

— Escute — diz calmamente Frank. — O senhor fala em suspeitas? Não posso fazer nada. Há três anos, estou no meu posto. Não fiz nenhuma distinção entre os meus fregueses de ontem e os de hoje. Servi os oficiais alemães com o mesmo prazer e a mesma dedicação.

— Ninguém tem queixa do senhor, de fato. É tão apreciado que o Standartenführer Knochen se recusa a submetê-lo à visita médica...

— Diga-lhe que estou pronto para fazê-la, quando quiserem. Não sou circuncidado.

— Quais são suas relações com a Sra. Haag?

— De cortesia, nada mais.

— É sua amante?

Frank deixa escapar um suspiro.

— Não, absolutamente.

— Mas ela vai ao bar com frequência, não?

— Ela vai regularmente, sim. Assim como o capitão Jünger ou o general von Stülpnagel.

— O senhor tem a impressão de que ela presta atenção às discussões de bar?

Será que a Gestapo suspeita de espionagem por parte dela?

— Não muito — diz Frank.

— Decididamente, o senhor não é muito colaborativo.

— Desculpe, mas eu só estou dizendo a verdade.

— A verdade! — exclama o tenente-coronel, exasperado. — O senhor me faz rir! Hoje, ninguém mais diz a verdade, Herr Meier. Já não existe verdade! — grita.

O oficial parece ter uma derradeira carta na mão. Consulta pela última vez sua papelada e, com um gesto cansado, empurra-a para a beirada da mesa.

Fica em silêncio alguns instantes, antes de dizer com um sorriso aberto e voz repentinamente amável:

— Vou me casar pela segunda vez, no mês que vem, com uma francesa. A ceia de núpcias será na propriedade do Sr. Lafont, em Neuilly-sur-Seine. Gostaria que o senhor estivesse entre nós, para que meus convidados possam aproveitar sua arte do coquetel...

Frank está surpreso. É pouco dizer que não esperava isso. Mesmo assim, consegue se recompor:

— Com prazer, coronel. Preciso conseguir autorização de minha diretoria.

— Herr Elmiger está de acordo. Ele e eu já nos acertamos.

— Então, está tudo perfeito, conte comigo.

— Ótima notícia. Está dispensado. E não deixe de dizer a todos os que o rodeiam como a Gestapo sabe dar mostras de cortesia e inteligência.

O homem o acompanha até a porta. Os dois têm a mesma idade; provavelmente combateram frente a frente trinta anos antes, em Argonne ou Ardenas.

Ele pelo menos poderia ter respeitado esse passado de soldados!

Sou Frank Meier, barman-chefe do Ritz, ex-combatente em Verdun e judeu asquenaze.

Essa manhã, em nome de todos os forasteiros da praça Vendôme, Frank voltou a estar pronto para a guerra.

SEXTA PARTE

Estado de sítio

FEVEREIRO—JULHO DE 1944

Diário de Frank Meier

De onde sou? Já não sei muito bem.

Cavando, não esqueço que, bem no fundo, encontrarei a Áustria. Eu me nutri de Nova York e Paris, mas também sou feito de cultura germânica. A tal ponto que às vezes me sinto próximo de alguns oficiais alemães. Não fui à escola, mas Goethe e os irmãos Grimm sempre fizeram parte de minha identidade. Lembro-me de que nas rudes tardes de inverno, no Favoriten, uma velha bávara contava histórias para nós, garotos do bairro. Dizia-se que tinha sido preceptora dos dois meninos Kleitz, rica família de tecelões que morava num solar a oeste de Viena. Corria o boato de que, por um atroz descuido seu durante um veraneio nos Alpes, os dois loirinhos tinham morrido afogados num lago de montanha.

Atormentada pela culpa, ela expiava sua falta recolhendo em casa as crianças do pedaço. No fim do dia, às terças e quintas, a velha nos servia uma água quente aromatizada com ramos de tomilho, acompanhada por finas lâminas de laranja cristalizada sobre fatias de rabanadas. Seu olhar nos mimava, mas sem nunca ser piegas, pois ela era digna. Sua voz rouca me hipnotizava. Na verdade, nós a adorávamos. Sentada perto de uma velha estufa carcomida, num casebre, agasalhada por um xale xadrez, com o lornhão pousado na ponta do nariz, ela lia João e Maria, Chapeuzinho vermelho *ou* "O rei dos elfos". *Eu devia ter oito ou dez anos, não mais, quando esse poema de Goethe impactou minha alma. Um choque. O filho que morre nos braços do pai, raptado pela morte. Uma juventude ceifada por um rei invisível e voraz. Bem mais tarde, vi minha geração sacrificada sob "as tempestades de aço" da Grande Guerra.*

Chegando a Nova York, provavelmente dominado pela saudade da terra natal, comprei por apenas um dólar uma versão alemã de Os Sofrimentos do jovem Werther. *Consumi esse grande romance da liberdade, lendo e relendo, devorando-o dia e noite no meu cubículo de Manhattan. Eu entendia melhor aquele Império Austro-Húngaro rigorista e duro no qual havia crescido. Aquele mundo onde a ordem moral abafava as ambições e os desejos individuais em todas as camadas da sociedade. Para escapar daquela opressão pavorosa, houve, na Áustria e na Alemanha, movimentos de juventude que esvaziaram de uma só vez todos os liceus da burguesia. Foi em 1901 ou 1902, não sei, eu já havia saído do Velho Continente. Aqueles jovens passaram a viver nas fazendas e a passear pelas florestas, fugiram das cidades e inventaram uma cultura alternativa, para grande desespero dos pais. Estou convencido de que um dos objetivos de Verdun foi livrar-se daquela juventude alemã que recusava a ordem e a religião.*

Ninguém saberá o bastante nem compreenderá nada da cultura germânica se não considerar a relação com a ordem e com as frustrações que ela engendra. Graças à maestria de Goethe, bem cedo percebi por que troquei Viena pelos Estados Unidos, país da emancipação e dos sonhos realizados.

1

2 de fevereiro de 1944

Nevou muito a noite inteira. As rajadas de vento ergueram a neve solta que se acumulava sobre os montes congelados. *Faz bastante frio há alguns dias!* Hoje de manhã, Paris está tomada pela nevasca. No volante da perua do Ritz, Hans Elmiger dirige com o máximo cuidado, colado ao para-brisa do T23. Enquanto isso, o barman, sentado no banco do passageiro, afunda num espesso nevoeiro interior, abatido por sua própria capitulação.

Seu combate não leva a lugar nenhum. Ninguém parte sozinho para a guerra. Süss e Luciano já não estão lá. Blanche continua presa. Ficar sem notícias é um suplício. Frank resistiu alguns dias, o tempo necessário para a dissipação das suspeitas da Gestapo; depois desmoronou. Invadido por uma tristeza infinita, desistiu de agir. Prevaleceu a covardia, valentia esclerosada pela idade. Durante algum tempo, ele pôde se agarrar às visitas de Inga, mas a sobrinha do almirante Canaris também desapareceu depois do verão, voltou para a Alemanha. Deixou como lembrança uma velha edição de poemas de Goethe. Às vezes ele ainda a abre, mas para encontrar bem mais melancolia do que reconforto. Já nem pode dizer que é útil a famílias judias: desde a partida de Süss, não entregou mais nenhum passaporte falso. O próprio Fersen deu a entender que era prudente parar, que os riscos eram grandes demais desde que os pró-nazistas franceses entraram no governo em Vichy. Faz vários meses que Frank suporta seu destino como aqueles sujeitos desvairados que tinham de ser sacudidos no fundo da trincheira quando era preciso transpor o parapeito. Jean-Jacques tentou fazê-lo falar; sem sucesso. Pauline e ele se preocupam. Sair da cama é mais penoso a cada manhã, abrir o bar lhe custa um pouco mais a cada noite. Enquanto isso, os alemães aguentam firme. Continuam lá, de qualquer jeito. Fingir é cada vez mais difícil. Ele precisaria reagir, mas não encontra força suficiente, a energia esmoreceu… Trabalha como autômato, faz o que lhe pedem e só sonha com o silêncio. Faz vinte minutos que ele e Elmiger não trocam uma só palavra, e isso lhe parece muito bom. Ele não sabe sequer que imagem transmite aos outros. A de um homem acabado, sem dúvida.

— Chegamos, Frank.

Ele se endireita no banco, identifica em meio ao nevoeiro os depósitos da rua Lecourbe.

— Vou recebê-los enquanto o senhor estaciona.

— Obrigado. Mas me espere antes de entrar.

Faz quase um ano que Frank não põe os pés na margem esquerda do Sena. Os alemães decidiram inspecionar os vários estabelecimentos do Ritz espalhados por quase toda Paris, em busca de armas ou explosivos escondidos pelos "terroristas". Isso tem todo o jeito de ser uma ótima oportunidade para requisitar o que tenha escapado da gula deles. Hans Elmiger não teve escolha, senão aceitar. Esta manhã, embarcou Frank na perua com uma missão secreta: o barman deve retirar discretamente algumas garrafas de *grands crus* transferidas para cá em maio de 1940. Foi de Süss, na época, a ideia engenhosa de abrigar uma parte da adega nos confins do 15º *arrondissement*, pouco antes da chegada dos alemães.

Frank sempre detestou esse bairro. Sujo, pobre e cinzento; lembra-lhe a miséria do Favoriten, em Viena. A alguns metros dali, cinco crianças brincam de guerra numa carcaça de automóvel.

O que estão fazendo fora de casa num frio desse?

E quando terão comido pela última vez? São esqueléticas.

Com o aumento dos bombardeios e os estragos nas estradas, as dificuldades de abastecimento se acentuaram. Ontem Pauline chegou dizendo que não se encontra mais nem um único naco de carne em Paris, quando se sabe que um simples ovo custa vinte e cinco francos... Algumas mães de família se ferem de propósito na esperança de serem internadas e encontrarem no hospital comida para os filhos.

O oficial alemão cumprimenta Elmiger e entra no depósito. Munido de um açoite, ele lhe ordena que abra todos os baús, um após outros. Elmiger obedece. O tenente fica um pouco aparvalhado diante daquele gabinete de curiosidades — todos os tesouros confiados ao Ritz por hóspedes que tomaram o caminho do exílio: um ovo Fabergé de lazurita, uma carapaça de tartaruga-aligátor, um *nécessaire* de barbeiro de marfim, uma bengala de ébano da casa Fayet, uma sela Hermès para salto de obstáculos, camisas de *smoking* de popeline da casa Charvet, um livro antigo sobre as perucas da corte de Versalhes, um punhal tuaregue numa bainha cravejada de rubis, um guarda-chuva Antoine, da avenida de l'Opéra...

Frank observa os fardados, que pensam cada vez menos em descobrir as armas escondidas da Resistência e cada vez mais em encontrar um pretexto para requisitar algumas malas. Sem a presença de Elmiger, eles já teriam desviado a mercadoria. O diretor aproveita o pasmo deles diante de uma tabaqueira de chifre de búfalo incrustada de madrepérola para fazer um sinal a Frank. É o momento de sumir. Ele tem cinco minutos, pouco mais. Sua missão: escolher alguns *grands crus* para abastecer as reservas do Ritz antes que os soldados percebam qualquer coisa. Na mochila, há espaço para quatro garrafas, cinco talvez. Um champanhe, dois brancos, dois tintos, isso deve ser suficiente.

Frank esperava se emocionar com a volta à sua adega, mas, ao acender a luz, fica embasbacado. Aquilo não é uma adega, é uma caverna de Ali Baba. *Deve haver pelo menos cem mil garrafas!* Ele tinha esquecido aquela abundância. Lembra-se agora de que tinham demorado seis semanas para transferir tudo — Luciano havia sido requisitado para ajudar todas as manhãs, e agora ele entende por quê. Entende principalmente que, se os três alemães toparem com esse tesouro, com ou sem Elmiger, o saque é quase certo. Mas como escolher? *Depressa, Frank, deixe o instinto falar.* Começa com um Krug 1911, vintage quase esgotado, uma verdadeira peça de museu. Depois, dois Meursaults. Arruma cuidadosamente as garrafas na mochila, embrulhando-as em papel pardo para não tilintarem, batendo umas nas outras. Alcança o Bordelais, avista um Haut-Brion 1921. Contenta-se com um Pétrus 1909. Menos de dois minutos; tem tempo de passar à Borgonha, agarra um Romanée-Conti 1933. Prepara-se para subir de volta quando ouve o sotaque gutural, já tão familiar:

— E embaixo, o que há?

Merda. O tenente baixote quer mostrar serviço. Frank se sente tomado pelo pânico. O que vai dizer? Cem mil garrafas — como justificar isso? Sente o suor escorrer pelas costas. *Respirar*. Os velhos degraus da escada de madeira estalam sob as botas do tenente. Seus olhos se arregalam.

— *Mein Gott! Was ist das, Herr Direktor?**

— Uma adega — responde sobriamente Elmiger.

— Do Ritz?

— Sim.

— *Sehr gut*,** vocês nos esconderam esse tesouro. Requisição!

Elmiger o detém com a mão, dando mostras de uma calma espantosa.

— Lamento, *mein Oberleutnant*, não vai ser possível.

— *Ach, warum?*†

— É que... É a reserva pessoal do Reichsmarschall Göring.

— *Mein Gott! Entschuldigen Sie mich!* ‡

— O Sr. Meier atua como *sommelier* — prossegue Elmiger. — Ele conhece de cor os gostos do Reichsmarschall.

— *Jawohl, jawohl.* § Esqueça o que eu disse...

Elmiger sorri.

— Uma garrafa para seu almoço, *mein Oberleutnant*? Isso vai ficar entre nós, claro.

— *Nein, danke schön.* ¶

---

* "Meu Deus! O que é isto, senhor Diretor?" [*N. da T.*]
** "Muito bem" [*N. da T.*]
† "Ah, por quê?"[*N. da T.*]
‡ "Meu Deus! Desculpe-me!"[*N. da T.*]
§ "Sim, sim." [*N. da T.*]
¶ "Não, muito obrigado." [*N. da T.*]

— Bom. Então terminamos? Assim como o senhor, estou com um pouco de pressa.

Alguns instantes depois, estão eles de volta na perua do Ritz.
— Peguei cinco garrafas.
— Ótimo.
— Devo dizer que sua reação me impressionou. Ele estacou como se tivesse sido pego com a boca na botija pelo próprio Göring. O senhor teve peito.

Elmiger dá um sorriso de modéstia e afunda no banco do passageiro. Frank o olha de relance ao virar no bulevar Pasteur. O diretor lhe lembra aqueles homens que, no *front* de Ardenas, se revelavam na prova de fogo. No começo, eram frágeis, discretos, atormentados. Frequentemente professores ou escrivães de cartório, tinham os olhos cheios de lágrimas e queriam voltar para casa. Dor de barriga por medo, capacete grande demais na cabeça. O tipo de suboficial medroso de quem todos os soldados fugiam, convencidos de que davam azar. Depois, contrariando todas as expectativas, sobreviviam por terem temperamento prudente. No fogo da metralha, forjava-se neles a força moral. Empertigavam-se, ajustavam a tira do casco, domesticavam o medo. A cada dia passado sob a chuva de obuses, aqueles homens que haviam sido julgados depressa demais revestiam-se do carisma raro que dá segurança aos outros, até conduzirem os rapazes no momento do assalto.

— No que está pensando? — pergunta Frank esfregando o para-brisa para desembaçar o vidro.

— Lucienne, minha mulher, me contou que você conseguiu documentos falsos em dezembro para ajudar um amigo nosso a fugir de Paris...

Um cruzamento. O T23 para.

— Mas a Sra. Elmiger jurou que o senhor não ia ficar sabendo de nada...

— Não tenha medo. Eu já sabia por Süss que você podia prestar esse tipo de serviço. Era um dos meus amigos mais antigos, capturado em Lyon e transferido para Drancy. Ele pagou um dos guardas com um dinheiro que conseguimos lhe entregar num pacote. Escapou e veio se refugiar nas águas-furtadas do Ritz; ficou três semanas, em dezembro. Graças aos documentos que você arranjou, ele pôde ir para a Espanha. Hoje, está em Londres, a salvo.

— Fico feliz de saber que pude ser útil.

— Mais que isso, Frank. Você também mostrou que tem coragem.

Elmiger sabia.

— Preciso lhe fazer uma pergunta, senhor Elmiger...

— Pois não.

— Por que demitiu Marie Sénéchal?

— Por libertinagem. Ela montou tamanho circo entre as nossas camareiras que ficou impossível. Uma verdadeira zorra.

— Não foi por ela ter acusado Luciano de ser judeu?

— De jeito nenhum! Então não sabe quem denunciou seu aprendiz?

Frank quase perdeu a entrada da rua Vaugirard.

— O senhor sabe?

— Claro que sei! Eu tinha certeza de que você também sabia. Foi um de nossos ex-peixeiros, Bertrand Barterote.

— Barterote? Não sei bem quem é...

— Trinta e poucos anos, um sujeito de Cherbourg. Ele estava no mictório dos funcionários perto de Luciano. Os dois urinavam lado a lado, e Barterote viu disfarçadamente que o rapaz era circuncidado. No ato, ele ligou para um dos caras de Lafont na esperança de uma gorjeta. Esse safado se demitiu do Ritz três dias depois para se juntar à cambada da rua Lauriston.

— Que merda...

Frank tantas vezes teve vontade de brigar com Marie Sénéchal. Ruminou ciladas, queria que ela pagasse. *Que imbecil.* Quase se mete numa encrenca a troco de nada.

— Marie Sénéchal é uma boa moça, você sabe — recomeça Elmiger, como se lesse seus pensamentos. — Está procurando marido, só isso. Agarra o que aparece pela frente. Os rapazes franceses estão na Alemanha ou na Resistência, as opções são poucas. Seria fácil demais julgá-la.

Frank não encontra nada para responder.

— E aí, tem notícias do menino?

— Não. Não, nenhuma.

Na semana anterior, Frank decidiu mandar um telegrama ao Hôtel du Palais, em Biarritz, e ainda não recebeu resposta.

— E o Sr. Süss, notícias?

— Também nada. Evaporou — diz ele, finalmente. — Só sobramos o senhor e eu no meio da nevasca.

2

20 de fevereiro de 1944

Dez meses em poder da Gestapo, em que estado se sai de lá?

Todos os empregados do hotel se reuniram no saguão da rua Cambon para receber a Sra. Auzello, que acaba de ser solta. Todos, exceto a Viúva, que pretextou uma dor ciática. As camareiras cochicham entre si, os rapazes assumem ares de seriedade, e os ajudantes de cozinha escondem as mãos nos bolsos. Georges está ao lado do auxiliar do *maître* e do *sommelier*. Frank se instalou perto da entrada, um pouco recuado. De lá, avista mais ou menos todo mundo e até mesmo aqueles dois soldados alemães fardados que se misturam ao pessoal. Dois homens muito novos, no máximo da idade de Luciano, que, apesar da expressão de garotos inocentes, não hesitarão em fazer um relatório sobre o retorno de Blanche Auzello ao Ritz. De repente um murmúrio. Eles estão chegando! De início, simples silhuetas contra a luz: a de uma mulher esguia e frágil, como um pássaro agarrado ao braço de um homem de bengala e chapéu. A magreza de Blanche vai se tornando mais impressionante à medida que o casal avança sob a luz elétrica. Seu rosto pálido endureceu, sua tez amarelou, é quase transparente e, sob o olhar febril, as olheiras são tão profundas que os olhos como que desapareceram. Ela avança a passos lentos, amarrada ao braço do marido, como se, largando-o mesmo que por um instante, fosse cair, naufragar, afogar-se.

Espantada por ver tanta gente ao redor, compreendendo que há nisso uma homenagem silenciosa, uma demonstração inegável de amizade, seu rosto martirizado se crispa num sorriso tímido de criança. Alguns aplausos crepitam aqui e ali, e em breve silenciam. Embora haja temor de algum incidente diplomático, o coração se faz presente. Quando o olhar de Blanche finalmente depara o de Frank, ela encontra forças para lhe dirigir uma ínfima piscadela. Frank se retira, vai correndo para o depósito do bar, sacudido por uma crise de choro.

Dois dias depois, ele tem encontro marcado com ela no jardim das Tulherias. Foi ela que entrou em contato por meio de um bilhete bem visível sobre o balcão. Tulherias, terreno neutro, de algum modo, enterrado sob a neve. Frank chega antes da hora e se senta na mureta de uma fonte cujo tanque foi esvaziado para o inverno. Seu rosto é fustigado por uma nortada gélida. O ar que penetra em seus pulmões é mais cortante que uma golada de vodca. Castanheiros-da-índia e olmos chineses estão carregados de gelo; o jardim está deserto, com exceção de uns abibes cristados em busca de alguma ração magra. Frank começa a tremer. O que poderão dizer um ao outro?

Ao longe soa o campanário de Saint-Germain-l'Auxerrois, numa vibração lenta, rítmica e grave, depois retorna o silêncio.

De repente a vê.

Ele distinguiria aquela silhueta entre mil, mesmo quando ela avança com cuidado, num casaco de pele de lince que deve ter sido bonito, mas agora está totalmente fora de moda, de braços cruzados e os olhos fixos no chão. Parece exausta, como se a prisão tivesse aspirado dez anos de sua existência.

Frank sente que seus olhos marejam.

Uma verdadeira carpideira. Tome jeito, Frank.

Ela resistiu à Gestapo, ele precisa se mostrar digno da coragem dela.

— Bom dia, Frank. Desculpe por este encontro sem conforto, mas eu precisava de ar, e de céu, você me entende?

Ela se aproximou tanto que ele sente em seu pescoço o cheiro do perfume preferido dela, Jean Patou.

— Vivi oito meses de penhoar sujo, infestado e fedorento, com sapatorras de madeira nos pés — acrescenta ela com um sorriso débil. — Significa que estou correndo atrás da elegância.

— Quer andar um pouco? Pegue meu braço.

— É bom. Se me sentir fraca, lhe digo. Vamos pela alameda.

Ela evita o olhar dele, tirita ao seu lado, ofega.

— É engraçado estar aqui agora de manhã. Sabe como as minhas camaradas de prisão me apelidaram?

— Diga.

— Branca de Neve. Por causa da minha palidez.

— Logo lhe voltarão as cores.

— Pelo menos estou sóbria agora. Nem uma gota de gim ou champanhe, nem um grama de morfina há dez meses. Uma proeza! Espero que tenha orgulho de mim...

— A senhora é a mulher mais forte que me foi dado conhecer. Sofreu muito?

— No começo, principalmente. Aqueles perversos me crivaram de perguntas sobre aquilo que eles chamam de "atividades secretas do Ritz". Estão convictos de que o hotel abriga um ninho de inimigos do Reich. Eles me impediam de dormir à noite para ficarem gritando comigo durante o dia. Ameaçaram várias vezes arrancar minhas unhas com uma pinça de cirurgião que agitavam diante do meu nariz com um prazer sádico. Algumas vezes me deram bofetadas violentas, mas não era tortura. Eu ouvi os gritos dos torturados, era outra coisa, acredite...

Frank aperta os punhos dentro dos bolsos.

— Eles logo perceberam que eu sofria bem mais das minhas dependências do que dos golpes deles. Sem álcool e sem opiáceos, era um suplício. Eu chegava encharcada de suor a cada interrogatório, com enxaquecas atrozes, aquilo me tornava incoerente. Uma noite, num estado de nervos insuportável, comecei a me contorcer como um verme na cadeira de ferro, com cólicas intestinais terríveis. Defequei várias vezes na frente deles. Naquele momento, eu me via de roupa suja de excrementos e já nem sentia vergonha... E os sádicos riam, caçoavam. Até me prometeram uma garrafa de conhaque se eu confessasse tudo. Mas eu afundei no silêncio. Ganhei alguns pontapés a mais no fígado. Achei que ia morrer. Isso durou um pouco mais de duas semanas. Depois, me deixaram sossegada. Devem ter pensado que eu não sabia de nada.

Ela terminou o relato e diminuiu o passo. Blanche Auzello está exausta.

— Sua valentia a dignifica, senhora.

— Você na certa teria feito a mesma coisa. Você é uma pessoa de bem, Frank.

A "pessoa de bem" está sentindo um asco que lhe dá vergonha. Tantas vezes ele sonhou com o corpo de Blanche. Todas aquelas noites de solidão a imaginar um abraço férvido... E agora é a imagem da prisioneira imunda que prevalece. Como num pesadelo, essa visão se sobrepõe à dos cadáveres da Primeira Guerra. Ele se sente sufocar.

Blanche poderia ter denunciado os dois, Süss e ele, para aliviar seus sofrimentos. Frank não sabe se teria sido capaz de tanta bravura. Durante esse tempo, o que fazia ele? Enriquecia atrás do balcão. Gorjetas, apostas, comissões, tráfico de documentos falsos: protegia seus próprios interesses e não soube sequer poupar Luciano de uma fuga noite adentro. Ele se sente lastimável. O barman queria grandiosidade, mas mirar alto demais só teve o efeito de miná-lo por dentro. O grandioso, em 1944, já não é Hemingway fazendo um sermão aos aristocratas com uma garrafa de champanhe na mão, é Blanche Auzello não confessando sob pancadas — e Frank não está pronto para essa grandiosidade.

— Sabe que Süss me pegou acendendo as luzes da cozinha? — pergunta Blanche enquanto percorrem a alameda de Diana.

— Ele me disse, sim.

— Percebi que ele não me entregaria aos boches quando vi que ele saiu sem apagar as luzes. Sabe de uma coisa? Acho que o Sr. Süss desejava no mínimo tanto quanto eu que o maldito Ritz fosse bombardeado.

Frank nunca tinha pensado nisso. Blanche sempre foi mais clarividente do que ele.

— Ele estava preso na própria armadilha, uma bomba inglesa o libertaria da ratoeira. Claude está convencido de que os nazistas o executaram e jogaram o corpo no Sena com lastro. Teve notícias dele?

— Nenhuma, infelizmente. Ele desapareceu sem deixar rastro.

— Pensei nele para não fraquejar em certos interrogatórios. Ele era arrogante, eu o abominava; no entanto, não me denunciou. Eu precisava ser no mínimo tão nobre quanto ele para continuar tendo apreço por mim mesma.

— Era um homem de fato surpreendente...

Frank pronunciou essa frase de maneira quase mecânica, surpreendido por sentir uma ponta de ciúme. Ele gostaria tanto que Blanche pensasse nele como um refúgio no meio das hienas. Mas era o Visconde que ela queria impressionar, o herói, o homem forte.

— Frank, eu teria um último favor para lhe pedir...

A voz dela está tão fraca...

— Por que "último"?

— Quero voltar para casa. Sair da Europa. Você poderia me ajudar a ir para Nova York?

A pergunta é uma punhalada no peito de Frank.

— Bom...

Ele pensa por um instante. Todas as relações com os Estados Unidos e a Inglaterra estão cortadas. A única maneira de ir para Nova York seria pegar um navio em Lisboa ou em Casablanca. *Com que documentos?* Americanos, em hipótese nenhuma, é perigoso demais. Documentos franceses seriam suspeitos da mesma forma. Um falso passaporte estrangeiro, então? Ele não tem contato com Fersen há meses, mas, para a mulher de Claude Auzello, o diplomata sueco poderia fazer uma exceção... De qualquer maneira, Frank não imagina dizer não a Blanche. Não hoje.

— Eu vou lhe fornecer documentos, sim — diz finalmente. — Para a senhora e para o Sr. Auzello.

— Não. Só para mim. Claude não sabe que quero ir embora. Ele faz questão de ficar aqui. Eu entendo, é a "pátria" dele, como diz. A minha decisão está tomada. Você viu em que estado me deixaram?

— Daqui a algumas semanas, vai estar recuperada. Vai finalmente ter a oportunidade de passar um verão inteiro nos Hamptons...

— Se você soubesse, Frank, como isso que está dizendo me emociona... Todas as noites, para escapar da angústia naquela cela sinistra, eu me refugiava nas lembranças de Nova York. Aquela época parece tão distante! A vida em Manhattan com Pearl White era extraordinária. Entusiasmo, alegria, a gente ousava tudo... Hoje, Pearl está morta, e tudo desapareceu.

— Nada disso. A audácia nunca deixou de estar com a senhora.

Ela olha para ele e, na mesma hora, seus olhos se enchem de lágrimas.

— Eu gosto tanto de você, Frank.

Ele se sente inteiramente invadido por um calor intenso.

Deus, faça que este passeio de inverno ao lado dela dure uma vida inteira!

Ela agarra o braço dele, cambaleia. Não se sente bem, é evidente.

Aqueles boches canalhas acabaram mesmo com você.

Então ele a leva devagar de volta ao Ritz.

3

5 de março de 1944

— Frank, está sabendo que Charles Bedaux morreu?
— Não! Me conte essa!

O rosto de Elmiger está impassível, mas sua voz tem um matiz de ironia. Frank lhe serve uma dose de gim.

Não estou com cabeça para fazer um coquetel.

— Ele foi transferido pelos americanos da Argélia para a Flórida. Os serviços secretos deles queriam esprêmê-lo antes da abertura do processo. Segundo Stülpnagel, Charles Bedaux se suicidou oportunamente na cela, em Miami. Teria ingerido uma dose cavalar de fenobarbital. Difícil acreditar que um homem como ele, sempre convicto de que vai se safar de tudo, tirasse a própria vida. Talvez tenha sido ajudado; os incômodos dossiês dele sobre cidadãos americanos respeitáveis não devem ter agradado a todo mundo.

A conversa é interrompida pelas sirenes. Alerta, como sempre. Os ataques começam cada vez mais cedo, assim que escurece. As explosões ainda estão longe do Ritz, mas se aproximam. Desde que um bombardeio teve como alvo o 6º *arrondissement* na semana passada, a atmosfera está mais sombria pelos corredores do hotel, e o circo é menos cômico. As socialites renunciaram a seus artifícios, as toaletes estão desmazeladas.

O reino da elegância instaurado por César Ritz termina na mais total degeneração.

Todos os hóspedes desceram para o porão com máscaras de gás. Gabrielle Chanel, embrulhada em sua manta de pele de guanaco, resmunga contra Elmiger, que se recusa a aquecer o abrigo por uma questão de economia. Seu amante Spatz, cansado das lamúrias, tenta em vão pôr o velho gramofone para funcionar, ao sabor das variações da energia elétrica. Elmiger rabisca raivosamente em sua caderneta de moleskine, a menos que esteja assumindo essa expressão irritada para evitar ter de pôr a Srta. Chanel em seu devido lugar. O casal Auzello está sentado no canapé Régence, sem dirigir um único olhar a Marie-Louise — as duas mulheres no mesmo aposento é algo que não acontece desde 1936... Os dois estão bem encostados um no outro, Claude está de barba crescida, sem gravata, com a camisa amassada debaixo do paletó. Blanche parece mais definhada que nunca, num roupão felpudo. O olhar dela e o de Frank se cruzaram quando ela entrou: ele esperava ler em seus olhos uma pergunta sobre os documentos prometidos, mas só viu uma imensa lassidão. Ela não vai saber que ele finalmente resolveu contactar Fersen: caiu no sono pouco depois de se sentar. Claude Auzello sustenta sua nuca com delicadeza.

Esse casal unido na adversidade remete Frank à sua imensa solidão. Blanche, que, há alguns dias apenas, estava mais próxima dele do que nunca, geme de olhos fechados, agarrada ao marido.

Enfim, Guitry e Jünger, impecáveis na cortesia, elegantes como eram os fregueses do meu bar.

Obrigados a descer também, eles estão acotovelados no balcão de quebra-galho que Elmiger mandou colocar no abrigo antiaéreo, para fingir que é bar — na esperança de tornar mais suportável a espera dos bombardeios.

— Minha saúde está ruim de novo, Sacha — confessa Jünger. — Estou emagrecendo a olhos vistos.

— É porque não anda bebendo champanhe suficiente, meu caro.

— Está brincando? Esse modo de vida vai nos matar. Ficamos o tempo todo sentados comendo e bebendo.

Milhões de pessoas gostariam de dizer o mesmo, pensa Frank.

O capitão Jünger tomou a resolução de fazer longas caminhadas para manter o corpo alerta. Guitry finge estar horrorizado, mas deixa que

Jünger conte em detalhes sua última expedição, de Suresnes a Neuilly, entre pescadores de vara, pássaros e igrejas deterioradas dos subúrbios.

— Meus deuses! — comenta Guitry — Estou cansado por dois...

Saber ouvir sem parecer escutar também é ser um dos maiores barmen do mundo. As conversas são um consolo para Frank. Gabrielle Chanel garante ter ficado pasma com as onze horas de *O sapato de cetim*, de Claudel, na Comédie-Française? "Ainda bem que não tinha par", lança Guitry com um sorriso largo. Jünger, por sua vez, foi ver *Antígona* de Anouilh no Théâtre de l'Atelier, e estranha que a censura tenha deixado passar uma peça daquela.

— O clima está pesado — diz ele em voz baixa. — Imagine, Sacha, que ontem à noite recebi na minha sala a visita do tenente-coronel Hofacker.

— Hofacker?

— O comandante-chefe da Wehrmacht em Paris. Assim que entrou na sala, pegou o telefone. Parecia que não estava à vontade, mais ou menos como se estivessem nos espionando...

Frank consegue captar alguns fragmentos do relato de Jünger. Fala-se de "pátria em perigo", "catástrofe" e "anglo-americanos". Ele percebe que alguns oficiais da Wehrmacht — será que ouviu mesmo o nome de Stülpnagel? — desejariam negociar com os Aliados antes de um desembarque na França.

As notas de uma sonata de Beethoven irrompem de maneira meio caótica — o gramofone finalmente funciona, a duras penas.

— Um atentado?! — murmura Guitry arregalando os olhos.

— Cale a boca, cáspite! — repreende Jünger.

Frank evita olhar na direção dos dois para não chamar a atenção deles. *Caramba*, pensa despejando champanhe na taça de Gabrielle Chanel, *será que o general e outros oficiais estão planejando matar Hitler?!*

O gramofone dá outro salto, e Frank consegue captar uma última frase:

— Há tantos espiões em Paris, inclusive no Ritz, que eu tenho certeza de que Himmler vai saber antes de mim o que eu vou decidir fazer.

Georges se aproxima deles, Jünger faz sinal a Guitry, e os dois começam a discutir os méritos de Octave Mirbeau. Tudo isso mal durou um minuto.

Frank serve um Guignolet a Marie-Louise Ritz e vigia disfarçadamente Barbara Hutton que, bêbada e de cabelo oleoso num quimono de seda, morre de tédio lixando as unhas à luz de um candelabro, a mil léguas de qualquer compostura, sem que isso choque ninguém.

Quantos mandachuvas da Wehrmacht torcem pela morte do Führer?
Por mais louco que possa parecer, Frank se pega sonhando.
E se de fato existisse um complô?
E se esse projeto insano tivesse sucesso? Se Hitler desaparecesse?
Mas, com os "se", sabe o barman melhor que qualquer um, seria possível conquistar o mundo.

4

19 de março de 1944

Frank nunca mais ouviu falar de atentado. Nem uma palavra, nem um rumor; começa a se perguntar se não entendeu mal. Em compensação, cada vez mais se fala de um desembarque aliado. A ideia ocupa todas as mentes.

Georges, por sua vez, se controla cada vez menos. Sente a chegada do fim, e Frank percebe que, nele, isso provoca uma forma de excitação. Ele parece pronto a acreditar em todos os boatos capazes de gerar um pouco de esperança.

— Você ouviu o que estão dizendo do tio Adolfo? — pergunta, enquanto estão preparando a sala.

— Não.

— Dizem que ele ficou lelé e os nazistas trancaram ele no Berghof. Já pensou? O cara que aparece nos cinejornais é um sósia.

Frank suspira.

— Lorota, Georges.

— Na certa, mas isso confirma que a roda tá girando. Sorte nossa, velho! Mas talvez seja bom pensar um pouco… Nada mais tá sob controle, a coisa tá balançando pra todo lado. A gente pode fazer o que quiser, Frank. Caixa dois, por exemplo… Que é que cê acha?

Frank eleva as sobrancelhas com severidade, mas Georges insiste:

— Quem vai ir verificar os teus pedidos, o teu estoque, as tuas faturas, as tuas despesas, as tuas receitas? Quem, Frank? Ninguém! Tá tudo fora dos trilhos.

— Isso significa roubar o Ritz, Georges.

Desde que se instalou no Ritz em 1921, Frank sempre foi leal com o hotel. Sempre pegou sua parte e nada mais — é uma conduta moral, ele faz questão disso. Até para financiar os documentos falsos, fez de tudo para evitar abrir uma caixa dois.

— Significa é aproveitar essa situação podre e se levantar às custas dos bacanas, Frank. Você sempre gostou da prata.

— Engano seu, Georges. Nunca gostei do dinheiro. Gosto da liberdade que ele me dá.

— Seja como for, eu te digo que é agora ou nunca mais. Se os boches vão embora, a gente logo vai voltar a ser lacaio da burguesada besta. Agora é a hora. Você me dá vinte e cinco por cento, e a gente recheia os bolsos enquanto a coisa durar. Pelo menos pensa no assunto!

Pobre Georges. Frank sabe que o amigo sempre teve a aspiração de ser muito mais que um simples barman; sonha ser patrão, um gastador, um "burguesão", de verdade. Acreditou em Pétain, em Laval, em Lafont, nunca deixou de se decepcionar. E agora, quem será o próximo? De Gaulle? Frank desconfia dos surtos de entusiasmo de seu velho cúmplice, mas não quer defrontá-lo, com certeza não esta noite. Georges continua sendo sua muralha contra a solidão no recinto desse bar. E salvou a vida de Luciano, coisa que Frank nunca esquecerá.

— Aproximação de boneca maquiada! — lança Georges, terminando o perfeito alinhamento das garrafas. — Cinco e meia ainda, deixo entrar?

— Manda ver.

— Ela te dá uma tremenda bola, hein?

— Georges!

No entanto, o comentário é pertinente. Inga está de volta a Paris, sempre tão provocante, sempre com seu gato, como se estivesse de férias. Os dois não demoraram a retomar o antigo ritual, comentando as notícias mais sombrias com o desafio da leveza, sem que a Sra. Haag jamais revelasse seu pensamento mais profundo.

Um flerte no meio dos bombardeios e das execuções de resistentes.

Desde que ela voltou, Frank tenta decifrar o mistério. Tentou ver se as vindas dela coincidiam com a presença deste ou daquele: nada de concludente. Imaginou que ela pudesse estar cumprindo alguma incumbência do tio — *impossível saber.* A única coisa certa é que ela nunca esteve por lá em noite de alerta. Mas isso poderia perfeitamente ser fruto do acaso. Ela vem a cada três dias, aproximadamente, fica uma hora e vai embora. Ele desconfia dela agora, ainda que a conivência entre os dois afague seu amor-próprio e atenue sua solidão.

É a primeira vez que ela dá as caras fora do horário de funcionamento.

Está com um vestido justo sob um casaco de pele de raposa branca e, pela primeira vez, sem o gato.

— Boa noite, Inga. Roederer e framboesas?

— Não, obrigada, Frank. Melhor um Dry Martini.

— Certo...

Flerte evidentemente não haverá esta noite. Inga Haag parece agitada, seu sorriso é sem graça, e o olhar, perdido.

— Onde está Raimund?

— Estou vindo de um encontro ao qual ele não podia me acompanhar.

— Fico mais tranquilo...

Com um gesto precipitado, Inga tira a cigarreira da bolsinha de *galuchat*.

— Quer fogo?

— Por favor.

Ela dá uma longa tragada e pergunta:

— Será que você poderia entregar um bilhete meu ao general von Stülpnagel?

A jovem hesita, abaixa ligeiramente a voz:

— Olhe, Frank, eu sou casada, o general também... Estou evitando abordá-lo em público.

— Ah... Sim, claro, entendo.

Inga Haag, amante de Stülpnagel!
Por essa eu não esperava.
Como eu sou imbecil!

— Conheço sua imensa discrição, Frank. Você concordaria em se tornar nosso... como se diz? Ponto morto?

— Claro, senhora. Sou um túmulo.

Nem pensar em chamá-la de Inga.

— Muitíssimo obrigada, Frank.

— Seu Dry Martini, senhora.

Frank a vê mergulhando os lábios no copo, mas isso já não tem o mesmo sabor. Ele tenta imaginar os dois na cama, mas a imagem não vem, o oficial alemão parece ter tamanha retidão... Portanto, ela não teria vindo para fisgar o modesto barman, mas sim o grande general prussiano... E usado o barman para caçar a presa? Seria uma espiã russa, ou britânica? Pior: e se estivesse a serviço de Himmler? Ou será que quer armar uma cilada para Stülpnagel e frustrar seus planos?

— Aqui está — diz ela, estendendo-lhe um pedaço de papel que não é maior que um porta-copo. — Gostaria que você lhe entregasse este bilhete.

— Entrego assim que o vir, pode ter certeza — responde Frank, pondo-o no bolso interno do paletó.

— Eu sei que ele passará já à noite. Muito obrigada, Frank. Vou indo, estou sendo esperada no Lutetia. Quanto lhe devo?

— Ah, nada. Mal tocou nele. Pode deixar.

— Tem certeza?

— Tenho. Boa noite, senhora.

— Até breve, Frank.

Ela cumprimenta Georges e desaparece.

Qual será o jogo dela?

O bilhete não está nem envelopado, simplesmente dobrado ao meio.

Espiã ou amante, por que tão pouca precaução?

Ela desconfia que Frank pode ler. E ele está morrendo de vontade de ler, claro. O barman desdobra devagar o bilhete. Aparece uma palavra: "Sehnsucht" — Anseio.

É um poema de Goethe:
Esta não será a última lágrima,
A brotar do férvido coração,
Que, com dor indizivelmente nova,
Acalma-se, aumentando a aflição.
Frank não pode deixar de pensar: *Só isso?*
E, ao mesmo tempo, esperava o quê?
Um segredo de Estado, ou um convite lascivo?

— Ela te deu um bilhetinho de amor? — pergunta Georges, aproximando-se com um sorriso guloso.

— Na verdade, não.

— O que que é?

— Um poema para o general von Stülpnagel.

— Esses dois fazem fuque-fuque?!

— Não tenho certeza — murmura Frank.

— Teu bar tá ficando bem bizarro.

Georges tem razão. Frank se deixou enganar mais uma vez.
Um verdadeiro bobão.

Ele se odeia por não ter percebido nada. Dentro dele, cresce uma raiva fria.

— Sabe de uma coisa? — diz. — Andei pensando. A gente vai montar a tal caixa dois...

— Não?! Sério?

— Setenta por cento para mim, trinta para você.

O rosto de Georges fica radiante.

— Conte comigo. Eles vão todos encher a cara até cair. A gente vai lavar a égua. Que belo negócio!

Belo negócio...
A velha Ritz que vá para o diabo.

5

26 de março de 1944

Será que alguma vez houve um plano de atentado contra Adolf Hitler?
Frank Meier deixou de acreditar nisso. Se havia projeto, deve ter malogrado, pois o Führer continua neste mundo. A guerra segue, cada dia um pouco mais feia. A vida cotidiana está ficando impossível. Quatro ou cinco alertas por dia. Os racionamentos de gás e eletricidade são cada vez mais severos. O abastecimento, por sua vez, está terrivelmente caótico.

Ocupantes ou ocupados, todo mundo agora vive com os nervos à flor da pele. Os alemães temem emboscadas em cada esquina — os soldados já não têm direito de andar pela cidade, e todos os oficiais vivem irritados.

A única distração são as notícias de jornais. A cada dia, a imprensa fornece mil novos detalhes sobre aquilo que já é chamado de caso Petiot. Frank finge não se interessar, mas, no fundo, essa história macabra o fascina, como a todos. Incomodados por cheiros horríveis e uma fumaça espessa e escura, os vizinhos de Marcel Petiot avisaram a polícia e os bombeiros, que acabaram descobrindo os restos de vinte e sete corpos humanos esquartejados no subsolo de uma mansão da rua Le Sueur. Era o porão do Dr. Petiot. Parece que o suspeito atraía à sua casa indivíduos perseguidos pela Gestapo. Uma cilada. Petiot se gabava de poder mandá-los para a Argentina. Os candidatos à viagem apareciam lá e eram assassinados e carbonizados, um por vez. O homicida é apresentado pela imprensa como um ex-combatente ferido por uma granada em 1917 e, depois, internado por transtornos psiquiátricos no hospital de Fleury-les-Aubrais. Diante das descrições de cadáveres nos jornais, Frank não duvida nem um instante de que o sujeito é maluco. Pior, contaram-lhe ontem à noite no Ritz que Petiot tinha mandado embutir um olho mágico na porta blindada de seu porão para assistir ao suplício de suas vítimas envenenadas. Frank está convencido de que os crimes de Petiot são reflexo de uma sociedade niilista em que a vida humana não vale mais nada. *Como sair dessa, meu Deus?* Frank se sente oprimido. Ainda mais que Petiot desapareceu no mundo, ninguém sabe onde ele está, o assassino percorre as ruas. Dizem que ele conta com cúmplices na polícia. Frank não sabe mais o que pensar.

Conta-se até que o próprio Lafont teria descoberto o depósito de cadáveres e chantageado Petiot antes de facilitar sua fuga. É certo, agora, que entre as vítimas havia vários judeus aos quais o médico sinistro prometera documentos para atravessar a fronteira espanhola. Frank tem arrepios só de pensar nisto: vai saber, caso Süss não estivesse lá, se as famílias que eles salvaram teriam conseguido se deslocar até Chaillot... Ontem, Frank pensou em retomar a atividade, mas o próprio Fersen o dissuadiu. O diplomata concordou em fornecer um último passaporte para Blanche, mas recomenda de novo a mais extrema prudência no futuro. Só falta encontrar um falso nome escandinavo para ela.

Estamos chegando perto do precipício.

6

3 de abril de 1944

Hoje Frank faz sessenta anos. Tinha trinta em 1914. Duas guerras em uma vida; não deseja isso a ninguém.

Este século destroçado é o meu, vou precisar aguentar até o fim, pensou hoje de manhã ao passar uma lâmina nova sobre as faces emagrecidas. À noite, apesar das circunstâncias cada vez mais sombrias — ou talvez seja exatamente por causa delas —, todos marcaram encontro no bar para festejar o aniversário de Frank Meier. Ernst Jünger veio com Florence Gould, Elmiger com sua mulher, Josée de Chambrun com seu marido. Guitry também está presente, claro. E Arletty, Cocteau, Serge Lifar, até Jean Marais, que andava tão sumido. Não é uma festa surpresa: o próprio Frank deu a ideia, com a cumplicidade de Georges e dos frequentadores do bar. Mas não esperava ver tanta gente.

Até Fersen veio, já na abertura. Trazia embrulhada uma velha edição francesa de uma peça de Ibsen: *Quando despertarmos de entre os mortos*. O título já bastaria, mas o diplomata acrescentou discretamente que seu presente estava na página 84. Frank não precisa olhar para entender: lá dentro se encontra um passaporte em nome de Alba Hoffsen, com um visto para a Espanha e Portugal. Frank pensa em dá-lo a Blanche nessa noite mesmo. Um verdadeiro gesto cinematográfico, tão triste que seria lindo.

Na noite de seu aniversário, o herói dá em segredo à mulher amada a chave de uma liberdade que os separará para todo o sempre.

Mas, quando Blanche finalmente chega, de braços com Claude, ele só encontra em seu rosto um sorriso vazio, como se ela tivesse esquecido o que lhe pediu. Como se o tivesse esquecido. Ele guarda o livro no depósito, os sentimentos sob o balcão e pensa em Inga Haag. Ela ainda não chegou — será que pelo menos vem? Continua trocando intensa correspondência com Stülpnagel. Seja qual for seu teor, essa relação afeta os laços antes estabelecidos entre ela e Frank. A cumplicidade, ainda que fosse só de fachada, desapareceu. Sobram as boas maneiras de um barman com uma freguesa fiel.

Frank se consola contemplando a multidão das grandes noites e a carranca de Marie-Louise Ritz, que não se dignou vir lhe apertar a mão.

Falta alguém com eles atrás do balcão. *Onde você está, Luciano?* Frank continua sem receber nenhum cartão postal, mas ainda tem esperança. No outro dia, não se aguentando mais, ligou para Biarritz e pediu para falar com Charles. "Faz um ano que o Sr. Launay saiu daqui, disseram. Foi para Casablanca." Talvez Luciano tenha conseguido chegar ao Hôtel du Palais. Terá ido ao bar, não terá encontrado Charles, mas, mesmo assim, pode ter dado um jeito de ser ajudado no local. *Vai saber se não foi até contratado?* Por um instante, quase pediu à telefonista para falar com o novo barman, ou perguntar sobre um jovem aprendiz suíço… Mas não ousou. Será que saberá algum dia? Faz um ano que o rapaz foi embora. Frank faz de tudo para disfarçar, mas é evidente que alguma coisa morreu nele. Suas ações clandestinas se resumem hoje a trocas de bilhetinhos entre uma suposta espiã e um general prussiano, e ao desvio pouco glorioso da caixa do bar alimentada pelos náufragos do Ritz. Ele continua reservando um décimo de sua parte para Luciano, se é que vai revê-lo um dia. Enquanto isso, na falta de aprendiz, vai picando pessoalmente o gelo, como fazia quando começou, e então, no momento em que se prepara para mergulhar o picador, uma voz jovial rompe a vozearia.

Com uma seriedade desconhecida e sombria no fundo do olhar, o coronel Speidel vem lhe apertar a mão. Agora é um homem vigilante. A experiência do *front* russo?

Do que ele tem medo?

— Que prazer, coronel! O que faz aqui?

— Fui nomeado chefe do estado-maior do marechal Rommel. Voltei ao *front* ocidental. E ouvi falar de sua festinha de aniversário...

— Está hospedado no Ritz?

— Não, instalamos nossos quartéis em Roche-Guyon, perto de Giverny. Estamos hospedados no castelo dos La Rochefoucauld.

O general von Stülpnagel logo vem ao encontro deles, com um sorriso nos lábios.

— *Guten Abend, Herr Meier!* Eu lhe trouxe Speidel, ótimo presente, não é?

— Sem a menor dúvida, estou felicíssimo por tê-lo de novo entre nós. O que lhes sirvo?

— Um Royal Highball para Speidel, um Happy Honey *für mich, bitte*.

Ao se voltar para preparar os coquetéis, Frank sorri discretamente.

Um dia, vou poder dizer sem me envergonhar que, quando fiz sessenta anos, fiquei feliz ao ver aparecer um coronel da Wehrmacht na minha festa. Que heresia para um veterano da Grande Guerra!

— Senhoras, senhores, atenção, por favor!

Carl-Heinrich von Stülpnagel acaba de pôr a noitada sob sua égide e, com o Happy Honey na mão, diz:

— Gostaria de fazer um brinde à saúde de nosso caro Frank. Ergo meu copo esta noite a suas sessenta primaveras, que coincidem com o retorno do sol que temos gozado o dia inteiro. Um aniversário celebrado pela florada de anêmonas, íris e ásteres, mas também, como observava hoje de manhã o capitão Jünger, pelo retorno das belas mulheres às ruas de Paris. Nós sabemos como Frank é sensível a todas essas belezas que a natureza nos oferece. Frank Meier, que a providência o proteja! Temos necessidade de seu reconforto. Bebemos em seu balcão para diluir nossos tormentos, é a sua especialidade, você é nosso benfeitor. Em nome de toda esta assembleia que, tenho certeza, lhe quer bem, eu lhe desejo um feliz aniversário!

Pois é! Todos esses aplausos para um judeuzinho que serve bebidas como um covarde.

O comandante-chefe das forças de ocupação lhe deseja feliz aniversário, a alta sociedade colaboracionista de Paris o aplaude. É para rir ou para chorar? Sorria, Frank. Encare os olhares, incline a cabeça, agradeça.

A noite transcorre às mil maravilhas. Todos bebem, riem, conversam.
Vão todos jantar, já não aguento mais!
Mas eis que justamente Stülpnagel vem vindo.
Sorria, Frank.
O general von Stülpnagel olha para trás antes de se sentar. Aproveita que todas as conversas seguem animadas ao redor deles para se reaproximar discretamente.

— Tem algum bilhete para mim, Frank?
— Hoje não, general, lamento. A Sra. Haag não aparece no bar há vários dias.

Stülpnagel parece frustrado. Frank pressente algo estranho.

— Parece que ela foi chamada ontem a Berlim com o tio, o almirante Canaris — acrescenta Stülpnagel.

Frank não pestaneja.

— Problemas? — pergunta.
— Prefiro acreditar que não. Em todo caso, você foi muito útil para nós, Frank. Muitíssimo obrigado.
— Não há de quê.
— Talvez eu venha a lhe pedir de novo que funcione como ponto morto. Se você não vir nenhum inconveniente...

O general arrastou o fim da frase como que para dar ao barman tempo de refletir. O pedido não é insignificante: nesse momento, funcionar como ponto morto poderia custar muito caro. Frank tenta analisar a situação. Stülpnagel e Inga Haag seriam de fato amantes? *Pouco provável.* Um complô da Wehrmacht contra as suásticas? *Talvez.*

Do fundo do bar, debaixo do retrato de Fitzgerald, Guitry ergue um brinde: "A Frank Meier, o melhor dentre nós!"

A pausa é oportuna. O barman ergue sua taça de champanhe na direção do dramaturgo e de seu grupinho, sem parar de pensar. O que responder ao general? Parece difícil recusar-lhe ajuda — quem sabe quais poderiam ser as consequências? Seu instinto, mesmo perturbado, lhe pede que aceite. Nesse ninho de espiões alemães em que Paris se transformou, ele ainda prefere estar do lado de Stülpnagel.

— Aceito — diz finalmente.

Stülpnagel sorri, depois vai cumprimentar dois oficiais que se preparam para sair do bar. Demonstra afabilidade, mas Frank não esquecerá o brilho sombrio que acaba de perceber em seu olhar. É o mesmo que ele leu nos olhos de Speidel, há pouco.

Quantos, esta noite, estão a par das tramoias desses dois?

Frank tem tanto medo das maquinações deles que prefere saber o mínimo possível. Nesta noite, Frank Meier faz sessenta anos, oprimido pelos alemães e sitiado por suas fraquezas.

7

27 de abril de 1944

"Viva Pétain! Viva o Marechal!"

Paris não via tanta efervescência há muito tempo. Ontem, pela primeira vez desde junho de 1940, Philippe Pétain veio à capital com Pierre Laval. Os dois vieram de Vichy à Notre-Dame para assistir à missa em homenagem às vítimas dos últimos bombardeios. Mais de mil mortos em alguns dias. Os Aliados visavam ao pátio ferroviário de La Chapelle, suas bombas transformaram ruas inteiras em amontoados de ruínas. Nunca a morte e a destruição chegaram tão perto do coração de Paris. Todos vivem com medo, e ninguém sabe o que pode vir. Então, ontem, a cidade se agarrou a seu velho marechal.

Alguns anos atrás, Frank teria acreditado...

As pessoas estão morrendo de medo, por isso foram correndo aclamar o Velho...

Acaso ou consequência? Vinte e quatro horas depois, o barman é convocado à sala da Viúva. "A Sra. Ritz tem uma proposta para lhe fazer", disse Elmiger ao telefone.

O diretor parece já esgotado diante de uma Marie-Louise toda embonecada. O ar do aposento está saturado pelo cheiro dos lírios que ela adora, mas em Frank provoca uma vontade irreprimível de espirrar. Todas as manhãs, a Viúva manda encher de lírios a sua coleção de vasos de cerâmica.

— Caro senhor Meier, seu aniversário foi um grande sucesso: toda aquela gente ao seu redor, todas aquelas pessoas que contam em Paris, meus parabéns! E aí eu tive uma ideia...

Frank quer espirrar, mas não consegue. Está à espera da continuação.

— Pensei que poderíamos organizar uma festinha desse tipo no aniversário da Srta. Arletty. É em 15 de maio, o que acha?

Quem pode pensar em festejar outro aniversário depois do que aconteceu nos últimos dias?

— E o senhor teria interesse na receita, claro.

Frank sente Elmiger fulminando à sua direita. Com o olhar, o diretor o incita a fugir do assunto.

—Ah! — acrescenta Marie-Louise. — Se está esperando receber carta branca do Sr. Elmiger, não conte com isso. Ele não concorda. Eu queria a sua opinião, Frank.

— Bom... As coisas estão mudando, senhora.

— Nada disso! Não viu o triunfo do Marechal, ontem? O país não quer uma França inglesa ou americana, os bombardeios deles só servem para assassinar inocentes. São eles os monstros!

Suas faces ficaram vermelhas. Elmiger dá um passo à frente.

— Com licença, madame. Como eu lhe dizia antes da entrada de Frank, é preciso, acima de tudo, pensar no futuro do Ritz.

— Futuro? — ri Marie-Louise. — Dê-me uma definição de futuro, senhor Elmiger.

— Eu seria incapaz, senhora.

— Esse é o problema.

— Diante de um futuro tão incerto, acho que deveríamos reintegrar uma forma de neutralidade suíça na política da casa. Se as forças alemãs tiverem de ser expulsas de Paris nos próximos meses, nós precisaremos poder provar a seus sucessores que fomos vítimas dos nazistas, que sofremos uma ocupação. Caso contrário, pode acreditar, o Ritz poderia ser confiscado.

— Melhor morrer!

— Então é melhor não organizar por iniciativa própria uma festa em homenagem a uma pessoa notoriamente favorável ao ocupante... E acrescento, senhora, que os rumores de um desembarque dos Aliados estão se tornando cada vez mais persistentes entre os oficiais alemães. Não é o que se diz em seu bar, senhor Meier?

Frank confirma. Marie-Louise Ritz agita as mãos à frente, como que para expulsar um mau pensamento.

— Vocês dois me irritam — diz ela. — Estragam a minha alegria. Que seja, desisto desse aniversário da Srta. Arletty. Mas ordeno que continuem tratando nossos hóspedes com a máxima atenção! Nosso presente, senhores, são os alemães.

Elmiger está certo, pensa Frank ao sair da sala. Quando os alemães forem embora, vai ser preciso evitar a todo custo que a praça Vendôme tenha cheiro de enxofre. E não haverá lírio que chegue para isso.

Ele ainda está com vontade de espirrar quando, no corredor, topa com Blanche Auzello, que ele não via desde a noite do aniversário.

Blanche!

Faz três semanas que ele pensa nela todo dia, pondo no bolso do paletó os documentos de Fersen. Ainda não teve coragem de lhe dizer que os havia recebido, e essa relutância em aceitar sua partida só serve para aumentar sua covardia. Mas, vendo-a sorrir, ainda magra, mas viva de novo, ele sente que, dessa vez, não vai se esquivar.

— Bom dia, senhora — diz ele, já pondo a mão no paletó. — Como...

Blanche o atalha:

— Ah, Frank, nós não voltamos a conversar sobre aqueles documentos que lhe pedi para os Estados Unidos. Eu estava tão fraca quando saí da prisão. Não sei o que me deu de querer fugir. Mas o que é que eu iria fazer sozinha lá? Minha vida está em Paris. Meu lugar é aqui.

Frank fica imóvel.

— Isso me deixa muito feliz, senhora — consegue dizer depois de alguns segundos.

— Ah, bom! Você está com uma cara! Não me diga que preferia me ver na América? Agora já não tenho medo. É a América que está vindo a mim, Frank. Ânimo!

Ela pousa uma mão no ombro dele e envereda pelo corredor, rumo à saída.

Frank Meier acaba por retomar o caminho do bar, evitando os espelhos da Galerie des Merveilles.

8

18 de maio de 1944

O desembarque, que se acreditava ocorrer de um dia para o outro, está demorando. Passaram-se três semanas, e dos Aliados só aparecem aviões. Toda manhã, nos jornais, a mesma lenga-lenga: os Aliados bombardeiam e os alemães executam "terroristas". No Ritz, o tempo está suspenso. Espera-se. Na ala oeste, reina a desolação num último vislumbre de luxo, e o consolo é comparar-se com o que ocorre lá fora ou beber preguiçosamente alguns coquetéis no balcão de Frank Meier. Na ala leste, lado alemão, reinam o azáfama, a espionagem. Também se bebe, em grande quantidade — as reservas de schnaps estão quase esgotadas.

Em meio a esse triste teatro, no maior segredo, mensagens codificadas vão e vêm atrás do balcão. Meia dúzia de pessoas participam dessas trocas, às vezes fardadas, às vezes à paisana, no início do serviço ou em pleno sufoco, sempre na maior discrição. Com Frank como intermediário predileto. Alguns poemas, mas, na maioria das vezes, frases de sentidos enigmáticos ou sequências de algarismos que parecem imitar cotações de turfe. Para espanto dele, foram retomadas as apostas clandestinas; provavelmente foi dada alguma ordem nesse sentido, acredita Frank, com o fim de aumentar o número de papéis passados por baixo do balcão e apagar as pistas.

Há cada vez menos restos para apanhar na cozinha.

Quando não está em serviço, Frank passeia seu desconsolo pelas ruas de Paris, com as mãos nos bolsos, punhos e coração apertados. Jean-Jacques passa o tempo livre com sua nova namorada — Frank não sabe o nome dela, só sabe que é balconista nas Galeries Lafayette nos Grands Boulevards —, e Pauline foi passar alguns dias em Blois, na casa de Lucette, sua melhor amiga. Nos últimos tempos, Frank pensa com frequência na mãe. O que pensaria ela de seu filho naquela guerra estranha? *Um acoitado do Ritz? Um homem incapaz de declarar seu amor a uma mulher?* Provavelmente encontraria circunstâncias atenuantes. Talvez até conseguisse convencê-lo de que está fazendo o melhor possível.

Depois de partir para Nova York, Frank nunca mais voltou para ver seus velhos em Viena; a América ficava longe, e ele acreditava ter partido para sempre. Foi mais ou menos o que aconteceu. A mãe morreu de tuberculose três anos depois de sua "fuga", tinha quarenta e um anos. Ele chorou como criança durante semanas em seu cubículo de Manhattan. O pai morreu de alcoolismo num casebre do Favoriten, em 1912, com cinquenta e dois anos. Frank já estava de volta na Europa, mas entregue a outra vida, a dele mesmo, e nem sequer foi a seu enterro. Hoje, continua não sabendo onde os pais estão sepultados, provavelmente numa vala comum. Nunca mais reviu Viena, embora se apresentassem várias oportunidades desde seu ingresso no Ritz. Roído pela culpa, ele alimenta seu desconsolo há quarenta e cinco anos. Esse abandono talvez tenha sido o preço de sua realização.

Foi também o motor do meu sucesso. Nunca duvidei disso.

Passando para a margem esquerda do Sena, Frank deixa para trás o Palais-Bourbon e sorri com melancolia ao rememorar velhas histórias. Aterrissou no bairro de Batignolles um pouco por acaso, depois de se divorciar. Quantas malas ele nunca desfez? Nos últimos tempos, principalmente, tem a impressão de estar morando na casa de Jean-Jacques e Pauline. Aliás, não se queixa: as relações com o filho se apaziguaram, e a sobrinha é uma verdadeira dona de casa. Às vezes ela ri de suas malas, mas será que ele pode confessar que sempre viveu de sobreaviso?

Sempre pronto a fugir na noite. Um exílio sem fim...

Diante de seu olhar, o bulevar Saint-Germain está congestionado por unidades alemãs em manobra. Será que sobem em direção à Mancha, para a batalha final? As lagartas dos *panzers* tocam uma sinfonia macabra sobre o calçamento. Nos caminhões Opel Blitz e nos carros de munições da artilharia, jovens soldados imberbes vão a caminho de sua danação.

Frank ainda está perdido em seus pensamentos quando uma voz feminina grita seu nome na calçada:

— *Seu* Meier! O que está fazendo aí?

É Marie Sénéchal, a ex-camareira. Frank sorri para ela.

— E você, aonde vai com essa mala?

— Para Montparnasse — diz ela. — Vou voltar para a minha casa, em Quimper.

— Para ver sua mãe?

— Sim. E ficar em lugar seguro, isso vai virar uma balbúrdia.

— Que balbúrdia?

— O desembarque dos *amerloques*, *seu* Meier!

Seu gracejo jovial torna mais leve o ar do bulevar.

— O que é que você sabe sobre isso? — pergunta Frank.

— Eu tenho um xodó novo entre os boches, e eles estão sabendo, pode crer. É pra logo, e eu tô com um medaço danado.

— E o teu xodó, onde está?

Ela dá de ombros.

— Eu tô menos ligada nele do que tava no Karl. Nem falei pra ele que ia embora. Ele dá a volta por cima, tio! Eu não queria despedida, não, obrigada. Aquele mal-educado do Karl nunca mais deu sinal de vida. Sofri muito, fiquei de coração partido, o senhor sabe, depois segui meu caminho, mesmo sendo mandada embora do Ritz...

Ela funga, com um ar de desforra, como se o infeliz soldado que está abandonando tivesse de pagar pelo "capitãozinho".

— É engraçado ver o senhor aqui. Hoje de manhã vi a Sra. Auzello no terraço do Flore com a amiga dela, a russa. E eu penso sempre naquele Luciano, o senhor tem notícias dele?

— Nenhuma.

Frank estremeceu.

— A gente brigava, mas no fundo ele era bom. Juro que não fui eu que entreguei ele.

— Eu sei, Marie. Eu sei.

— Bom, meu trem sai daqui a quarenta minutos.

— Tenha cuidado, menina.

— O senhor também, *seu* Meier. Devia voltar pra casa também.

— Vou pensar no caso, obrigado.

Voltar para casa. Esse é que é o problema.

9

7 de junho de 1944

Esperou-se tanto tempo sem ver nada acontecer que se acabou por não acreditar que aconteceria.

Mas os Aliados vieram.

Desembarcaram numa noite de tempestade onde menos se esperava.

— Os *amerloques* botaram pra quebrar! — diz Georges. — Um vento de arrancar chifre de boi, umas praias normandas onde você leva tiro feito coelho. Quem ia acreditar nisso?

— A gente devia ter dado uma de *bookmaker* e arrecadado o máximo de apostas — acrescenta Frank, apontando para o bar desesperadamente vazio. — Teria feito mais grana do que esta noite.

— De qualquer jeito, a coisa não está ganha. Mesmo eles tendo tomado um pedaço da costa, vai ser difícil furar a defesa dos boches. Dez mil homens perdidos já, de acordo com os jornais. Tomara que eles não sejam empurrados para o mar... Por outro lado, é verdade que não tem um gato pingado esta noite. Tem quanto no caixa?

— Cinquenta mil francos — diz Frank sem precisar verificar.

Georges gira seus olhos gulosos.

— E se a gente fizesse vinte e cinco mil cada um pra festejar o desembarque, o que é que cê acha?

— Não...

— O quê?! Você sabe muito bem que a gente não vai ver freguesia tão cedo. Não me diz que você não pensou: sem freguês, nada de caixa dois. Aí a gente embolsa, de boa. Qual é, Frank! Ninguém nunca vai saber de nada, pô!

Frank balança a cabeça. Da direita para a esquerda. Depois, de cima para baixo.

— Bom, que seja — solta finalmente. — *Fifty-fifty*.

— Em tempo de guerra não se limpam armas. Passa pra cá a prata!

Georges gargalha como criança no Natal. Quando o telefone começa a tocar, Frank leva um susto, como se tivesse sido apanhado em flagrante delito.

— É a Velha nos espionando — brinca Georges.

— Cale a boca!

— Assim que a gente surrupia a grana dela, ela bate um fio.

— Xiu! — faz Frank, irritado. — Alô?

É Elmiger.

Frank fica lívido quando o diretor lhe diz que a Gestapo prendeu Blanche Auzello pela terceira vez. Ela estava no Flore com a Kharmayeff, e as duas passaram dos limites.

Incorrigíveis.

O terceiro escândalo. A terceira vez. Provavelmente a última.

Não vou revê-la nunca mais...

Diário de Frank Meier

Você fez de propósito, Blanche. Eu sei que, no fundo, fez de propósito. Jogou-se de novo na goela do lobo. É um suicídio, Blanche. Eles vão te dilacerar desta vez. Dessa você não escapará, e no fundo é o que querem, você e a Kharmayeff.

Você fez de propósito, Blanche. Porque prefere o inferno a isso que tua vida, nossa vida, se tornou. E você não está ligando para os que te amam e sufocam na tua ausência. Não está ligando para nossas angústias, porque nos despreza. E tem razão. Eles estão te ultrajando, surrando até matar, te arrastando pelos cabelos, te deixando morrer de fome, de sede. Quanto a mim, todo dia, faço de conta que vivo, que ponho um pé na frente do outro, que falo com os fregueses. Quanto a mim, todo dia, me visto e faço a barba, todo dia represento uma comédia enquanto você grita de dor. Blanche, você tem razão de me desprezar, eu sou tão desprezível. Só mereço o teu desprezo. Sou abjeto a ponto de temer por mim se alguém topar com estas linhas. Daqui a pouco, enfio esta caderneta debaixo das tábuas do assoalho. Daqui a pouco, vou pensar, como todas as vezes, em atirá-la no fogo para fazer desaparecer nas chamas as provas de meu amor impotente. Sou um miserável. Temo por minha vida quando é a tua que te abandona aos poucos sob os golpes dos teus algozes.

Não sou digno de escrever teu nome. Blanche.

10

10 de julho de 1944

Claude Auzello não sai do apartamento. As camareiras descrevem um trapo: ele não se lava, não faz a barba, não se veste. Bebe da manhã à noite, no roupão felpudo de sua mulher, sem pronunciar uma palavra, arrasado a ponto de Elmiger temer que ele chegue a pôr fim à própria vida. De Marie-Louise, que sofre de dor ciática, a Gabrielle Chanel, também sob o poder da morfina, passando pelo alcoolismo de Barbara Hutton, o Ritz está povoado por fantasmas amedrontados que pedem socorro. Infernal e silencioso estrépito que transforma o hotel em asilo.

É a vez de quem agora? Serei eu o próximo?

Frank queria chorar todas as lágrimas que tem no corpo, mas seus olhos continuam secos. Ele se recolhe no mais profundo de si mesmo, erige com urgência um dique contra o desespero — tem a impressão de que, se cedesse à tristeza, de seu coração brotaria uma torrente capaz de asfixiá-lo. Blanche tinha reaparecido no inverno como por milagre, e eis que desaparece de novo. Como Luciano. Como Süss.

Blanche Auzello, nascida Rubenstein, nada mais fez do que ir ao encontro do que acreditava ser seu horizonte: a autodestruição.

Já faz um mês que ela foi presa pela terceira vez, e nada de notícia. Ninguém sabe onde ela está, nem mesmo Claude, que revirou céus e terras sem resultado. As duas mulheres desapareceram na bruma, e esse vazio obseda Frank.

Estarão presas em Paris?
Foram deportadas para a Silésia? Talvez já estejam mortas...
— Papai?!
— Oi?
— O que você acha?
— Não ouvi, filho, desculpe...
Jean-Jacques balança a cabeça.
— Eu disse que é preciso fugir! Os Aliados vão acabar libertando Paris, e você vai ter problemas. Pode crer!
— A gente já falou sobre isso, Jean-Jacques. Eu não fiz nada reprovável.
— Não é essa a questão, papai. Você sofreu menos que outras pessoas, vai precisar prestar contas.
Jean-Jacques não está errado.
Frank precisa reconhecer que, no Ritz, mesmo cercado de fardas, ele viveu a guerra como um privilegiado. Não passou fome, nunca sentiu frio e até conseguiu juntar um pé-de-meia nada desprezível... Mas quem sabe da quantidade de perdas, angústias e perigos que essa guerra provocou? Ele precisou esconder a própria identidade, perdeu Blanche, Luciano e o que lhe restava de ilusões... E paga a cada dia o imposto do sofrimento.
— E aí, vai conosco para Toulouse?
— Não — obstina-se Frank. — Meu lugar é aqui.
"Meu lugar é aqui." Palavras de Blanche.
— Mas o que é que você vai dizer afinal? — diz Jean-Jacques com irritação. — Que era lacaio desses Fritz de merda?
Frank se sente ferver no íntimo. Tem raiva da guerra, tem raiva do filho por não entender o que ele não pode lhe dizer. Tem raiva de si mesmo por estar sempre de malas prontas para o exílio e por ser incapaz de sair do lugar, por já estar um pouco morto quando Jean-Jacques e Pauline fazem o que ele teria feito na idade deles.
— Titio — intervém Pauline em tom mais ameno —, pense bem. A gente vai embora depois de amanhã, venha conosco.
— Eu não vou a lugar nenhum porque não fiz nada de que pudesse ter vergonha. Muito pelo contrário. Eu não lhes disse tudo para proteger vocês dois. Ajudei muita gente, e vou provar!

Pauline balança a cabeça. Jean-Jacques, porém, está decidido a partir para a briga:

— Mas provar o quê, papai? Que trazia peru assado para jantar em casa porque era o barman predileto de Göring?

— Cale a boca! Está achando que sou o quê?

— Deixa pra lá — solta Jean-Jacques com um amuo de desprezo. — Com teu Jünger e teu Guitry, você não enxerga nem o perigo, nem a miséria, nem o sofrimento em Paris. Quem vive no luxo fica cego e egoísta como os outros. Eu vou dormir. Boa noite.

Frank também se levanta, ameaçador.

— E você? Diga lá o que fez para salvar a França.

Chegou o momento em que as palavras ultrapassam o pensamento.

— Um imobilista, é o que você é! E acha que é herói?! Devia era ter vergonha na cara, Jean-Jacques.

— Eu me lixo para o que você pensa. Tenho a consciência limpa. Eu avisei.

— É isso aí — solta Frank quando Jean-Jacques já chega à porta e a bate ao passar. — Boa sorte!

Frank já se odeia por não ter mais paciência com Jean-Jacques. Está pior que seu próprio pai. Em vez de insultar o filho, deveria ter explicado o que sente; mas late e morde. Gostaria de encontrar forças para pedir desculpas; pelo menos a Pauline, que o olha com tristeza e espanto. Mas não vai fazer isso.

Amanhã, Frank estará em seu posto. É feito desse estofo, teimoso, orgulhoso e obstinado. Sempre poderá explicar que, arriscando a vida, optou pela missão de mensageiro contra o Führer. Um achado, um ligeiro arranjo com a verdade e uma boa dose de cinismo: *o coquetel da Ocupação*.

Afinal, ainda sou o barman-chefe do Ritz, veterano de Verdun e judeuzinho asquenaze. Um *judeuzinho* que conseguiu esconder isso de todo mundo, e ninguém vai acreditar se ele contar sua história quando os alemães saírem da cidade.

11

19 de julho de 1944

Com o paletó manchado de sangue, Frank está sentado no chão do depósito, apoiado na porta da geladeira. Está atordoado. O couro cabeludo atrás da orelha direita arde; deve ter batido a cabeça ao cair. Sente-se fraco, tudo trepida ao seu redor, e está difícil respirar.

Ela ainda está aí?
Ela parecia descontrolada. Será que me viu desabar?
Ele não sabe.
— Como está, Frank? — pergunta Georges, com voz preocupada.
— Melhor...
— Você passou mal, velho. Caiu de costas, de repente.
— Ela ainda está aí?
— Quem?
— A boneca! Inga! Inga Haag!
— Não, não, foi embora. Você me deu um susto danado, Frank. O que foi que ela te falou? Você ficou branco!

Frank tenta se levantar; ainda precisa encontrar forças para mentir.
— Não sei mais...
— Não se mexa, velho. Eu vou buscar um guardanapo. Você cortou a cabeça e ainda está sangrando...

Quer dizer que era verdade. O general von Stülpnagel e os outros tinham planejado assassinar o Führer, e o bar do Ritz era o lugar de reunião dos conspiradores. Inga Haag veio há pouco contar tudo, dos bilhetes trocados nos últimos meses aos poemas incompreensíveis, e preveni-lo a não aceitar mais nenhum papel, com nenhum pretexto. Stülpnagel teme ter sido desmascarado, e qualquer mensagem agora poderia ser uma armadilha da Gestapo.

Atrás do balcão, Frank Meier funcionou de fato como correia de transmissão entre os homens de Stülpnagel e os serviços de contraespionagem alemães...

Estou numa merda fodida, é o único pensamento que consegue articular a partir das brumas que o envolvem.

Eis aí o complô. Eis aí o ato grandioso: assassinar Hitler!

Só resta agora se fazer de morto e cruzar os dedos.

— Toma, cola isso aqui na cabeça. Eu passei na água quente.

— Obrigado, Georges.

— Tá sangrando muito, mas não é grave, não.

E Georges insiste:

— Mas o que foi que aquela mulher te disse pra você cair de bunda desse jeito?

Dessa vez, Frank percebe que precisa responder. Qualquer coisa, desde que Georges pare de perguntar.

— Disse que estava voltando para Berlim porque tinha medo. Veio se despedir. Eu a cumprimentei, depois enxerguei desfocado, tudo começou a girar em todos os sentidos, eu desabei...

— Você pifou. E vê se não se mexe muito! Vou te botar numa poltrona e trazer uma água gaseificada com quinquina.

Um atentado contra Hitler ainda tem alguma probabilidade de sucesso? Respire. Reflita. De fato, não há cinquenta mil opções: ou fugir esta noite e ir ao encontro de Jean-Jacques e Pauline em Toulouse, ou ficar aqui, aguentar o tranco e destruir todas as provas que me ligam a essa história.

De qualquer modo, ele vai precisar passar por sua casa. Ainda tem consigo dois bilhetes que não chegaram ao destinatário, vai ser preciso livrar-se deles, mas onde estão? E tudo lhe volta à memória, cada peça do quebra-cabeça encontra lugar: a primeira visita *da estranha boneca maquiada*, a entrada dela na festa de Lafont, seu jogo de sedução mal disfarçado, o gato, o Roederer e as framboesas... Ele relembra o sorriso afável de Stülpnagel na noite de seu aniversário — e o próprio Speidel, ansioso, cochichando no balcão com oficiais desconhecidos. *Todos eles me usaram. Todos. E quem teria me prevenido se Inga Haag não tivesse passado por aqui esta noite?* Ele está implicado até o pescoço num projeto de atentado de que não sabe nada ou quase nada. Se o atentado malograr, todos os que participaram dele estarão à mercê dos lobos.

Ele se sente sem chão, gostaria de desmaiar de novo.

Que isso acabe logo, pensa, fechando os olhos.

12

20 de julho de 1944

Às dezoito horas, como um autômato, Frank Meier abriu o bar. Não soube fazer outra coisa, apesar da grande ansiedade. Sozinho em casa pela manhã, estava desnorteado. Nenhuma notícia na Rádio Paris sobre um atentado contra Hitler; pela manhã, encontrou os dois bilhetes comprometedores na gaveta da escrivaninha e imediatamente os queimou na pia da cozinha. *O que fazer depois?* Ficar na rua Henri-Rochefort esperando lhe pareceu insuportável. Ele não conseguia ficar parado. Então, barbeou-se bem e cuidou do ferimento antes de vestir uma camisa branca de colarinho engomado, botar uma gravata preta e calçar os sapatos de verniz. Destino: praça Vendôme, como todo dia há vinte e três anos.

O Ritz continua sendo mais ou menos tudo o que me resta.

Ao ver o coronel Speidel caminhar, agitado e sério, para o seu balcão, Frank veste o paletó branco que havia colocado cuidadosamente sobre um banco a seu lado.

— Poderia me servir uma vodca dupla?

— É pra já.

— Está bem calma esta noite — diz.

— O senhor é meu primeiro freguês.

— A calma antes da tempestade...

Frank não ousa incentivá-lo a falar mais, principalmente porque ele acaba de descer o copo com a velocidade de um Stuka a pique.

— É para esta noite.

Por que diabos Speidel apareceu aqui num momento como esse?

— Talvez possamos vir a brindar, você e eu, à retomada do poder na Alemanha, Frank...

Ele sabe que estou a par do complô? Sem dúvida.

Com um movimento do queixo, Speidel pede outra vodca. Frank atende, com mão mais leve, depois despeja água num copo para si mesmo. De repente, o telefone do bar tilinta. O coronel não reage. Frank também não. Speidel examina as próprias mãos. Segundo toque. O oficial alemão ergue os olhos para o barman e o fita com intensidade. Frank sustenta o olhar. O tempo parou. Terceiro toque, Frank tira o fone do gancho.

— Alô?

Uma voz alemã, calma, distante e grave, pede para falar com o coronel Speidel. Frank estende lentamente o fone para seu único freguês. Febril, Speidel agarra o telefone, inspira e cumprimenta com voz baixa, depois fica escutando seu interlocutor sem dizer nenhuma palavra. Os segundos se desfiam num silêncio de morte, o rosto de Speidel continua impassível, o olhar está parado no vazio. Frank espreita o menor indício. Nada. Speidel, sem uma palavra, devolve o fone a Frank.

— Está tudo perdido...

Sua voz está apagada.

— Está tudo perdido, Frank. Hitler sobreviveu ao atentado.

Frank tenta aparar o golpe, mas seus ouvidos zumbem. Sente que cambaleia. Agarra-se ao balcão. Speidel se levantou.

— Meu Deus, estamos correndo para a catástrofe, Frank. Stülpnagel, certo da morte de Hitler, mandou prender mais de mil SS esta noite em Paris, entre eles Knochen e Oberg. Pura loucura. Se eu não desaparecer esta noite, vou acabar enforcado com uma corda de piano antes de amanhecer.

Frank Meier despeja vodca num copo e o emborca, por sua vez. Speidel recobrou uma forma de autoridade.

— Acima de tudo, não abandone seu bar, isso seria assinar sua sentença de morte.

— O senhor acha?

— Finja ignorância, confie em mim. Eles têm outras pessoas para caçar antes de pensarem em você.

Frank pega uma garrafa de vodca russa que está atrás dele.

— Leve isto com o senhor.

Speidel enfia a garrafa na mochila, com o olhar cheio de gratidão. Frente a frente, os dois veteranos de 1914 apertam-se calorosamente as mãos.

— É hora do adeus.

— Até logo, coronel.

— Sua elegância é extraordinária, Frank.

Speidel passa pela porta sem se voltar e sai do Ritz pelo lado da rua Cambon. Sua silhueta alta e desengonçada desaparece na noite. Aterrorizado, Frank não pode deixar de pensar que ele também poderia acabar enforcado com uma corda de piano — *o suplício dos renegados*.

O que aconteceu?

Ele liga seu rádio de galena no depósito. A Rádio Paris está transmitindo a mensagem que Adolf Hitler acaba de dirigir ao povo alemão: "Eu não sei quantos atentados foram planejados e perpetrados contra mim. Se falo com os senhores hoje na rádio, é para ouvirem minha voz e saberem que estou incólume. Um grupelho de oficiais ambiciosos, sem honra e de uma idiotice criminosa, fomentou um complô para me matar e eliminar o estado-maior das forças armadas. Dessa vez, saberemos acertar as contas como nós, nacional-socialistas, temos o costume de fazer! Viva a Alemanha!"

Frank é incapaz de ir andando para casa. Enxuga a testa com as costas da mão, desdobra o colchão e se encolhe sob o balcão, com a boca pastosa, o cérebro em desordem, o paletó branco como mortalha.

13

21 de julho de 1944

Desde o amanhecer, o Ritz está coalhado de SS. Foram eles que acordaram Frank, que se encontrava deitado em seu colchão improvisado. São no mínimo uns quarenta vasculhando tudo, vociferando pelos andares, vingativos, exigindo acesso a todos os quartos.

Por enquanto, os SS parecem não saber ainda da história do "ponto morto", mas é uma questão de horas. E, pelo modo como Elmiger o fuzilou com o olhar ao meio-dia, Frank deduz que o diretor desconfia de alguma coisa.

Georges aparece.

— Que zona é essa? Você ouviu o que estão falando por aí? — pergunta preocupado o fiel ajudante. — Que Stülpnagel e Speidel estavam na jogada?

— Eu sei, sim.

— Não me conformo. Esses dois caras conspirando contra Hitler. Eu me lembro deles, aí, no balcão... Se isso for verdade, a boneca maquiada também estava na jogada!

— Claro que estava, Georges.

Frank ainda pensa por um instante em guardar segredo, mas já não aguenta mais. E também toma consciência de que a ignorância de Georges não o põe a salvo do perigo.

— E, para te dizer tudo, eu também.

Frank sente, imediatamente, que descarregou um imenso peso dos ombros. Georges, porém, está assustado.

— O quê?

— No início, Stülpnagel simplesmente me pediu que entregasse algumas mensagens, Inga Haag também. Você achava que ela me dava bola, eu achava que eles tinham um relacionamento. Sem entender de fato o que se tramava desde o mês de abril, eu servi de ponto morto para os conspiradores.

Georges registra a informação com a testa franzida. Envelheceu de repente.

— E você fica aí?! — diz com exasperação e ansiedade. — Cai fora, caramba, cai fora, Frank! Você não vai escapar das garras deles!

— É tarde demais. Estou proibido de sair do hotel até segunda ordem. Eles estão de olho em mim.

— A gente tá encrencado, precisa dar no pé o mais depressa possível!

— Você pode — diz Frank. — Se manda antes que eles voltem. Dá o pira antes que eles te enjaulem comigo.

— Tudo bem — cede Georges, com certa facilidade. — Eu vou bater em retirada, mas não vou ficar longe, hein, de tocaia!

— E você diga a eles que eu não era apenas um colaboracionista, hein?

Georges ainda encontra forças para sorrir.

— De quem? Do que é que você está falando?

Georges pega o paletó, espera que as vozes silenciem no corredor e toma o caminho da saída. Na soleira da porta, volta-se pela última vez.

— "A vitória, cantando, nos abre a barreira, a liberdade guia nossos passos, e de norte a sul a trombeta guerreira soou a hora dos combates..."

"O Canto da partida." Aquele que os soldados da Grande Guerra cantavam para dar coragem uns aos outros. Foi Georges que lhe ensinou, em 1916.

— "Tremei, inimigos da França, reis ébrios de sangue e de orgulho" — prossegue Frank. — "O povo soberano avança, tiranos, descei ao sepulcro."

Ele ainda está arrepiado quando Georges Scheuer, seu irmão de armas, finalmente desaparece em direção à rua Cambon. Agora ele está sozinho em face do inimigo.

De repente, o que vem depois lhe parece claro. Ele será detido, acusado, preso e torturado, provavelmente. *O destino finalmente concorda em me atribuir um papel*, pensa, tentando afastar o pavor. *Já estava na hora. Acabou-se a guerra escondido atrás do balcão, eu saio para existir nesse mundo insano. Eu também, um dia, poderei contar que sofri nos cárceres de Moloque e, se morrer, Georges se lembrará disso por mim. A honra está salva.*

A honra, é mesmo?

Você está delirando, pobre coitado, pensa, esvaziando o copo.

Acende um cigarro, contorna o bar e desaba numa poltrona, com uma sensação de náusea no peito e o medo nas vísceras.

14

23 de julho de 1944

Faz quatro dias e três noites que Frank não sai do bar. Vive num campo entrincheirado, de camisa amarrotada, cabelo sujo e barba que parece lixa. Raciona cigarros como se tivesse de aguentar um longo cerco, lava o rosto na torneira do depósito e convive como pode com um hálito fétido, enxaguando a boca com Cointreau. O bar era sua igreja, e agora ele está enclausurado no escuro, de ouvido alerta e portas fechadas, sozinho em sua sacristia, sem comunicação com o mundo. Ninguém pensou em vir procurá-lo. Os SS o teriam esquecido? Na segunda noite, num delírio nervoso, ele se viu como Jesus Cristo crucificado, mas parecia que o martírio se negava a ele. Agora, está à espera de seu Judas disfarçado de legionários germanos, mas nada acontece como previsto. O suplício é adiado — a menos que já o esteja vivendo, prisioneiro voluntário de um cárcere abandonado.

Faz dois dias que não se ouve mais nenhum barulho no hotel. Nenhum vestígio de Elmiger, de Claude Auzello ou da Viúva. *O Ritz teria sido fechado?* Punido por ter abrigado a felonia de alguns generais alérgicos aos nazistas? Se for assim, a Velha deve ter execrado mil vezes o nome dele. Frank vive na penumbra, à luz de uma vela raquítica, com o corpo entorpecido. Para lutar contra a solidão nesse silêncio lúgubre, ele às vezes mergulha na coletânea de poemas de Goethe que Inga Haag lhe deu:

"Olhos meus, olhos meus, por que se fecham? Sonhos dourados, retornem. Vai-te, sonho, por mais dourado que sejas; aqui também está o amor, aqui também a vida." A cada noite, ele tenta trazer de volta à memória o som das risadas e os arrebatamentos líricos dos dândis do Clube das Quintas-Feiras. Eles se esvaem aos poucos, mas ele tem a impressão de captar seu eco, ao longe, num passado extinto.

Logo serão seis horas; apegando-se ao ritual para não naufragar na loucura, Frank põe o rosto debaixo da água e veste o paletó branco, como se fosse abrir para fregueses imaginários. Faz três dias que não come, a não ser azeitonas e algumas frutas; a fome o atenaza, e a cabeça começa a girar. Ele aproxima a vela do retrato de Fitzgerald. Voltou a ele várias vezes, como se procurasse penetrar o segredo daquele olhar afável. *O que há de tão tranquilizador nessa imagem? Um paraíso perdido, uma bonança ou um pai?* Era primavera de 1936, faz mil anos. Desde então, o mundo desabou. *O que poderia ter escrito o velho Scott sobre todo esse tumulto?* Decerto o jovem Nick Carraway teria morrido numa praia da Normandia... O afilhado de Gatsby, crivado de balas, de costas para o céu e os braços em cruz; o fim do sonho americano sob a metralha alemã...

E de repente, uma voz:

— Frank? Está aí?

Há um homem atrás da porta. Ele sussurrou, Frank não reconheceu a voz. Sopra a vela e se refugia atrás do balcão. Reflexo animal.

— Frank — retoma a voz —, tenho certeza de que você está aí. É o capitão Jünger.

Jünger! Seria ele o Judas vindo para me entregar aos molossos?
Ou será que vem como salvador?

— Vim me despedir de você. Se estiver aí, abra.

— Um instante, capitão!

O instinto falou mais alto. Frank vai oficiar pela última vez atrás do balcão. Fará de Jünger seu sacristão, e juntos celebrarão a eucaristia das almas perdidas. Ele reacende a vela, acrescenta mais duas, rearruma o balcão e se dirige para a porta.

— Boa noite, Herr Jünger...

— Herr Meier! Eu tinha certeza de que estaria aí, fiel ao posto. Posso entrar?

— Pois não, são seis horas. Seja bem-vindo.

Jünger veio de terno bege malpassado. Pareceria uma pessoa qualquer sem seu arsenal de esteta, não fosse pelo olhar... Misto de autoridade e melancolia, esse olhar tem um feitiço do qual é impossível se furtar.

— Não se enxerga muita coisa aqui, está fazendo alguma vigília?

— Digamos que não tenho vontade de ser incomodado...

— Ah — exclama Jünger, como se fosse quase normal. — Está se escondendo?

— Sim e não. Esperando.

Jünger o observa em silêncio.

— O que é que você serviria a um sujeito de seu tipo?

— Hum... Um *calvados*, acho.

— Eu deveria ter pensado nisso. Talvez você pudesse nos servir dois, e brindaríamos a nosso adeus?

— Pois não. Concordaria em picar um pouco de gelo, capitão?

— Com prazer.

— Venha comigo e pegue o picador na ponta do balcão.

Jünger não se faz de rogado.

— Aqui estou de ajudante — diz. — Acho divertido.

— Ótimo.

Como alguém pode ter grande inteligência, uma cultura tão vasta e continuar com uma simplicidade tão desconcertante?

Essa é a essência da grandiosidade, pensa Frank. Jünger se instalou atrás do balcão, onde Luciano trabalhava. O rapaz ficaria tão orgulhoso se pudesse vê-lo assim aplicado. O grande escritor empunhou o picador de gelo.

— Não saio daqui há três dias — confessa Frank finalmente, abrindo sua última garrafa de Pays d'Auge. — O hotel está fechado?

— Não que eu saiba, mas não há mais ninguém. Para chegar aqui ao bar, tive a impressão de estar na nave de uma catedral deserta. Que dias estranhos...

Jünger ataca a barra de gelo com uma habilidade impressionante.

— Se ficou aqui, não está a par de nada?

— Do atentado fracassado? Sei, sim, pelo rádio. Stülpnagel...

— E sabe o que ele fez anteontem?

— Não...

— Depois do fiasco do atentado, ele foi intimado a ir a Berlim. Stülpnagel tinha ordem de subir num avião, mas preferiu ir de automóvel. Chegando bem perto do forte de Vaux, pediu ao motorista que parasse para se recolher no local em que ele e seus homens foram brutalmente vencidos em 1916. Afastou-se do carro, e depois soaram dois tiros.

— Meu Deus...

— Duas balas de revólver na cabeça, mas não é que o cara falhou?

— Onde ele está agora?

— Foi atendido no hospital de Verdun. Nossos médicos estão fazendo de tudo para salvá-lo. Têm o maior medo de que ele morra.

— Por quê?!

— Hitler exigiu que ele seja entregue vivo à Gestapo para ser torturado.

— É abominável.

Jünger aquiesce em silêncio, degusta um pequeníssimo gole de *calvados*.

— Anteontem Stülpnagel e eu devíamos jantar juntos. Antes de sair de Paris, o general teve o cuidado de me avisar para desmarcar, percebe? Mesmo a caminho do cadafalso, um aristocrata da categoria de Stülpnagel não consegue renunciar à cortesia e às boas maneiras.

Frank não incentiva Jünger a abrir-se mais. Limita-se a balançar a cabeça. Não consegue ter pena de Stülpnagel: ainda sente raiva dele por tê-lo manipulado, e o general derramou sangue demais em Paris. Em compensação, o destino de Speidel o atormenta.

O que será dele se for agarrado pelos SS? Uma morte atroz, sem a menor dúvida.

Jünger, como que lendo seus pensamentos, lhe dirige um sorriso desolado.

— Você estava a par desse complô?

— Claro que não, como estaria? Stülpnagel me apreciava, era recíproco. Quanto a Speidel, ninguém ignora que ele gostava deste lugar. Nada além disso.

Jünger ergue ligeiramente as sobrancelhas.

— Seu copo está vazio, quer mais um *calvados*, Frank?

— Com prazer.

— Vou picar mais um pouco de gelo. Que atividade maravilhosa à luz de vela. Isso me lembra a infância, quando eu passava as noites lendo livros com velas. De manhã, estava cansadíssimo e tinha muita dificuldade para me concentrar na escola. Era péssimo aluno!

— Não acredito muito, Herr Jünger...

— Engana-se. Eu detestava a escola. Preferia passear na natureza com meu irmão. Examinávamos os insetos. Juntávamos seixos ou plantas extraordinárias, era uma vida maravilhosa. Foi há tanto tempo... Depois, conheci a guerra antes de conhecer as mulheres. Desafiei a morte. Fui ferido catorze vezes. Era apaixonante ouvir o canto dos pássaros.

O *calvados* é servido. Jünger faz o líquido girar no copo como se gira a língua na boca antes de falar.

— E hoje — prossegue —, estou corroído pela dúvida. Para resumir, Frank, não acredito mais em muita coisa. Nem no mal, nem na bondade, nem em Deus, nem mesmo no homem. Durante muito tempo, imaginei que, por trás do caos insensato da guerra, alguma coisa nos superava e havia uma ordem invisível. Estava enganado! Depois desta guerra, se a providência ainda me der vida, vou me impor um exílio interior. Não avisto nenhum outro horizonte possível para mim.

— À sua saúde, Herr Jünger...

— À sua, Herr Meier.

Eles bebem de um trago, repõem ruidosamente o copo no balcão e riem do gesto dos dois. Talvez não se revejam nunca mais e sabem disso, mas estão ligados pelo resto da vida.

— Vou precisar deixá-lo, Herr Meier. Devo continuar meu giro de adeuses. Diga uma coisa, já dormiu no Ritz?

— Ah, não — diz Frank. — Os quartos não são reservados aos empregados.

Ernst Jünger aponta um dedo benevolente em sua direção.

— Pois bem, em seu lugar, eu aproveitaria. O hotel está deserto. Vá para os andares de cima, escolha uma bela suíte e tome um bom banho.

— O senhor me faz rir.

— Estou falando sério. Você sobreviveu até aqui. Nessa grande borrasca, provou que tem recursos. É um feito que você realizou, Frank.

— Vou pensar no assunto...

— Pense. Dê prazer a si mesmo. Adeus, Herr Meier.

— Adeus, Herr Jünger.

Esta guerra terá sido uma sucessão de separações.

Apropriar-se de um quarto, é mesmo? Afinal, por que não? Aí está algo petulante. Glória a Ernst Jünger! Sim, é possível ser forte sem temer ser vulnerável. Esta noite, vou me deitar na grande cama de uma suíte luxuosa e dormir até o desfecho dessa guerra interminável.

SÉTIMA PARTE

Estranha derrocada

JULHO — AGOSTO DE 1944

1

25 de julho de 1944

Hotel Ritz, quarto 202. Tapete de lã, uma escrivaninha com tampo, estilo Luís XVI, um busto de Goethe na lareira e, de frente para ele, uma imensa cama com travesseiros espetaculares de plumas de barnacle do Canadá. A colcha é matelassê, os lençóis, de seda — e, debaixo desses lençóis, o rosto adormecido de Frank Meier. Que poderia dormir ainda muitas horas, se, de repente, uma rajada de metralhadora não tivesse irrompido sob suas janelas. Ele acorda ofegante, com o coração em disparada.

Quem pode ter atirado no meio da rua neste bairro? Será algum acerto de contas? Finalmente começaram os combates? Impossível saber. Na junção das cortinas, ele adivinha a luz rutilante de um sol de julho. Frank não sabe quanto tempo dormiu. Também não tem a menor ideia do que pode estar acontecendo lá fora. O tiroteio parou. A calma voltou. Ele goza a suavidade do lençol sobre sua pele de velho urso e, aos poucos, voltam-lhe as imagens. Jünger no bar, o último *calvados*, as escadas vencidas a passo de gato num hotel deserto, o quarto aberto, vazio. Antes de se deitar, regalou-se com um banho demorado, espuma perfumada de vetiver. Depois fez a barba; ainda está cheirando a água-de-colônia. Faz uma careta quando se lembra de seu corpo emagrecido, que ele esquadrinhou diante do grande espelho. Ombros encurvados, olheiras, sexo flácido: um corpo humano afligido por quatro anos de angústia. Ele envelheceu, e suas carnes estão moles.

Quem as quereria ainda? Mais de quatro anos sem apertar uma mulher nos braços — saberia ainda fazer isso, se houvesse uma oportunidade? Ele sabe que Georges gosta de frequentar casas de tolerância. Ele sempre as evitou.

Pudor e orgulho em demasia.

Hoje de manhã, seu sexo continua a meio pau, mas o estômago se faz lembrar. Sua última refeição de verdade data de pelo menos quatro dias. Talvez mais. Ele tem a ideia de chamar o serviço de quarto. Poderia pedir que trouxessem um desjejum? *Ovos mexidos e brioche morno, um litro de café...* Imagina a cara do camareiro abrindo a porta e descobrindo-o, a ele, Frank Meier, espojado naqueles lençóis de luxo. *Se é que ainda restam camareiros, claro.*

É nesse exato instante que batem à porta.

— Frank, está aí?

Não é um camareiro.

É a voz de Elmiger. Como ele pode estar sabendo?

— Frank, é o diretor. Está acordado?

Acordado, sim. Mas nu.

— Um instante, senhor!

Frank se levanta num pulo e corre para o banheiro. Enxágua rapidamente a cabeça e veste correndo um penhoar. *O que Elmiger pode estar querendo?* Frank puxa as cortinas e fica enceguecido pela luz. E por que o patrão está batendo à porta se deveria entrar com autoridade e botá-lo para fora a pontapés de bota lustrada?

— Estou indo!

Faz vinte e três anos que Frank Meier convive com o luxo e, agora que é surpreendido num quarto, reage como o filho de operário austríaco que nunca deixou de ser. Como vai justificar sua presença aqui? Atravessando o quarto, tem a ideia de afirmar que o próprio Jünger está disposto a pagar a despesa.

Que nada, isso é ridículo.

— Senhor diretor, bom dia.

— Bom dia, Frank. Posso entrar?

— Por favor! A casa é sua...

Elmiger não parece furioso. Está calmo, impecável no terno e colete de *tweed*, camisa branca e gravata *ascot* com um alfinete de latão espetado.

— A governanta ouviu você roncar ontem à noite — diz ele. — A Sra. Bourhis tinha certeza de que o quarto estava desocupado, então nos avisou imediatamente. Abrimos a porta, e você estava aí, dormindo como um recém-nascido.

— Ah, bom, eu... Na verdade, não ouvi nada. Acordei há dez minutos com uma metralhadora, bem ali, na rua Cambon.

— Escute, Frank, nós estamos num dilema. Dentro de alguns dias, ou algumas semanas, os alemães saem de Paris. Em que estado vão deixar o Ritz? Nem imagino. Por enquanto, eu preciso pensar na chegada dos Aliados e, ao mesmo tempo, administrar a presença de nossos hóspedes. Um verdadeiro quebra-cabeça. A única solução é você reabrir o bar. Para os alemães, mas que tudo fique discreto.

— Um bar privado, o senhor quer dizer?

— De algum modo. Nós diremos aos americanos e aos ingleses que fomos obrigados a isso. É um número de equilibrista. O que acha?

— Devo admitir que faz sentido.

— Bom. Para os de fora precisamos dar a impressão de que seu bar está fechado. Portanto, durante o tempo que durar nosso pequeno entendimento, eu proponho que você fique neste quarto. Vai administrar sozinho o bar, receber os mandachuvas como sabe muito bem fazer, mimá-los, e assim eles me deixam em paz. E, como contrapartida, você fica morando aqui.

Frank está completamente acordado. Dormiu, então, naquele quarto por mais de vinte e quatro horas...

— E a Gestapo? — pergunta ele.

— Os SS estão muito ocupados, acredite. A polícia nazista está expurgando o estado-maior da Wehrmacht, uma verdadeira sangria. Faz cinco dias que alguns dos fregueses alemães do bar desapareceram da circulação, mas a Gestapo nunca procurou saber onde você estava. Vamos cruzar os dedos para que continue assim.

Frank aquiesce com um sinal da cabeça.

— Serei digno de sua confiança, senhor.

— Conto com você, Frank. A Sra. Ritz também. E tire esse penhoar feminino, não sei se lhe cai tão bem como em Barbara Hutton.

2

2 de agosto de 1944

Ontem, dois fregueses. Quatro anteontem. Oficiais alemães recém-chegados, semblante sombrio e álcool para afogar a amargura. Mas Frank pode se queixar? Cada vez que alguém entra pela porta, ele teme um SS.

— Está falando sozinho, Frank?
— Sacha! Que surpresa... Estou tão feliz de vê-lo.
— Está aberto, meu amigo?
— Oficialmente, não.
— Posso, mesmo assim?...
— Claro. Mas feche a porta, por favor.
— Escute, me sirva um Americano. É da temporada.

Guitry vai ter senso de caçoada até no túmulo.

— Estamos nos preparando para viver horas sombrias, pode crer, Frank. Vim a pé do Odéon. Eles instalaram cavalos de frisa com arame farpado em volta de toda a Concorde, intransponível. Precisei passar pelas Tulherias. E você viu? Eles puseram as estátuas em fossas para protegê-las das bombas. As ruas estão desertas, a hora do acerto de contas está chegando...

— Aqui está — diz Frank pondo o copo diante dele. — Peço desculpas pela falta da fatia de laranja. A América ainda não está aí por inteiro.

Guitry sorri brevemente, bebe um gole, parece apreciar.

— Já não posso nem levar meu cachorro para passear — diz ele. — Sabe por quê? As autoridades alemãs estão requisitando os cachorros parisienses com mais de quarenta e cinco centímetros de ombro.

— Mas para quê?

— Estão dizendo por aí que eles querem adestrá-los para se enfiarem debaixo dos tanques americanos com cargas explosivas amarradas nas costas. Pobres bichos. É a vez de os animais serem sacrificados no altar da fúria. Estamos fugindo de Cila para cair em Caríbdis.

Frank se lembra dos relinchos de pânico dos cavalos mutilados, que se misturavam aos estertores dos soldados feridos no campo de batalha. O coral macabro dos danados da guerra.

— Os pobres animais sofriam tanto quanto nós em Verdun — relembra. — Não tinham pedido nada. Nós também não, veja só. Depois disso, fiquei com imensa afeição pelos pangarés...

— Eu compreendo — diz Guitry. — Estou escondendo meu belo spaniel bem no quentinho.

— Desconfie do porteiro. Paris está coalhado de delatores.

O dramaturgo ri.

— Medo nenhum desse lado. A minha porteira fica muito mais chocada com a caçada aos peludos do que aos judeus...

Frank não consegue segurar uma careta de repulsa e logo se recrimina por isso. Alguns anos antes se controlaria. Seus diques começam a ceder.

— A humanidade me consterna — conclui Guitry.

Por reflexo, o dramaturgo pega o jornal que está no balcão. *Le Matin* só anda imprimindo uma folha, rosto e verso. E, atrás da ladainha dos bombardeios, detenções da Milícia e assassinatos cometidos pelos "terroristas da Resistência", os classificados estão cheios de repasses de estabelecimentos comerciais. Embaixo, à direita, pela primeira vez, um encarte publicitário do *Libération*, "o grande semanário político e literário".

— A censura está se relaxando — acrescenta, lacônico. — O fato é que Pétain deveria ter ido para o Norte da África já na invasão da zona não ocupada pelos alemães. As condições do armistício estavam rompidas, ele podia sair da França, pegar outro caminho, associar-se a de Gaulle. Mas não fez isso. O gosto desmedido pelo poder e a vaidade guiaram a escolha dele de ficar em Vichy, com o estorvo do Laval. Que besteira!

Frank sente uma ponta de orgulho por discutir tão livremente com Guitry. *Ao diabo os diques!*, pensa. Por uma noite, decide abandonar a neutralidade de barman.

— No início, acreditei nele, Sacha — admite. — Achei que Pétain agiria melhor do que os desastrados do bando de Paul Reynaud e Édouard Daladier...

— Todos acreditamos, Frank. Fomos logrados. Não percebemos o sentido da História. Tomara que a gente não pague caro demais.

— Acha que estamos em situação complicada? — pergunta Frank.

Guitry ergue brevemente os ombros.

— Você, não sei. Quanto a mim, é um pouco diferente. Meu amigo Albert Willemetz afirma que já estão sendo instalados comitês de expurgo e que meu nome aparece com frequência como colaboracionista ou traidor da pátria. Estão exigindo minha execução...

Do que realmente Guitry pode ser acusado?, pensa Frank.

De ter exercido seu ofício? De ter acreditado no Marechal?

De ter convivido com os alemães no Ritz? Exatamente como eu...

Isso basta para nos transformar em canalhas?

3

9 de agosto de 1944

A viúva Ritz convocou todo o pessoal ao meio-dia. Estão reunidos no salão de Gramont. *Quantos somos? Uns vinte, se muito*, conta Frank. Tudo o que resta da magnificência do Ritz. Cinco camareiras de rosto vincado e olheiras, uma governanta abatida com um coque desmanchando, o *chef* e seu assistente vestindo aventais manchados, o velho auxiliar, três garçons históricos, um *maître* envelhecido, dois mensageiros macilentos, um porteiro ansioso e agora quase calvo, um gerente de manutenção que funciona como barbeiro e um barman deprimido. A ruína.

As mulheres formaram um grupo. Discutem em voz baixa perto da porta-balcão que dá para o grande jardim inundado por um sol no zênite. Frank não tem dificuldade para imaginar o que estão dizendo: nunca ousarão pular do navio por si mesmas, porém temem a chegada dos Aliados. Como eles vão se comportar no Ritz? Não vão querer se vingar daquele lugar que se tornou símbolo da Ocupação? Todos esperam o fechamento do hotel. Uma pausa de algumas semanas.

Dormir, esperar o retorno da paz.

— Bom dia a todas e a todos. Agradeço por estarem aqui — anuncia Marie-Louise, ladeada por Elmiger e Claude Auzello, que, por sua vez, se limitam a um sinal de cabeça.

O diretor traja seu terno com colete. Solene, mantém-se ereto, ligeiramente recuado, com as mãos cruzadas atrás das costas. Os empregados observam sobretudo Claude Auzello, que não aparece há semanas e está irreconhecível. Tem as faces emagrecidas, as maçãs do rosto salientes, o colarinho da camisa largo demais, tal como seu blazer de jérsei. Deve ter perdido mais de dez quilos, sua aparência causa pena. Nervoso, carrega os estigmas do desespero e fica olhando para o jardim, a fim de evitar os olhares alheios.

Como ele ama Blanche...
Em que estado estará ela?
É preciso fechar o hotel. Parar com tudo isso. Parar de pensar.

Marie-Louise Ritz está de preto, com suas indefectíveis luvas brancas. Dirige um sorriso sonso para as mulheres reunidas à sua direita, pigarreia.

— Estamos prestes a atravessar um período de incertezas e angústias — prossegue a Viúva —, mas não se esqueçam de que somos uma família. A família do Ritz. Precisamos nos amparar mutuamente. Hans Elmiger e eu solicitamos conselhos a Claude Auzello e nós três estamos empenhados em fixar um rumo...

Grande família do Ritz, que piada!

— Assim, decidimos continuar abertos, custe o que custar.

Murmúrios na assistência. Pelo salão, um burburinho de queixumes. A Sra. Bourhis, governanta, está quase chorando. O *chef*, consternado, meneia a cabeça suspirando. O velho *maître*, sarcástico, aplaude em silêncio. Essas coisas não agradam nada à viúva, que morde o lábio superior. Frank Meier sabe muito bem que esse tique é sinal de raiva muda.

— Esperem! Um instante. Por favor! Escutem... Soubemos absorver a chegada dos alemães, vamos saber digerir a dos Aliados, não?

Ninguém encontra nada para responder. A Velha se apressa a considerar concordância o que não passa de imenso abatimento.

— Pois bem — diz ela. — Enquanto isso, três coisas...

Pronto, é a volta dos decretos, pensa Frank.

— Primeiro, informo que o general von Choltitz se hospedou ontem à noite entre nós. É o novo governador militar de Paris. Ele encarna a autoridade alemã. Nenhum cinismo em relação a ele, eu lhes encareço! Peço-lhes que sejam dignos de nossa casa.

Silêncio.

Será que ela acha que alguém aqui iria cuspir na cara de um general alemão?

— Por outro lado, eu lhes digo que estou indignada com a voracidade de alguns hóspedes nossos. Depois de ter sido tão hospitaleira com eles, ontem fiquei sabendo que alguns demonstram uma patifaria sem tamanho. Segunda-feira à noite, um caminhão inteiramente carregado de móveis preciosos do Ritz saiu da praça Vendôme rumo à Alemanha. É uma vergonha! Faço questão de que os senhores nos informem o mais depressa possível de qualquer mínima pilhagem que chegue a seu conhecimento, para que o Sr. Elmiger vá de imediato se queixar ao general von Choltitz. Precisamos proteger nosso patrimônio.

Elmiger não pestanejou, impassível. Frank sabe que nem por isso está de acordo. *Como a Viúva pode lhe pedir que vá se queixar com Choltitz se sabe muito bem que a ordem de despojar o hotel vem do próprio Göring? Essa rapina está destinada à sua residência de Carinhall.*

— Por fim, em vista das mudanças que vêm por aí, espero que os quartos desocupados fiquem impecáveis e prontos para hospedar oficiais americanos. Que tenhamos como lhes servir um jantar refinado. Que sejamos capazes de cuidar muito bem do cabelo e da barba deles. Verifiquem as provisões de água-de-colônia. Que o bar seja abastecido de bebidas que eles apreciam. O senhor conhece bem a cultura deles, senhor Meier, separe as bebidas preferidas deles, estoque discretamente...

Ela virou a cabeça para Frank. Ele não se rebaixa a aquiescer.

— A transição para as forças aliadas deve ser feita sem contratempos, com elegância e naturalidade. Vamos pôr todas as chances a nosso favor. Preparem-se para o futuro. Eu conto com os senhores!

A Velha virando casaca!

Será que foi Claude Auzello que acabou por convencê-la?

Mas eis que Elmiger se adianta.

— Eu gostaria de acrescentar que a Sra. Ritz se comprometeu a gratificar cada um com um bônus de dois mil francos, que será pago todo fim de semana, até segunda ordem — anuncia. — Esse bônus é pelo reconhecimento da coragem e da fidelidade dos senhores.

Alguns milhares de francos para todos, mas milhões em jogo para ela. Frank acredita ouvir em cada funcionário uma vozinha sussurrando: *Vai se foder*. Cada um se prepara para voltar a seu posto num silêncio de morte, quando Claude Auzello levanta um dedo um pouco trêmulo.

— Desculpe, senhor Elmiger, posso acrescentar uma coisa?

Elmiger retrocede, num gesto um tanto desajeitado. Aparentemente, aquilo não estava previsto.

— Bom dia a todas e a todos — começa Claude. — Estou diante de rostos familiares, e isso me aquece o coração. Hans Elmiger tem razão. Se a alma de nossa nobre casa resiste, se ela ainda conserva sua classe, é graças à tenacidade dos senhores.

Com a voz titubeante, o ex-diretor está dominado pela emoção. Enfraquecido, mas lá, em pé, solene. O silêncio é religioso. Elmiger retém a respiração, também percebe que está acontecendo alguma coisa.

— Conheço cada um aqui. Recrutei a maioria. Sra. Bourhis, sua lealdade que admiro. Sr. Brun, seu talento. Srta. Fontaine, seu sorriso. Sr. Lefort, sua risada. Srta. Ley, sua inestimável discrição. Srs. Drach e Drancourt, a malícia e a alegre desenvoltura. Srtas. Kuppens e Prestail, a comprovada dedicação. Sr. Field, sua elegância e cara de pintor belga. Sr. Musitelli, sua simpatia lombarda, e caro Sr. Meier, que me acolheu na praça Vendôme há mais de vinte anos, louvo sua fidelidade a toda prova.

Cabeças balançando. Nós nas gargantas.

— Conheço em todos o senso de dever e o gosto pelo trabalho. O espírito de sacrifício e a coragem. Na verdade, os senhores são os verdadeiros herdeiros de César Ritz. Ele teria orgulho dos senhores, podem ter certeza! Há quatro anos, fizeram o melhor que podiam. Tenham paciência. Em breve, recobraremos a liberdade. Estamos sentindo que sim, não é? Nós sentimos! Os lobos cinzentos agora só têm três patas. Estão mancando. Tenham paciência, repito. Viva a França livre!

Um breve instante de silêncio.

Depois a sala explode. A Viúva finge que aplaude, até ela.

— Muito bem! — Grita André Brun, exaltado. — Muito bem e obrigado!

Marie-Louise danada, pensa Frank. *Você vai precisar engolir uma colônia de sapos, mas vai sair incólume, graças a ele. O barão Pfyffer tinha razão lá na sua Suíça: conservar Auzello era apostar no futuro.*

Futuro. Agora parece que a gente quase consegue tocá-lo.

4

21 de agosto de 1944

Frank não põe o nariz para fora há uma semana inteira, mas isso não o impede de ouvir os ruídos que percorrem Paris. Nem passou por sua casa para pegar a correspondência, caso Jean-Jacques tivesse mandado uma carta ou alguma notícia.

Elmiger lhe disse que, em Gennevilliers, mulheres acusadas de dormir com alemães tiveram o cabelo raspado e depois foram exibidas nuas e marcadas com uma suástica na testa. Começam os acertos de contas. Os homens humilhados durante quatro anos se vingam em mulheres jovens, o que diz muito sobre o ambiente que se prepara. *É patético*. Por outro lado, trinta e quatro rapazinhos que queriam se aliar à Resistência caíram numa emboscada esta noite. Foram executados friamente pelos SS no bosque de Boulogne. A maioria não tinha ainda vinte anos.

Que isso acabe, e depressa.

A primeira página do *Combat* anuncia que as tropas aliadas estão a seis quilômetros da capital, que de Gaulle estaria em Cherbourg. Isso cheira a fim.

Sentado no vestíbulo da sala da Velha, Frank quebra a cabeça para entender como esse jornal da Resistência pode ter aterrissado numa mesinha do Ritz. A coisa está se esfarelando por todos os lados. Ele lê unicamente as manchetes, sem ousar pegar o jornal, por medo de ver a Viúva surgir.

São dez horas, ele tem reunião com ela, como sempre. *O que ela quer de mim agora?*

Frank espera com paciência, é um talento dele. Seu olhar se detém na pequena lareira de mármore branco. O tremó Luís XVI está revestido por um espelho Império e por uma pintura do século XVIII, que representa uma cena de gênero, uma pastoral. Veem-se dois casais de aristocratas no campo, jovens nobres descobrindo a excitação e os prazeres da galanteria. Frank nunca prestou atenção a essa tela antes. Ele toma consciência de que ela estava lá bem antes da chegada dos alemães e provavelmente permanecerá por muito tempo depois da partida deles. É uma permanência que permite relativizar o presente, e esse pensamento o acalma. A marcha da História o supera e, carregado pelo vigoroso rio do longo prazo, ele se sente espantosamente menos frágil.

De repente, a porta da sala da Velha se abre com ímpeto. Frank é bruscamente expulso do devaneio e, por instinto, se endireita. A Sra. Ritz está reta como a justiça, usa um conjunto de três peças azul-marinho de jérsei com listras, uma pitada de fantasia que a rejuvenesce. Roupa nova, sem a menor dúvida Chanel, em estilo estival que em nada se parece com seus hábitos. Daria para acreditar que, assim vestida, ela está pronta para pegar a estrada e fazer um passeio em Cabourg ou Deauville.

Qual é o jogo dela, meu Deus?

A Viúva sorri com o canto da boca, mas seu olhar está agitado. Frank fica preocupado.

— Por favor, Meier, entre!

— Bom dia, senhora.

Frank entra no aposento inundado de sol e logo repara em dois bauzinhos de viagem Louis Vuitton, lado a lado, diante da janela.

Não?! Ela vai dar no pé?

Ele avança maquinalmente em direção à grande escrivaninha de cerejeira envernizada, mas a Velha lhe impõe que se sente no canapé Luís XV, aquele que ela reserva para seus convidados. *Ora essa!* Sem opor resistência, ele obedece, disfarçando a surpresa. Marie-Louise Ritz fecha a porta capitonê e se senta diante dele, em sua *bergère* Luís Filipe, afável e impaciente.

Qual é a falcatrua, Velha?

Depois de se sentar, Frank descobre, aberto sobre a mesinha, um mapa de estradas da região parisiense. Algumas bandeirolas de cetim azul foram pregadas no sul de Paris.

A Velha como chefe de estado-maior?

— Viu a edição do *Combat* na mesinha de canto?

— Dei uma olhada...

— Os Aliados estão às portas de Paris, Meier!

Frank já não consegue saber se Marie-Louise Ritz está alegre ou preocupada com o fato.

Será que ela tem um plano para lutar contra Patton? Ela se acha um Pétain em Souilly...

O que esse mapa esconde, meu Deus?

— Pelas informações que tenho, várias patrulhas do 3º exército americano atingiram Meudon — diz ela, apontando para as bandeirolas.

— Como assim?

— Você vai me ajudar, Meier. Quero sair de Paris e ir ao encontro deles.

— O quê?!

Ela enlouqueceu de tanto ficar fechada aqui?

Segura de si, mas agitada, a Velha lhe expõe seu plano. Recusa-se a ficar aqui de braços cruzados, convicta de que, se não fizer nada, corre o risco de ver o hotel confiscado quando os Aliados chegarem. E cita César Ritz: "Ficar imóvel é morrer." Quer se antecipar à entrada dos americanos em Paris e lhes dar garantias. E previu tudo:

— Você vem comigo, dirige a perua. Mandei carregá-la com seus seis últimos caixotes de Bourbon e vinte e cinco garrafas de champanhe, as últimas também, não vai ficar zangado por isso, não?

— Mas, minha senhora...

— Deixe-me acabar!

Irritada, a Viúva continua. Os dois bauzinhos Louis Vuitton estão cheios de perfumes Chanel, cigarros Balto e chocolates Debauve & Gallais, que ela pretende dar aos oficiais americanos como sinal de agradecimento pela libertação. Eles serão sensíveis aos riscos a que ela se expôs para chegar até lá. Frank não acredita no que está ouvindo.

— E quero sair dentro de uma hora.

— Senhora, eu...

— Não, Meier, escute o que estou dizendo! Você é famosíssimo entre os oficiais e conheceu bem os Estados Unidos, sabe lidar com eles, você vai comigo! Eles vão ficar muito felizes de te ver, como um antegosto de Paris. Vá juntar os apetrechos, você vai fazer coquetéis para eles em cima do capô dos jipes, e nós salvamos nossa cabeça. Eu saberei me lembrar disso, prometo, você será fartamente recompensado!

— Chega, minha senhora! Pare com isso! Percebe o que está dizendo?

Marie-Louise Ritz fica atônita diante da veemência de Frank.

— Nós nunca vamos conseguir sair de Paris com um veículo, vamos ser metralhados no primeiro cruzamento pelos alemães ou por insurgentes.

— Pelo menos vamos tentar! Você é um ex-combatente, Meier, tenha peito!

— Não, minha senhora! Lamento muito.

Frank se levanta bruscamente, a Viúva também. Seu olhar suplica, ela está em pânico. Encara-o com olhos arregalados pelo medo.

— A senhora não percebe que estão atirando de tocaia de todo lado? Todas as esquinas têm barricadas. Nós perderíamos a vida!

— Melhor morrer que perder o meu Ritz...

— Seja razoável, senhora, é tarde demais.

Ela larga o braço dele e lhe lança um olhar cheio de desprezo.

— Quer dizer que você me decepcionou até o fim, Meier. Que idiota que eu sou! Eu tinha esquecido que você não passa de um covarde e um empregadinho. Saia da minha sala!

Frank está estupefato. Ela se sentou de novo na *bergère* e, com um gesto furioso, lança longe o mapa, depois dá um gritinho surdo e cheio de ódio. Toda a sua velhice se concentra em sua silhueta enroscada em si mesma. Marie-Louise Ritz, pronta para atravessar o campo de batalha, a fim de recepcionar os libertadores com a mera esperança de salvar sua obra, o ato de uma heroína... Frank está quase comovido. No vestíbulo, ele se surpreende pensando que a Viúva talvez nunca tenha sido mais humana do que nessa manhã. Ela teme a queda que está vindo, Frank conhece muito bem esse sentimento. A chegada dos Aliados anuncia o fim de um mundo, o mundo de uma velha burguesia reacionária, gangrenada pela ganância há mais de um século.

Qual será a cara do novo mundo?

5

22 de agosto de 1944

Nada mais funciona, os jornais pararam de circular. Há três dias, ouvem-se disparos em todo o entorno do Ritz. O estrépito entrecortado dos fuzis-metralhadoras já nem assusta Frank. De manhã cedo, Elmiger precisou ir aos depósitos da rua Lecourbe. *O que será que ele foi buscar lá?* Não disse. O fato é que estava muito abalado ao retornar, teve medo de deixar lá a pele. Assim que chegou de volta, contou a sublevação do povo de Paris contra o exército alemão e a Milícia — *uma França contra a outra*. A cidade está coalhada de barricadas. Atrás de sacos de areia há franco-atiradores de tocaia, e as armas se voltam em todas as direções. O chão está coberto de cadáveres, e os garotos atacam *panzers* com garrafas de gasolina, alguns ex-combatentes da Grande Guerra tiraram velhos fuzis dos baús. Os resistentes ocupam a chefatura de polícia, e em todos os muros floresce um convite à vingança: "A cada um seu boche." Todo mundo teme a reação alemã, que se imagina terrível. Ninguém se surpreendeu quando Elmiger ordenou que nenhum empregado saísse do hotel ou entrasse. O *gran finale* se anuncia, e ocorrerá a portas fechadas.

No meio desse caos, Frank está acuado atrás de seu balcão, diante das duas últimas hóspedes do hotel, que afogam o medo na vodca, e a vodca em suco de maçã. Pela primeira vez desde muito tempo, arrumaram-se para tomar o aperitivo. Barbara Hutton, de saia comprida, meia rendada e salto-agulha, traga de sua piteira de madrepérola. Gabrielle Chanel, por sua vez, continua fiel a seu uniforme de verão: *tailleur* creme e blusa branca, seis voltas de pérolas no pescoço, chapéu de palha na cabeça e cigarro nos lábios. As duas se sentaram junto ao balcão, fingindo ignorar que o gramofone tocava baixinho a *Marcha fúnebre* de Chopin. *O crepúsculo das socialites*. Faz quase uma hora que se esforçam para sorrir e conversar amenidades, conscientes de que, a qualquer momento, o prédio do Ritz pode ser invadido por insurgentes.

Gabrielle Chanel nem por isso deixou de prever um meio de se proteger: um cartaz "Grátis para os libertadores" está pronto para enfeitar sua loja da praça Vendôme, onde ela planeja oferecer seu Nº5 aos soldados americanos.

— Você vai ver — conclui ela —, eles vão fazer fila na frente da loja e me proteger.

— Mas e até lá? Você não está mesmo com medo? — treme Barbara Hutton.

— Medo de quê?!

— Que os *boys* cheguem tarde demais! E a gente caia nas mãos dos resistentes. Se esses selvagens entrarem aqui, vão raspar seu cabelo como prostituta, e o meu também. Poderia ser pior ainda...

Frank reconhece que ela tem razão. E, se desse na veneta dos FFI* tomar o Ritz, vai saber que sorte seria reservada aos três. Ele já se imagina fuzilado de imediato e acha que, no fundo, talvez mereça o castigo.

Onde está aquele que se alistou como voluntário em 1914? Ele serve vodca a duas lambisgoias, em vez de enfrentar os alemães nos subúrbios. Não, ele não terá libertado Paris, terá dificuldade para se justificar. Ele se sente prisioneiro no Ritz e já não sabe como sair. Ocioso, abatido, espera para saber que sorte o destino lhe reserva. Como ele gostaria de ser mais valente... Que Jean-Jacques pudesse se orgulhar dele ao voltar para Paris. Frank bem que gostaria, mas é incapaz de lutar — e não só por ter jurado nunca mais tocar numa arma depois da Grande Guerra. Ele não confessará a ninguém, mas a verdade é que tem medo.

---

* *Forces françaises de l'intérieur* (Forças Francesas do Interior), designação da Resistência no final da guerra. [N. da T.]

— Se nós formos presas pelos resistentes, acha que teremos a coragem da Sra. Auzello? — lança Chanel como provocação.

— De que bravura está falando, Gabrielle? — diz com desprezo a herdeira dos Woolworth. — Aquela idiota desafiou os alemães e agora deve estar morta ou agonizando em algum porão da rua Saussaies...

— Que nada — responde Chanel com um sorriso altivo —, ela está viva.

— E como você sabe? — pergunta Barbara Hutton com espanto.

Chanel, segura de si, faz suspense durante alguns instantes antes de responder. A *Marcha fúnebre* está chegando ao fim.

— Eu sei porque ela voltou hoje.

— Para onde?! Para o Ritz?!

— Sim.

— Deus do céu! — exclama Barbara Hutton.

Frank mal ouve a sequência da conversa, não consegue manter a cabeça fria. *Hoje... E se Elmiger tivesse mentido? Ele não teria saído para a rua Lecourbe, mas sim para buscar Blanche em algum lugar no sul de Paris.*

— Ela foi solta hoje de manhãzinha — continua Chanel.

— E em que estado ela está?

— Não sei, Barbara. Não me fizeram confidências...

— Seja como for, ela bem que procurou — teima Barbara Hutton.

As duas mulheres continuam falando. Frank, porém, está desabando. Seus nervos cedem. Grossas lágrimas correm por suas faces. Ao diabo o pudor. Portanto, era seu destino ficar aqui para revê-la? Dominado pela emoção e pela raiva, ele gostaria de calar a matraca das duas megeras que não suporta mais. Gabrielle Chanel teve pelo menos a elegância de desviar o olhar, ao passo que a herdeira, estupefata, olha para ele como se fosse uma atração de circo.

Estou chorando, sim, e isso as chateia.

Blanche está viva, e nada mais importa.

Frank está passando com fúria a camurça no balcão quando, de repente, o telefone toca.

Deus, não suporto mais esta campainha.

É Auzello.

Auzello, com a voz mais febril que nunca.

O ex-diretor tem um recado para lhe dar: Blanche quer vê-lo o mais depressa possível e lhe pede que esteja lá às sete horas, amanhã de manhã.

6

23 de agosto de 1944

Mobília estilo império, piano de cauda e lustres de pingentes: a sala do casal Auzello é um padrão da burguesia parisiense. Na parede está pendurado um retrato de Claude — em pé, vestindo uniforme de oficial da Grande Guerra, com ar altivo. Mas o homem que recebe Frank esta manhã já não tem mais nada do orgulhoso combatente de outrora. Claude Auzello está ansioso, suspira, treme. O choque da véspera só fez agravar sua fraqueza dos últimos meses.

— Não vai poder ficar muito tempo — diz ele. — Blanche está muito fraca.

— Certo.

— Ela estava presa em Fresnes. Aqueles desgraçados a soltaram ontem pela manhã, na correria. E ela precisou voltar a pé.

— A pé de Fresnes?!

— Sim... E descalça!

— Deuses...

— Ela andou dez quilômetros em andrajos até um guarda de passagem de nível da ferrovia lhe prestar ajuda e me telefonar. Um milagre. Fui buscá-la com Elmiger, pulamos na perua... Ela tinha chegado à Porte de Vanves. Preciso avisá-lo...

— Do quê?

— Ela está irreconhecível.

Frank inspira profundamente.

— Por que ela quer me ver?

— Você deve saber melhor que eu, Frank...

— Juro que não.

Claude vira as mãos para o alto, como sinal de impotência.

— Bom — diz —, venha comigo. Vou levá-lo ao quarto dela.

Frank pode sentir o sangue batendo nas têmporas. Viu nos olhos de Claude o pavor que sente diante do estado de sua mulher. Dá a impressão de ter encontrado uma morta.

Chegando ao limiar da porta, Frank hesita. Preferia não a ver. Fugir da realidade é o que ele faz melhor. Quando pensa que Elmiger arriscou a vida ontem pela manhã no meio dos combates para acompanhar Claude Auzello ao resgate de Blanche... Era lá que ele deveria estar, na perua, com eles.

— Pode entrar. Não mais que cinco minutos, Frank.

— Sim, senhor.

— As cortinas estão fechadas, ela não suporta a luz do dia. E não a deixe falar demais, por favor. Está exausta e às vezes é incoerente.

Frank entra no quarto. Está um breu. Só consegue adivinhar a cama à direita. Uma angústia terrível toma conta de seu corpo, ele sente uma pontada entre as costelas. Um medo animal. Fecha os olhos, persegue nas lembranças o sorriso sarcástico de Blanche, para afastar o medo de deparar com a morte em seu rosto. Agora a ouve respirar, estertorar como um animal ferido.

— Frank? É você?

— Sim, senhora, estou aqui.

— Não quero que você me veja em minha mortalha. Mas chegue mais perto.

Reconhecer a voz dela o acalma um pouco. Seus olhos vão se acostumando à escuridão. Ele distingue, sob o lençol, como Blanche está magra. Percebe sua cabeça raspada, distingue agora o rosto profundamente vincado. Ela está batendo os dentes. Ele é sacudido por um arrepio.

— Precisa ir embora — diz ela com voz febril.

— Como?

— Eu disse tudo a eles. Tudo. Que nasci em Nova York num bairro judeu. Que meu sobrenome é Rubenstein. Disse também que você sabia, que me ajudou... Frank, você precisa ir embora!

Era por isso que ela queria vê-lo tão depressa.

Quase morta e preocupada com ele.

— Não se preocupe, não virá mais ninguém aqui.

— Como assim?! Eles estão em todo lugar... Fuja, estou dizendo!

— Os alemães estão em debandada, a senhora não tem mais o que temer. E eu também não. Pense em se cuidar.

— Achei que ia morrer... Se você soubesse o que é aquela banheira onde eles afogam a gente...

Frank estende a mão em sua direção para acalmá-la, mas detém o gesto antes do contato com sua pele.

— Eles quebraram meu antebraço com um pisão, eles me... Quando eu ouvia os disparos de manhãzinha no pátio, desejava que logo chegasse a minha vez.

— Sabe por que foi solta?

Um som abafado que parece uma risada.

— Eu aproveitei o pânico. Ontem, depois que confessei, um guarda entrou correndo no porão para informar o meu torturador de que o último caminhão estava saindo da prisão. Eles fugiram correndo. A porta ficou aberta, eu peguei o caminho de Paris.

— Agora está salva.

— Tenho tanta vergonha...

— Não deve...

— Também falei do passaporte que você falsificou para mim, das luzes acesas na cozinha, do microfilme, do aviador inglês... Aquilo precisava acabar. Perdão, Frank. Perdão.

— Não diga isso. A senhora fez o que pôde.

Um estertor cansado foi a única resposta.

— Me dê sua mão.

A mão de Blanche está gelada. Ela treme. A fragilidade de seus dedos nos dele o deixa estarrecido. Ela só tem a pele sobre os ossos. Frank começa a massagear com extrema suavidade a sua epiderme, para aquecê-la, receando quebrá-la com a mínima pressão. Finalmente ousa buscar o olhar de Blanche naquela escuridão, mas ela parece ter fechado os olhos.

O beijo roubado na primavera de 1939...

Tantos anos vividos na intensidade de uma história quimérica.

Agora eu sei. Sei que Blanche nunca será minha. Sua vida pertence a Claude, a Lily Kharmayeff. Tenha orgulho de si mesma, Blanche. Você é fabulosa, Blanche. Você é a filha de Sara e Isaac, judeus alemães, mulher de grande coração e insubmissa.

Pela respiração, Frank percebe que ela adormeceu. Ele se inclina sobre ela, beija-lhe a testa. Saboreia nos lábios a suavidade de sua pele. Um segundo beijo arranca-lhe lágrimas, mas a tristeza desapareceu, só ficou a beleza.

Claude bate à porta. O prazo acabou.

Estou indo, Blanche, murmura Frank. *Viva a sua vida. Eu a amo mais que nunca e prometo que vou guardar esse segredo para mim.*

7

24 de agosto de 1944

Em pleno mês de agosto, o cheiro de lareira acesa é surpreendente. Anoiteceu, a porta da sala de Elmiger está aberta, e Frank fica parado no limiar. O diretor está ajoelhado diante da lareira, no meio de pastas espalhadas.

— Entre, Frank! Entre! — diz Elmiger sem se virar.
— Boa noite, senhor.
— Depressa, me ajude!
— O que devo fazer?
— Vá me passando os registros.
— Mas... Mas... O que está fazendo?
— Destruindo os arquivos dos últimos quatro anos. Vamos, depressa!

Frank contorna a escrivaninha e se dirige para a prateleira na qual se alinham documentos com encadernação espessa de couro.

— As tropas aliadas vão entrar em Paris hoje à noite ou amanhã — acrescenta Elmiger, amassando uma folha solta. — É preciso proteger o Ritz.

Frank vai até ele com três pastas, deixa cair uma.

— Faça como eu, arranque as páginas uma a uma, assim elas se consomem melhor.

Inefável Elmiger: mesmo no auge da tempestade, ainda tenta refletir e raciocinar. Frank olha para ele sem conseguir se mexer. O diretor ultrapassou o limite do cansaço, prossegue por puro nervosismo. Apesar das janelas abertas, a sala é invadida por uma fumaça que põe a garganta e o nariz a arder. A lareira está saturada, atulhada da papelada rubra, crepitante como ontem ficou o Grand Palais, destruído pelas bombas alemãs. O cheiro de queimado se espalhou pelo Ritz. Não há necessidade de sair do hotel para entender que, em Paris, reina uma atmosfera de apocalipse. *A cidade está em brasa, o fogo anuncia o fim.* O medo invadiu todas as almas, mas Frank passou para o outro lado da apreensão. Já não sente mais nada. Só quer que aquilo termine, seja lá o que venha depois.

— Vamos, Meier! Mexa-se!

O calor é sufocante. Em mangas de camisa, com a gravata desatada e a testa suada, Elmiger vai rasgando os registros e jogando-os no fogo para limpar o hotel da infâmia. Os nomes de toda uma clientela comprometedora se desvanecem nas chamas para todo o sempre. *É um expurgo. Que assim seja.*

— Não, essa não! — Elmiger detém Frank quando este pega um nova caixa.

— O que ela contém?

— Envelopes pardos que o Sr. Süss deixou.

Frank reconhece a caligrafia do Visconde e, por curiosidade, revista o lote. Só vê nomes judeus.

— São joias e dinheiro deixados como depósito por israelitas — explica Elmiger.

— Depósito?

Elmiger balança nervosamente a cabeça.

— Na véspera da chegada dos alemães, Süss sugeriu a alguns hóspedes judeus que depositassem seus bens em nossos cofres para escapar de eventuais confiscos. Alguns aceitaram e, depois, fugiram e nunca mais voltaram a Paris...

Frank não sabe o que dizer.

— Vamos, Meier, concentre-se! Rasgue os registros, por favor.

Frank se entrega à tarefa e observa, fascinado, o desaparecimento nas chamas dos nomes de hóspedes bem vivos, enquanto ficam em envelopes os nomes de famílias judias desaparecidas. Eles eliminam aqueles por culpa e conservam estes na esperança de se redimirem.

De todos esses judeus, quais ainda estarão vivos?
Para quem irão seus bens?
Insondáveis indagações.

— Está sabendo que seu amigo Guitry foi preso ontem? — pergunta Elmiger, curvado diante da lareira e afastando as brasas com o atiçador.

— Não sabia.

— A secretária dele me avisou hoje cedo. Dois homens armados foram buscá-lo em casa.

— Para onde o levaram?

— Ninguém sabe. A secretária me ligou para pedir ajuda. Eu não pude fazer nada.

— FFI?

— Sim. A Sra. Choisel me contou que Guitry saiu do prédio com o cano de um revólver encostado na nuca.

— Meu Deus...

Elmiger se levantou, com a mão no quadril. Está encharcado de suor. Faz um calor de rachar, Frank também sua em bicas. Enxuga a testa com a manga.

Onde será que ele está? Numa prisão, decerto — tomara que sim. Sacha estará morto?

— Não lhe deram tempo de se vestir. Guitry foi para a rua de pijama amarelo e chinelos de pele de crocodilo.

— Será que os parisienses quiseram linchá-lo? — diz Frank, preocupado.

— A Sra. Choisel disse que não. Ela percebeu certa indiferença.

Nada pior para Guitry, pensa Frank. *Ele deve ter amaldiçoado os parisienses.*

O dramaturgo havia previsto: agora ele e todos os frequentadores do Ritz estão diante de seus juízes. Ninguém tem certeza de que vai dormir em sua própria cama à noite, Frank não mais que os outros. Barman ou fregueses, todos acabam de entrar num tempo em que reinam a delação e a vingança, em que já não existem inocentes. Não há mais um único soldado alemão no hotel: mudaram-se todos para o Le Meurice. Os insurgentes podem entrar pela porta do Ritz a qualquer instante, o hotel inteiro está à mercê da vingança. Elmiger entendeu isso perfeitamente.

Quem entrará primeiro, resistentes ou Aliados?

Todo o destino do Ritz depende da resposta a essa pergunta.

Elmiger queima o que poderá aliviar seu julgamento. Acaba de jogar na lareira um novo maço de folhas e faz uma pausa, observando o fogo, como se nele buscasse respostas. Dá uma tragada no cigarro, com semblante melancólico.

Frank ousa uma pergunta de circunstância:

— Está com medo, Hans?

— Há diferentes tipos de medo, Frank...

O momento já não está para patronímicos.

— Está com medo de morrer?

— Não de fato. Tenho mais medo do que vão dizer de mim depois...

— Que esteve do lado dos alemães?

— Bah... Isso vão dizer de qualquer jeito, não? Os heróis serão os da Resistência. Esses terão toda a glória, merecida, aliás. Nós vamos precisar nos limitar a não chamar atenção e bancar os hipócritas. Nós derivamos com as correntes sombrias. Ainda que, no fundo, eu espere ter feito o melhor que pude.

Frank acende um cigarro, que parece o último de um condenado, mas os carrascos ainda não chegaram.

— O que aprendeu de tudo isso? — pergunta.

— Que a gente precisa se interessar pelas pessoas para além das bandeiras. Só os nossos atos contam, na verdade.

O diretor suspira, resignado. Os restos comprometedores do Ritz acabam de se consumir atrás dele. Frank se lembra de como subestimou Elmiger quando ele chegou, com que força o desprezou no início da guerra. Quem está hoje nesta sala é um homem diferente, extenuado. A menos que seja o mesmo homem, que esperava ser revelado pelas circunstâncias. Talvez ele seja julgado amanhã pelos novos senhores do país. Frank, por sua vez, nunca esquecerá a retidão de que ele deu mostras.

— E você, Frank, o que aprendeu?

— Que é preciso amar a vida tal como ela é. Feliz ou infeliz.

— Grande sabedoria.

— Essa chegou tarde. Nenhuma vida é feita só de felicidades ou provações. Eu tento me lembrar disso para não afundar totalmente...

— Afundar, esse é o perigo que nos espreita.

Os dois fumam por um instante em silêncio, com o olhar voltado para a lareira.

— Como está se sentindo agora? — pergunta Elmiger.

— Não muito resistente...

O diretor deixa escapar uma risada sonora.

— Você tem o dom da síntese!

— Ah, essa frase não é minha. Eu a roubei de Arletty. Uma noite eu a ouvi responder assim a Guitry.

— Pobre Arletty — suspira Elmiger. — Ela também tem motivos para se preocupar...

Frank ia responder, mas um instinto animal o alerta para a calma estranha que reina há algum tempo lá fora. E, de repente, um som grave enche os ares e ressoa. Elmiger presta atenção.

— É... É o bordão da Notre-Dame?!

— Parece que sim.

— Meu Deus, os Aliados devem ter entrado em Paris.

Frank fica estático. Essas eram as palavras que ele esperava há muito tempo.

— Pegue os últimos registros, depressa! — grita Elmiger. — A gente precisa acabar o serviço!

Impossível mexer um dedo.

— Vamos! Ajude, Meier! Mexa-se!

O bordão soa de novo na noite, e logo a sinfonia se propaga de um campanário a outro. Todas as igrejas da capital começam a tocar a repique, Frank sente os pelos dos braços eriçar-se. Os sinos de Paris exultam e avisam os alemães de que o reino deles sobre a cidade termina nessa noite. Os parisienses, onde quer que estejam, de Montmartre a Gobelins, de Montparnasse a Buttes-Chaumont, sabem o que isso quer dizer, os sinos prometem uma explosão de alegria iminente. Frank sente o corpo todo se arrepiar, surpreende-se com isso e conclui que seu coração é francês, para sempre. Elmiger, porém, não presta nenhuma atenção ao tumulto das igrejas, está em outro lugar, inteiramente dedicado a seu Ritz. Rasga todas as páginas que pode, amassa-as, formando uma bola, e as joga no fogo, indiferente ao presente, obcecado pela sequência dos acontecimentos.

Frank olha para ele sem ajudar. Com a guerra, ele também aprendeu que estava sozinho, assim como Elmiger agora. Abrigados no Ritz, eles se fecharam em si mesmos, com a esperança de sobreviver nas entrelinhas. Mas, nesta noite, Frank inveja todos os que amanhã festejarão a libertação de Paris. Inveja-os, mas não estará entre eles. Mesmo que os insurgentes o autorizassem a participar do júbilo, ele já concluiu que não haveria lugar para ele. Em 1918, tinha sido tão grande seu desprezo pelos que foram celebrar o armistício apesar de terem se esquivado do alistamento, que amanhã ele ficará longe dos abraços.

Questão de honra.

Nessa noite, Paris prepara a festa de sua libertação, e a única coisa que o consola é ainda estar vivo.

8

25 de agosto de 1944

O destino de Paris foi decidido de manhã cedinho. Fazia dois dias que os Aliados estavam estacionados em Rambouillet, num desses momentos em que a História resiste a dar uma guinada. Os americanos prefeririam fazer um desvio. Os ingleses também, para avançar mais depressa em direção à Alemanha e apressar o fim da guerra. O general Leclerc se impacientava à frente de sua divisão blindada. De Gaulle, por sua vez, preferia esperar um acordo político e conter os comunistas antes de tomar a capital. Combates de rua e tratativas de bastidores: tudo se decidiu no último minuto, os Aliados se puseram a caminho ao amanhecer. Várias centenas de jornalistas de todos os países os acompanham, ávidos por cobrir a libertação da Cidade Luz — e, entre eles, dois homens travam feroz batalha de egos desde o desembarque, um velho veterano e um jovem ambicioso, a pluma contra a imagem: Ernest Hemingway, o escritor de Chicago, e Robert Capa, o fotógrafo de Budapeste. Os dois tomaram caminhos separados para entrar em Paris, afastando-se das colunas de soldados. Têm o mesmo objetivo em mente: chegar antes do outro ao Ritz.

De tudo isso, claro, Frank Meier não está sabendo. Assim como não sabe que Choltitz mandou minar Notre-Dame e as pontes sobre o Sena, mas está desobedecendo a Hitler, que exige a destruição da cidade. O general alemão quer salvar a pele junto aos Aliados.

Paris não vai arder.

Diário de Frank Meier

25 de agosto de 1944

Os Aliados entraram em Paris. É a Libertação, e tenho a sensação de ser um cãozinho perdido numa floresta. Esgotado, busco meu caminho entre espinheiros, matagais e arvoredos. Não reconheço mais nada. Será que terei lugar no mundo de depois ou vou ficar para sempre entalado no meu entremeio? O medo da queda, sempre. Já não sou proletário, mas nunca serei burguês. Nunca serei um deles, eu sei. Condenado a vagar por essa terra de ninguém, eu poderia aproveitar essa libertação para vingar minha classe e humilhar a velha Ritz. Mas os diques em mim resistem e se recusam a deixar minha cólera extravasar-se. Não vou sucumbir às paixões tristes. Sempre soube, no fundo, que, se reneguei meus pais, foi por ter vergonha de ser filho deles. Foi meu modo de vê-los, e nada mais, que me levou a desprezá-los. Como ele pôde se apaixonar por essa mulher sem ambição? Como ela pôde se deitar com esse sujeito desprezível? Demorei a compreender que durante muito tempo me vi como a prova viva da mediocridade deles. Detestar a si mesmo, sentir-se o tempo todo ilegítimo e chorar. Fugir deles para mantê-los distantes, esquecê-los para inventar outra vida e outras filiações para si mesmo. Mas, para dizer a verdade, depois de passar pela prova dessa Ocupação, sinto que mudei. Graças aos boches, eu me reconciliei com meus pais e estou vendo as coisas de modo diferente. Em comparação com as atitudes mesquinhas, desleais e covardes que observei de trás de meu balcão durante esses quatro anos, concluo que meus velhos certamente não eram os piores, e talvez eu já esteja aceitando ser filho deles, ser o que sou, Frank Meier, barman-chefe do Ritz, ex-combatente em Vimy e filho de judeus proletários. Era mesmo necessário enveredar por esse caminho escarpado, no meio de colaboracionistas e mandachuvas da Wehrmacht para apaziguar minhas lutas interiores? Era mesmo necessário me realizar como falso burguês para atingir uma forma de indulgência para comigo e para com meus velhos? O luxo sem dúvida me isolou. Isolou e cegou, assim como cegou Jünger e Guitry a respeito da realidade nojenta dessa guerra. Eles se enganaram, eu também. E é só a mim mesmo que devo culpar. Será que os vencedores terão, por sua vez, algum tipo de indulgência com este cego? Eu gostaria de poder lhes dizer como vi, entre as duas guerras, o estiolamento dos valores burgueses de honestidade e dignidade no Ritz. Não se deve esquecer que foi por medo de perder seus móveis e seus bens que boa parte da burguesia se refugiou nos braços do velho Pétain — eu também, aliás —, com a convicção de que escapávamos do pior. Agora estamos diante de um precipício, e será preciso cuidar para conter a voracidade dos homens. Será que eles saberão aproveitar esta oportunidade para recobrar a dignidade da vida humana?

"Precisamos conseguir reconhecer que a situação é irremediável e, mesmo assim, estar determinados a mudá-la", disse-me Fitzgerald antes de sair de Paris no outono de 38.

Nessas palavras está toda a minha vida resumida.

9

25 de agosto de 1944

Acaba de dar meio-dia. Frank está em seu posto. Tinha prometido a si mesmo em junho de 1940: estaria ali no retorno da liberdade e da alta sociedade — da civilização, em suma. Mas por acaso ainda se lembra do que era então? Na parede de seu bar, Fitzgerald e os outros ainda são testemunhos do mundo de ontem; para dizer a verdade, as lembranças do início da Ocupação estão como que dissolvidas. Ninguém, então, poderia ter imaginado que tudo *aquilo* duraria mais de quatro anos. Ninguém teria pensado que perderia tantos amigos, vizinhos, parentes. Ninguém poderia ter previsto as prisões em massa, os racionamentos, a fome, o desespero, flagelos esses que eram pressentidos — mas quem teria concebido que se pudesse ir tão longe? Mesmo ele, que havia conhecido o pior no moinho de Laffaux em maio de 1917, não desconfiava que se pudesse cair tão baixo, longe de qualquer fileira de *front*.

Enquanto os libertadores não chegam, sem saber se virão beber ou prendê-lo, Frank repassa pela última vez o filme daquela guerra estranha. Vê desfilar no balcão Speidel, Bedaux, Göring, Guitry e os outros, Fersen, Stülpnagel, Jünger, Lafont, Knochen, Inga Haag... Sente-se arrependido de ter queimado na pia os dois bilhetes da *boneca maquiada*, mas para quê? Todos os que vieram ao bar conspirar contra Hitler estão ou mortos ou fugidos. Ninguém poderá testemunhar a favor dele — e quem tivesse visto os dois bilhetes de Inga Haag teria lido somente dois poemas, um de Goethe, outro de Schiller, dois poemas que nunca teriam provado nada. Para o mundo inteiro e para os FFI em particular, Frank Meier foi, durante quatro anos, *o barman do exército alemão e dos colaboracionistas.* A ironia do destino é bem cruel.

Embora o sol brilhe lá fora, seu humor está sombrio. Ele pensa em Blanche no quarto escuro. Pensa em Luciano, é evidente. Talvez nunca venha a saber o que aconteceu com o garoto. Assim como talvez nunca venha a saber se Süss sobreviveu à fuga. Também não sabe que, a essa hora, Hemingway e Capa entraram na cidade.

São doze e trinta quando um primeiro destacamento penetra no bar do Ritz. São ingleses, em fila indiana. Um esquadrão de rapazes risonhos e de semblante cansado, tisnado pelo sol, fuzil na mão, capacete na cabeça, farda empoeirada e botas enlameadas. A maioria mal fez vinte anos, e os olhares são espantados, como de quem diz: *Então isto é o Ritz?* O mais velho é ruivo e tem galão de sargento no alto das mangas — *devia ainda estar no colégio na primavera de 1940.* Que estranho contraste com a entrada dos alemães, quatro anos antes. *Nenhum oficial para libertar a praça Vendôme, mas é agradável ver essa escapadela de garotos sem destino.* São bonitos, vigorosos, desorganizados, mas voluntariosos, altivos. *Pequenos Lucianos*, pensa Frank, com o coração apertado. Eles cumprimentam o barman e não se detêm, impacientes de tomar o banho de multidão que Paris lhes promete. Claude Auzello e Hans Elmiger já hastearam uma bandeira francesa em lugar da suástica no teto do hotel. Os soldados ingleses vão embora levando na mochila alguns cinzeiros com a marca Ritz — *magro butim de guerra*, sorri Frank: não resta outra coisa, os alemães pilharam tudo.

O Ritz fica ermo, murado no silêncio, à espera de sua sentença. Do bar, Frank pode ouvir a multidão celebrar os libertadores, na praça de l'Opéra. *Que barulhão!* Clamores, aplausos, cantoria, ele imagina uma gigantesca maré humana. "A Marselhesa" lhe chega em ondas, com toda a força e em coro. *E se eles tivessem a ideia de descer a rua Cambon em direção ao*

Sena? Frank sai um instante na galeria para esticar as pernas. Cruza com a governanta, Sra. Bourhis, e com André Brun, o *maître*. Eles também não parecem tranquilos. Nem uma palavra, limitam-se a um olhar preocupado, e depois Frank volta a seu posto, esperando a chegada do exército da vez. *Como em 1940*, pensa. Tudo está pronto. As taças estão lustradas, o champanhe está fresco. Ele até acabou por conseguir alguns morangos e mirtilos de manhã.

Soam duas horas no relógio, o barman está sentado sozinho atrás do balcão, com as mãos trêmulas e um princípio de tontura. Não come nada desde ontem de manhã, e o medo continua lá, tenaz, medo da invasão por uma multidão hostil. *Que isso acabe logo*, pensa Frank. O cansaço e a angústia desses quatro anos se abatem de repente sobre seus ombros. Ele se tranquilizou como pôde com seus rituais: lustrou o bigode, engraxou os sapatos, pôs a gravata de seda preta. "A gente não espera a morte, meu filho, a gente se prepara para ela", dizia sua mãe. Se por acaso fosse fuzilado hoje à tarde pelos FFI, estaria impecável no caixão. E, subitamente, até que enfim, alguém se aproxima. Passos apressados no corredor.

Quem está aí?
É Georges.
— Hê, meu velho, deram um chute no cu dos boches! — lança ele, rindo, como se acabasse de pôr o ocupante em fuga sozinho.
— Parece que sim...
Passou-se mais de um mês desde a partida apressada de Georges, no dia seguinte ao atentado malogrado. Ele parece rejuvenescido, vem gracejando.
— O que é que tá fazendo atrás desse balcão? Meu Deus, lá fora está a maior festa!
Há quanto tempo não ouvia Georges com essa voz? Com essa alegria que às vezes podia fazer uma noitada mudar de dimensão. Mas Frank não está com o mesmo ânimo.
— Eu vou ficar aqui.
— Ah! — exclama Georges, como se quisesse acordá-lo. — Paris está liberta, Frank!

Como explicar? Se eu saísse de meu bar hoje, exatamente hoje, de repente meu mundo pararia de girar.

O epílogo precisa acontecer aqui, não na rua, no meio daqueles que amanhã se voltarão contra mim.

— Saia daí, caramba! O tempo está maravilhoso. As meninas são todas lindas. E ainda por cima não estão ariscas. Você não vai perder essa, né?! Garanto que é um espetáculo extraordinário. Pencas de gente subindo em todos os postes de luz. Todo mundo rindo, cantando, chorando, se abraçando como gente boa. A multidão está alegre, andando de mãos dadas. As garotas montam nos blindados de Leclerc, e de Gaulle está sendo aguardado, vai ser um delírio!

— E os boches? — pergunta Frank.

— Uns estão presos, estão levando uns tremendos bofetões, como isso faz bem. Vamos, anda, estou dizendo! Na verdade, espera. Antes disso, me serve uma tacinha, *please*, de Perrier-Jouët, estou morrendo de sede, com a garganta completamente seca...

— Vou servir.

— Já volto, minha bexiga vai explodir...

Georges vindo mijar no Ritz antes de ir de novo festejar a liberdade, é a vida que retorna.

A risada de Georges ainda ressoa no bar, e Frank, por um instante, se põe a entrever um futuro. *E se os Aliados corressem ao Ritz para festejar a vitória?* No fundo, ninguém vai ter vontade de saber o que aconteceu nesse bar durante quatro anos. Essa é a vocação de um hotel: um palácio de conto de fadas onde o sonho não deve nunca ser interrompido. O Ritz continuará sendo uma joia maravilhosa para quem assumir o lugar, só isso. A Viúva pode ir para o inferno, Elmiger terá triunfado, e Frank com ele.

Esta noite, vou assumir meu papel de castelão para os libertadores, murmura no salão ainda vazio. *E, se tudo correr bem, eu vou até poder sair incólume com todo o meu butim...*

Luciano.

Frank adivinha seu fantasma na entrada e, agora que a paz se anuncia, parece-lhe claro que nunca mais vai rever o garoto. Ele já deveria ter dado notícias. *Segure as lágrimas, Frank.* Não soube protegê-lo, vai carregar essa cruz até o fim. Mas sobreviverá. Frank conheceu duas guerras, e cada uma delas lhe roubou seres queridos. Ele já sabe: primeiro a gente chora, depois encontra forças para viver. A desgraça tem memória curta — para o bem ou para o mal. Ele pensa em Blanche. Blanche, vítima de seus demônios. Blanche, destruída, e, por muito tempo, por aquilo que a humanidade engendrou de pior. Blanche, que ele amou tanto, em segredo. Frank sorri sem querer: no meio do caos que foram esses quatro anos, ele pelo menos soube, ainda que fugazmente, o que é amar alguém mais que a si mesmo. No fundo, pouco importa que não tenha sido correspondido: o sentimento terá sido mais precioso que tudo.

Nascemos sozinhos, morremos sozinhos; entre os dois, cada um tenta como pode aliviar a angústia da solidão.

Esta noite, ele beberá à saúde de sua alma irmã.

Que a providência zele por você, que mereceu o descanso.

E, se as lágrimas vierem, ele não as segurará.

De novo, Frank ouve passos no corredor.

Será Georges voltando?

Não. A porta da rua Cambon acaba de ser derrubada, são muitos berrando na entrada. Frank se enrijece, e, de repente, um grito mais alto e mais grave que os outros:

— *Raus* os boches!

Essa voz ele conhece.

— *Come on, boys!*

Será possível?

É a voz de Hemingway.

Papa está aí!

Frank o ouve, seu coração dispara.

Não chore, de jeito nenhum, agora não.

É tudo tão rápido. Sexta-feira, 25 de agosto, é dia de libertação, e o fim de semana começa. A vida recomeça de onde tinha parado. Agora

Frank ouve a voz de Claude Auzello; o chefe desceu para recepcionar em pessoa Hemingway e os outros. No corredor, é só agitação, vociferação, gargalhadas, risadas. É um reboliço só, mas, entre todos, um barman o distinguiria: é o barulho de um grupo de homens que quer beber e festejar.

A porta do bar estava aberta, mas Hemingway lhe dá um empurrão de ombro. Com o peito para a frente, ele triunfa na soleira.

— Ei, Frankie! Como vai a vida? — pergunta como se tivessem se separado no mês anterior.

Um sorriso se desenha no rosto de Frank.

Quatro anos de inferno chegam ao fim nesse instante.

— Bom dia, Papa! — diz Frank.

— Faz um século que não te vejo, porra!

— É verdade! Bem-vindo ao paraíso...

Agradecimentos

O autor deseja exprimir aqui seus agradecimentos mais sinceros a:

Anna Pavlowitch, diretora das edições Albin Michel, que me deu acesso a seu escritório num momento de grandes dúvidas de minha parte. Ofereceu-me um olhar de expert, benevolência, know-how e amizade. Tão preciosa amizade.

Gilles Haéri, diretor-presidente das edições Albin Michel, por sua acolhida calorosa.

Francis Esménard, pela inteligência e pelo empenho inigualáveis que reinam em sua bela casa.

Susanna Lea, agente literária e conselheira sem-par, pela energia, fé e elegância em todas as circunstâncias. Graças a ela, *O barman do Ritz de Paris* será traduzido e publicado em vários países.

Louise Danou, editora de alta qualidade e dotada de grande empatia, por sua vitalidade e seu agudo senso de síntese.

Frédéric Schwamberger, homem distinto que ama tanto os livros e a quem me sinto profundamente ligado. Este romance deve-lhe muito.

Claude Roulet, ex-assistente do presidente das sociedades da Ritz Paris Hotel Ltd., tendo atuado entre 1980 e 2004, e historiador amador do Ritz, por ter aceitado o encontro que engrenou tudo e por me ter passado informações e fontes de primeira mão.

Tilar J. Mazzeo, escritora canadense-americana que estudou a vida do Ritz sob a Ocupação e cujas pesquisas me foram muito úteis.

Um reconhecimento especial ao conjunto de historiadores e historiadoras que alimentaram este romance com a multidão de obras acadêmicas. Citarei aqui apenas alguns, mas são bem mais numerosos: Jean-Pierre Azéma, Pascal Ory, Henry Rousso, Olivier Wieviorka, Laurent Douzou, Christian Ingrao, Julian Jackson, Bénédicte Vergez-Chaignon, Éric Alary, Robert Paxton, Laurent Joly, Jean-Paul Cointet, Yves Pourcher, Nicolas Roussellier, Milo Lévy-Bruhl, Annette Wieviorka, Renaud Meltz e Claire Andrieu.

Todo o meu reconhecimento a Colin Field, barman-chefe do Ritz até 2023. Ele me recebeu em seu refúgio; conversamos tanto nas noites de inverno no bar Hemingway, e ele me ensinou muito. Aproveito para agradecer a Anne-Sophie Prestail, assistente de Colin Field durante anos, que se tornou responsável pelo bar Hemingway.

Obrigado a Fernando Castellon e David Wondrich, dois eminentes conhecedores da história dos barmen, que me deram acesso a tantos arquivos e anotações.

Toda a minha gratidão também a Bertrand Guillot e Virginie Plantard por seus conselhos inteligentes.

Nicolas de Cointet, editor de talento, por seu senso agudo de estilo, graças a quem o livro *The Artistry of Mixing Drinks*, de Frank Meier, publicado em 1934, ganhará uma segunda vida. Obrigado por permitir este formidável *mise en abyme*.

Além disso, algumas palavras emocionadas, claro, para Frank Meier, homem que, evidentemente, não conheci, mas com quem passei tanto tempo nestes últimos sete anos.

Sem esquecer alguns companheiros de jornada: Aurore Clément, Dean Tavoularis, Laurent Bon, Muriel Meynard, Laurence Bloch, Sébastien Gnaedig, Sébastien Goethals, Pascale Clark, Candice Marchal, Gérard Lefort, Benoist de Changy, Henri-Marc Mutel, Fabien Archambault, Frédéric Bonnaud, Charles Berling, Yann Chouquet, Emmanuelle Pouliquen, Fabrice Bouthillon, Clément Léotard, Sophie Berlin, Caroline Psyroukis,

Florence Godfernaux, Anne-Julie Bémont, Florence Platarets, Jean-David Zeitoun, Violaine Ballet, Juliette Médevielle, Irène Menahem, Raymonde Ley, Régis Collin e meus pais.

Uma piscadela especial a Andrea e Aurélien, os irmãos Belghiti.

Por fim, Sonia Devillers, sem seu amor, eu estava perdido.

Créditos das imagens

Carl-Heinrich von Stülpnagel em 1940: © akg-images/TT News Agency.
Otto von Stülpnagel: © akg-images/picture-alliance/dpa.
Hans Speidel em 1944: © akg-images/ullstein bild.
Ernst Jünger em 1947: © akg-images.
Sacha Guitry, aproximadamente em 1920 (Abel, Paris): coleção particular © akg-images.
Coco Chanel em 1937: © Boris Lipnitzki/Roger-Viollet.
Marie-Louise Ritz em 1952: © Photopress Archiv/Keystone/Bridgeman Images.
Georges Scheuer: © DR.
Hans Elmiger: © DR.
Claude Auzello em 1948: © Keyston-France/Gamma-Rapho.
Blanche Auzello: © DR.
Frank Meier: © Photo Roger Schall - SCHALL Collection.

Socorrido em estado gravíssimo no hospital de Verdun, depois de tentar o suicídio, Carl-Heinrich von Stülpnagel foi levado a Berlim e, em 30 de agosto de 1944, foi julgado e condenado à morte por sua participação na tentativa de atentado contra Adolf Hitler a partir de Paris. No mesmo dia, o comandante-chefe das tropas de ocupação na França foi enforcado num gancho de açougue.

Depois da guerra, Otto von Stülpnagel foi preso na Alemanha e transferido para Paris em 1946. Dois anos depois, alguns dias antes do início de seu julgamento, devido à sua responsabilidade na repressão alemã, o primeiro comandante-chefe das tropas de ocupação da França se enforcou em sua cela, na prisão de Cherche-Midi, em Paris, no 6º *arrondissement*. Foi sob seu comando que, em dezembro de 1941, se organizou a prisão em massa de ilustres judeus franceses.

Preso pela Gestapo em 7 de setembro de 1944, Hans Speidel resistiu aos interrogatórios. Foi um dos poucos instigadores do complô contra Hitler que escaparam da morte. Foi libertado pelas tropas francesas em 29 de abril de 1945. Apesar de seu serviço em prol do Terceiro Reich durante a Segunda Guerra Mundial, ele continuou sua carreira militar na Bundeswehr da República Federal da Alemanha, falecendo em Bad Honnef, em 1984.

Depois de sessenta dias na prisão, Sacha Guitry foi beneficiado por duas sentenças de improcedência diante dos tribunais de justiça da Libertação. Após a guerra, o dramaturgo deu prosseguimento à sua gloriosa carreira artística, maculada, porém, pela suspeita de colaboracionismo. Morreu de câncer em 1957.

Depois da capitulação, Ernst Jünger foi, com razão, proibido de publicar durante vários anos na República Federal Alemã. Recolheu-se em uma casa em Wilflingen, na Suábia, onde viveu afastado do mundo durante cinquenta anos. Figura logicamente muito controversa, foi um parceiro ideológico do partido nacional-socialista no entreguerras e continua sendo um dos escritores que marcaram o século XX. Morreu dormindo, em 1998, com cento e dois anos.

Presa em setembro de 1944 pelas Forças Francesas do Interior, Gabrielle Chanel foi interrogada por um comitê de expurgo. Por falta de provas na época, logo foi solta e se exilou na Suíça, acompanhada pelo barão von Dincklage, seu amante alemão. Em 1954, voltou a Paris para relançar sua marca, ajudada pelos irmãos Wertheimer. Morreu em 1971, com oitenta e sete anos, na sua suíte do Ritz.

De modo algum perturbada durante a Libertação, Marie-Louise Ritz preocupou-se, depois da guerra, em garantir o futuro de seu hotel, e contou com seu filho Charles para assegurar a continuidade familiar. Morreu em 1961, aos noventa e quatro anos.

Provavelmente demitido do Ritz em 1946, por motivos que continuam obscuros, Georges Scheuer saiu de Paris e tornou-se barman no hotel Majestic, em Cannes. Morreu em 1969.

Depois da Ocupação alemã, Hans Elmiger recobrou seu posto de diretor adjunto ao lado de Claude Auzello. O sobrinho do barão Pfyffer saiu do Ritz em 1954 para dirigir o Grand Hôtel National em Lucerna, Suíça, até 1970. Morreu em 1987.

Com a Libertação, Claude Auzello voltou a ser diretor do Ritz, enquanto Blanche Auzello lutava contra seus demônios, nunca completamente recuperada da experiência vivida nos cárceres da Gestapo. Depois que Marie-Louise Ritz morreu, seu filho Charles entrou em conflito com Claude Auzello em torno da orientação que o hotel deveria seguir para ter o futuro garantido. Esgotado pela vida e pelos fantasmas da esposa, no amanhecer do dia 29 de maio de 1969, Claude Auzello assassinou Blanche Rubenstein com um tiro, antes de pôr fim a seus dias no apartamento da avenida Montaigne, em Paris, onde moravam. A empregada da casa os encontrou mortos no dormitório.

Preso por policiais do 18º *arrondissement* no fim de agosto de 1944, Frank Meier foi interrogado por um comitê de expurgo. Acusado, com seu filho Jean-Jacques e a sobrinha Pauline Neumayer, de ter tirado proveito da Ocupação alemã, o trio, ao que tudo indica, conseguiu ser solto graças a um pagamento de trezentos mil francos feito por Frank Meier às Forças Francesas do Interior.

O fim da vida de Frank Meier continua um mistério. É possível que tenha sido demitido do Ritz por ter realizado atividades fraudulentas após a guerra. As condições de sua morte em 1947 continuam pouco precisas. Talvez estivesse doente. Durante muito tempo não se soube onde estava enterrado. Agora sabemos que Frank Meier está no cemitério de Pantin, a nordeste de Paris, ao lado da ex-esposa, Maria Hutting, e do filho único deles, Jean-Jacques Meier, morto em 1979.

Que Frank Meier, o mais ilustre dos barmen, repouse em paz.

Este livro foi composto na tipografia Adobe Garamond Pro,
em corpo 12/16, e impresso em papel off-white
no Sistema Cameron da Divisão Gráfica
da Distribuidora Record.